我们的朝与夕

姚鄂梅 / 著

北京出版集团
北京十月文艺出版社

如果你只关心某些瞬间的事物

你的命运就会成为恐惧,你的屋子就会不稳

———曼德尔施塔姆

衣泓

闹钟突然响起，一声接一声，像蛐蛐，像口哨，像小号，像一阵声音的多米诺，从某个昏暗角落，风一般蔓延开去。城市睁开休眠了一夜的眼睛。

衣泓的手机闹铃设在六点，响到第三声的时候，眼睛还没睁开，手已果断摁停。

继续醒睡三十秒，第四十秒，掀开被子，第五十秒，伸个懒腰，把身体绷得又薄又平。第六十秒，赤脚跨进卫生间，坐上马桶，这时她已彻底清醒。五分钟后，第二个闹钟将要响起，它是属于星星的，此刻的星星还在挂着遮光窗帘的卧室里戴着眼罩酣睡，她必须在五分钟内处理完个人事宜，然后把卫生间让给星星。

她们决定合租的时候就有约定，睡客厅的人要比睡卧室的人早起五分钟，以免卫生间出现抢位情况。

洗漱完毕，刚刚抱着化妆包坐到小桌边，星星的闹钟响了，片刻，门被拉开，星星半闭着眼睛跟跄蹿出，直奔卫生间，门随即关上。等星星从卫生间出来，她已收拾好自己的沙发床和小零碎，背上双肩包，准备出发了。

仍然是事先约好的，早上她们不必打招呼，不必说话，也不必道别，要像自己是独居者一样，因为这样可以节省时间，但到了晚上，她们却喜欢腻在一起，吃饭，闲聊，讨论外面发生的一切，讨论自己身上发生的幸运或不幸，言语间比家人还要坦诚和尖锐。她们是一对最成功的合租者。

衣泓骑共享单车去地铁站。她习惯在地铁上处理各个微信群的消息，平时她都把它们静音了。果然囤得满满的，尤其是家庭群"小客厅"。

爸爸在群里发消息简报：舅舅家的狗子下崽了，三个金毛，抢手得很，半天就订光了；"苗苗早点"昨天进账三千八，自从开通网上下单，生意几乎比以前翻了一番，现在早上四点就得去开门，否则供不应求；"包子西施"口谕，衣泓应该多买几件好看的衣服，比如掐腰上衣，直筒裤。

衣泓不知不觉笑咧了嘴。她不用回，爸爸早就预见到了她的忙碌，特地给群名加了个后缀：宝宝不回复群！宝宝是她的乳名。

爸爸三年前就退了休，现在唯一的正经工作似乎就是维护家庭群的日常营运。有一次衣泓忍不住提醒他：你去妈妈店里帮忙呀，妈妈多辛苦啊。爸爸说：我去过，她说滚滚滚，笨手笨脚！

妈妈最初在学校门口早点铺工作时，那里还叫"小小早点"，据说那时她还没有笼屉高。后来，老板干别的去了，她也长大了，妈妈就把小店接了过来，改成"苗苗早点"，多开了一扇门，除了学生，还面向社会，生意果然好了不少。她知道人们私下里叫她包子西施，她有点不高兴，因为这个称呼忽略了她的馒头，她的馒头老面发就，松软结实，麦香扑鼻，比哪家的馒头都好吃。衣泓来上海没多久，专门打电话给妈妈，说你要是在上海，他们就不会叫你包子西施了，他们要叫你馒头西施，上海没有包子，只有馒头，肉馒头、菜馒头、豆沙馒头、生煎馒头、小笼馒头、花卷馒头、刀切馒头。妈妈打断她：那我觉得还是包子西施好听些。

作为一个称得上西施的未婚女性，却在最最盛开的年纪嫁给了身后学校里丧偶的中年数学老师，当一个只比自己小六岁的男孩的继母，并迅速生下了自己这个女儿，是出于对数学的膜拜，还是对国家公职身份的仰慕？她从未问过妈妈这个问题，但她跟爸爸讨论过。你当初就是看我妈妈长得漂亮，对不对？爸爸就笑：难道我应该找个丑的？她接着说：要不是你拉低我的颜值……

瞎说！我才没有拉低，你比你妈妈漂亮多了。

父亲给女儿打分没有公正可言，这点清醒她还是有的。在她面前，爸爸就像一块放在热锅里的黄油，以势不可当的速度失去轮廓和原则，但在哥哥面前，爸爸又方正得像张扑克牌。哥哥大她二十岁，哥哥的妈妈她只见过照片，是个瘦弱的小学老师，绷着脸站在爸爸旁边，似乎她那时就预见到了丈夫总有一天会重组家庭，冷淡的目光透着显而易见的不屑，以及不可捉摸的厌世情绪。

爸爸的早间微信营运进入第二阶段：叮嘱当天或近几天要办的事务。

要过中秋节了，跟哥哥联系了没有？过年过节要联系，不年不节也要有联系，最少一个星期联系一次。

要学会找话题，租房的事，工作上的事，生活上的事，都可以跟他说一说，舌头底下有黄金，说不定他还可以介绍客户给你。你侄儿也是个重大话题。我还告诉你一个诀窍，这些话题不要一次说完，每次聊一个话题，下一次就不会找不到话说了。中秋节一定要去，你是小的，小的拜访大的，天经地义。哥哥请了你没有？

她回：请了。

这就好这就好，你就这么一个哥哥，他就你这么一个妹妹。你上小学的时候，我就计划好了，将来大学一毕业，直接去上海，跟哥哥在一个城市，彼此有个照应，现在你的任务就是在那里站稳脚跟，过几年买个房子，生个孩子，是有点难，但你有哥哥在那里，怕什么？

你有办法的，我一点都不担心你，你从小就不怕人，小时候去医院打防疫针，人家小孩哭得天昏地暗，你却跟打针的医生咿咿呀呀聊天。

路上小心点哦。出门在外，一要小心翼翼，二要和颜悦色，我知道你做得到的，我的姑娘是全世界最聪明最可爱的姑娘。

她鼻子有点酸,一个不善言辞的高中数学老师,何以变得如此婆婆妈妈。妈妈都不这样,她对离家在外的女儿只有一句话:不行就回来!很硬气,听了会觉得腰杆子硬硬的。

妈妈对她的未来一直持观望态度。整个童年,她经常听见父母议论一件事:爸爸不该在她出生之前离开产房门口,跑到外面去抽烟。问题不在抽烟,问题在抽烟的地点。因为医院内不让抽烟,爸爸走出医院,在门外百来米远的地方抽,正抽得过瘾,旁边响起咔嚓一声,有人叫他:大叔,我刚刚给你拍了张照片。原来是他们的邻居,那人是个摄影师,没有正当工作,也没什么朋友,唯一拥有的似乎只有一部相机,整天挂在胸前,走到哪儿拍到哪儿。衣泓出生那会儿,他刚刚结束三年多的游历回来,谁也不知道他去了哪里,反正他回来的时候,又黑又瘦,连他妈都差点没认出来。摄影师说:等照片洗出来,我会给你一张的。爸爸刚一回来,护士就推开了手术室的大门,告诉他:是个女儿。转入病房后,还在虚弱中的妈妈问他:你出去那会儿,没碰上什么人吧?爸爸猛地想起邻居摄影师,妈妈一听就哭了:你干吗让那个家伙做我们女儿的逢生人?你想让我们女儿将来像他一样,高不成低不就一事无成吗?你看到他来了就躲远一点呀。爸爸当然知道逢生人一说,但当时完全没想起来,顿时懊悔万分,但已于事无补,只得咬牙去安慰妈妈:不要相信那些东西,现在没谁相信那一套了,各人有各人的基因,再加上后天的教育,不管个性还是人生都不可能像一个外人。再说人家也不差,人家是搞艺术的。妈妈还在哭:

什么艺术！快五十岁了，还没家没业像个流浪汉。

说来也怪，衣泓高中时期果真开始对摄影感兴趣，成天乱拍，拍风景，拍静物，拍动物，后来开始拍人，从抢拍抓拍到摆拍。妈妈急了，见一次吵一次，爸爸却说：你随她！又不是坏事。妈妈说：怎么不是坏事？耽误学习呀。爸爸说：哪里耽误了？她又没把相机带到教室去。你不懂，有爱好，比多考那几分重要。

后来爸爸告诉她，得知她大学毕业当天就踏上了通往上海的火车，妈妈在家伤心地哭了，她说她有预感，她的女儿不会老老实实去找一份财务工作（她大学专业是财会），她是为她的摄影去的上海，她早就知道她的女儿已经迷上那个东西了，两手空空走在路上，也会伸出拇指和食指，做一个取景框，比来比去，像个神经病。爸爸转述这段话的时候，衣泓笑得有点难过。

来新消息了，黎晓的名字一秒打败了"小客厅"。

她和黎晓从小学到大学一直是同学，直到大学毕业那天，衣泓登上提前买好票的开往上海的火车，黎晓则回了老家。衣泓劝过她：跟我一起去上海吧？黎晓说：我怕我活不下来，我又没哥哥在上海。衣泓很不屑，她想说，她是去上海，又不是去哥哥家，最终还是忍住了，留到以后用事实来说话吧。黎晓找的工作很有意思，居然是在城管部门，虽然她的岗位在办公室，偶尔还是得穿着制服去街上走两趟。她给衣泓发过街头巡逻的照片，说：别骂我，我没踢过人家的菜篮子。

黎晓给她发来一张一中门口的随手拍，说：一中门口比以前更无聊了。一中是她们的高中，的确陈旧了许多，看上去了无生气，门房里的老校工也换了，现在是一个不太面善的中年男人。

衣泓不想对一中的照片过多置评，就拍了一张地铁照发过去。

好想坐地铁，好想身边有很多陌生人。

你该去谈个恋爱了。

也许已经在谈了。

也许是什么意思？

黎晓却说起了别的：人生就像赶车，你只要死活挤上去，它总会把你带向远方。我是彻底被抛下了。

这以后，黎晓再无下文，就像手机被人没收了一样。

出站了，这是节前最后一个上班日，满街的中秋节气息，这提醒她刚才对爸爸说了谎，中秋节的聚会，并不是哥哥先邀请她的，是她主动在微信上向哥哥发去了问候：中秋节你们在上海吗？后面是三个笑脸。三分钟后，哥哥回了过来：在，你过来吃饭。她相信，那三分钟里，哥哥一定是去征求了嫂子的意见，取得了嫂子的认可，才给她回信的。

在此之前，他们已经有三个多月没联系过了，她感觉她跟哥哥之间的关系有点像蹦蹦床，蹦一下才有反应，不蹦就没有，当然，这个蹦的人是她。也许半血缘关系的兄妹就是这个样子吧，说亲不亲，说远不远,但她一直有个愿望,她想把哥哥变成韩剧里的那种哥哥,疼惜、怜爱、亲密,比父亲更贴心,比恋人更洒脱。她不知道她做不做得到,但她真想,从小就想。她出生的时候,哥哥已经是一名快要毕业的大学生。在当地,哥哥的名字无人不晓,他是当地的高考状元,考上北京的大学,一毕业就分到上海,到上海不久就组建了自己的小家庭,没想到状元的妹妹就差远了,除了作文还行,其他不过尔尔,高考状元那是做梦,好一点的大学都是奢望,最后在省内读了个二本。好在爸爸对她要求不一样:我们是女孩子,不需要上那么好的大学,我们读个普通大学,轻松阳光,如花似玉。

她知道公司附近有一家卖烤鲜肉月饼的,常年有人排队,嫂子应该会喜欢,哥哥她就不知道了,也许他已入乡随俗,习惯了此地人爱吃鲜肉月饼。她吃过火腿月饼,但对鲜肉月饼一直狠不下心去尝试,总觉得那不是在皓月之下、桂花树边就着清茶品尝的点心,而是一道主食,类似于烤包子。

除了月饼,好像还应该带点别的东西才行,带什么呢?他们一家人喜欢什么,她一点都不知道,侄子的爱好她更不知道,那个繁忙而寡言少语的少年,她对他有种说不出的敬畏,总觉得他小小年纪就已看穿了一切,却抵死不肯说出来,单等着某一天,在一个合适的时机全盘抖出。哥哥家的饭桌也让她不自在,上一次去他们家,尽管有钟点工在,嫂子还是进厨房去帮过几次忙,很正式的一桌饭菜,结果嫂子只喝了点葡萄酒,说是已经三年多没吃过晚饭了。正在大嚼特嚼的衣泓顿时觉得自己矮了一截，嫂子多么冷静，多么自律，又是多么坚忍不拔，她呢？为了那盘白灼虾，她连筷子都舍弃了，徒手上阵，十指翻飞，面前瞬间就是一堆虾壳。她看了一眼嫂子，停止剥虾，去洗了手，重新坐回桌前时，她的速度比以前慢了一半。她注意到，侄子从垂下的眼皮缝里往她这边不动声色地扫了一眼，他一定注意到了她的改变，一定知悉了她的想法，一定在心里对她做出了评判，但他永远不会把这个得分告诉她。

她向身边的橱窗瞥了一眼，玻璃橱窗映出她的影子，跟上次到哥哥家相比，有什么变化吗？最好有点变化，她记得嫂子对哥哥说过：她会变的，女孩子到了上海，一天一个样。

快到公司了，她清空这些乱七八糟的想法，在脑子里默默过了一遍今天的主要事项，早会过后，她要把修改过的项目计划书拿去给组长过目，这已经是第三稿了。一个早教机构的广告，除了平面广告，还有视频。视频那部分，就没她什么事儿了，他们不让她参与那部分，虽然那才是她的最爱。文案看起来简单，并无多少争议之处，不知为什么，每次送审，总是被驳回，驳来驳去，往往又回到了最初的提案。资历长一点的同事说：就是这样的，必须听他们的，必须把自己的脑子洗空，毕竟是他们去把它换成钱回来。

她并不认同这种说法，她承认冲锋在前的人最有发言权，但那些人手里的文案是从她这里产生的，这常常让她有种她才是真正手持武器者的感觉。可惜，没人注意到她心里的小骄傲。

她特意选在上午去哥哥家，稍稍聊几句，就是午饭时间，午饭过后，她就回家，把时间还给哥哥姐姐。老家的习惯，不兴叫嫂子，要叫姐姐。如果是下午，就比较麻烦了，在他们家的家教里，晚饭后不宜送客出门，通常都要说一句：就在这里住嘛。有一次她是下午来的，吃过晚饭后，她要走，哥哥说：不走了嘛，留下来继续睡沙发。她看到正朝客厅走过来的嫂子，瞬间退了回去。

哥哥家在浦东碧云，据说小区出自一个法国设计师的手笔，坚固、优雅而庄重的样子。哥哥家在五楼，宽阔的大平层，三个阳台，却不许在阳台上晾晒衣物。鸟儿好像也知道这里有别于其他小区，比别处的鸟儿飞得低，飞得从容，当着人的面就敢站上低矮枝头，细细梳理羽毛。

与一只披着蓝绿羽毛的大鸟对视片刻后，衣泓渐渐感到了来自身体的不适，手指实在太疼了，不得不把月饼盒抱在怀里，抱久了，胳膊又很不舒服。从地铁站走到这里，她感觉她的肘关节已经不存在了。鸟看出了她的窘境，嘎的一声长笑，扑棱棱飞走了。

爸爸刚才又给她打电话，让她给哥哥带句话，其实是核实她有没有真的去哥哥家。跟哥哥一家搞好关系，似乎成了他们父女二人共同的社交任务。

你跟他说，我们准备今年来上海过年，叫他腊月二十八那天不用往家里赶了。

这些年，他们家一直选在腊月二十八那天吃团年饭，因为哥哥那天回家，第二天夜航回上海，第三天上海全家人过年，这个全家，指的是哥哥一家加上嫂子娘家。

衣泓在想，到底是该趁嫂子在场时转述爸爸的话呢，还是趁嫂子不在的时候？她直觉这个时机很重要。同时她也觉得，爸爸的话未必是真的，首先，妈妈不一定会来上海，她跟这个继子的距离，从未拉近过一分，也没拉远过一分。据说他们结婚前，哥哥跟爸爸狠狠吵过一架，为老不尊这样的话都说出来了。多年以后，当她得知这事时，有点说不出的难过，可一旦面对哥哥那张跟爸爸一样微暗的脸，又本能地觉得，这真的是哥哥，她要把这个哥哥拉回来，拉回到爸爸和妹妹身边来，连爸爸也这么说：他是你哥哥，你是他妹妹，我就只有你们兄妹两个。

嫂子吃过早餐就去健身房了。衣泓趁机对哥哥说了爸爸准备来上海过春节的打算。哥哥蛮有把握地说：他也就这么说说而已！同时把他的手机递过来：你看看这个人的朋友圈，还有点意思。

衣泓一眼就看出了哥哥的意图，但她假装看不出，那是个三十多岁的男人，满屏都是阳光积极的样子，不是在运动，就是在晒鸡汤文，要不就是各种动物植物，似乎很满意"一个人的自在""一个人的圆满"，那到底是谁在给他拍游泳和打球的照片呢？难道是三脚架？她把手机递还给哥哥。

想不想认识一下？

不想，我不喜欢他喜欢的那些。

工作的事我没帮上忙，成家的事争取，不然老头天天吵我。

不必在意，他只是想证明自己还在掌控这个家，其实他早就被卸任了。

你可能觉得这人有点俗气，但成功本来就是世俗意义上的胜利。只有取得世俗意义上的胜利，才有余力去做想做的事情。哥哥不想被她打岔。

嫂子穿着健身服走过来，像个活动的人体雕塑，跟衣泓打过招呼后，吩咐哥哥：赶紧订餐吧，衣泓来了，我们订个节日套餐。

哥哥在手机上操作了一会儿，再次对衣泓说：那个人，接触一下吧。

嫂子看了兄妹俩一眼，明白他们在说什么，也跟着说：衣泓还小呢，你别急着把她推进一地鸡毛的家庭里面。

越早，遇到好运气的可能性越大，可不是越晚可能性越大。

她意识到哥哥还在等她的答复，就想来个痛快。

我觉得，我不喜欢这个人的长相，尤其不喜欢他那双大眼睛，还是双眼皮，还那么白。

她佩服自己是怎么想到眼睛这个武器的，要知道，哥哥可是个小眼睛，还是黑皮肤的小眼睛。果然，哥哥咧嘴笑了：这也算理由？

哥哥走出去接电话。嫂子冲衣泓笑了一下：你哥做这种事情太业余了，人家现在早就不这样了解一个人了，我听说现在启动之前，要神不知鬼不觉地哄女方做个智商测试，我听了也是吓坏了。

啊？择优录取吗？智商要达到多少才有人娶？

不知道，也可能只是传言，反正我没见身边有谁被测试过。

也可能被测了自己还不知道。太可怕了，我以后要离这种软件远一点。

你怕什么？又聪明，长得又好看，还会写文章，根本不用急我跟你说，急了反而对你不利，人家会看轻你，以为你只是个漂亮女孩，这个定义对你来说太不公平了。她知道爸爸曾经向哥哥家炫耀过她发表作品一事。

她跟嫂子，从最初无话可说的尴尬，到今天看似亲密自然的闲聊，这个过程可不短。

她几乎是拖着拉杆箱去领毕业证的，证一到手就直奔火车站，带着满腔沸腾的热血，从火车站笔直赶到哥哥家门口。家里没人，她料到了，她把行李寄存在门房那里，轻轻松松踱出来，先逛逛周边也不错。傍晚六点多，她逛累了，撤回小区，拿回自己的行李箱，再次摁响哥哥家的门铃。

哥哥开的门，他系着围裙，指挥她放好行李箱，赶紧闪进厨房。哥哥正在煎鱼，拿着锅铲，望着表皮正在变黄的鳜鱼问她：你认为你适合什么工作？

按专业来说，我应该去做财务，我有些同学进了事业单位，有些进了银行。

在上海，你说的那些单位都不现实。简历投了多久了？

快一个月了。

那就等于有结果了。

其实她也这么想过，不知道是不想承认，还是害怕承认，她每天都在暗示自己，应聘者肯定很多，招聘方肯定还在讨论筛选方案，她还有希望。

姐姐还没下班？

在子航房间里。

她推门而入，房间里两个人同时惊讶地转过身来。

哟！来了？子航，叫姑姑。

子航看了她一眼，不吱声。他看上去比她这个姑姑高不少。

姐姐和她一起来到外面，顺手带上子航的房门。

工作找好了？

还没呢，不过快了。

快了是什么意思？已经招录只等上班吗？

她只好老老实实说了当前的状况，姐姐哦了一声，去了厨房。

那时哥哥家还没有搬到浦东，还住在市区的老房子里，客厅之外，两间卧室的门紧闭着，一间小客房也关着。他们都有随手关门的习惯，就像刚才姐姐从子航房里出来一样，轻轻地、稳稳地带上了子航的房门。

那是她成年后第一次在哥哥家吃饭，晚饭桌上很安静，能听得见每个人不同频率的咀嚼。子航吃得最快，也最敷衍，感觉他完全不饿，被迫给别人表演吃饭一样。姐姐吃饭像猫，没有声音，也不见进度，似乎在假装吃饭。很快，饭桌上就只剩下了兄妹俩。

财务不错的，一般从出纳做起，做得好，是可以慢慢升的。

但她告诉哥哥，她想找个文案策划方面的工作，她的简历大部分都寄给了这类地方，她在简历里热情洋溢地介绍自己从小到大在写作方面的爱好，摄影方面的爱好。

哥哥喝下最后一口啤酒：爱好不能说明什么。我觉得你应该先回家，等你投寄简历的地方有消息了再来。

我想先熟悉熟悉环境。

收拾好厨房，哥哥抱出一床被子，放在沙发上，她有点意外，还以为她会睡在客房里呢。哥哥告诉她夜灯的开关，还扔过来一副眼罩。

你准备一下，明天我带你去见一个人。

准备什么？她压低声音，紧张地问，见什么人？

当然是工作上的事啦，你怎么都不知道着急？毕业证，其他能证明你能力的证书，统统带好。不要穿得稀里哗啦的，正式一点。

第二天早上，她被哥哥下厨的声音惊醒，太早了，她起不来，动了一下又睡了过去。再次醒来时，哥哥已开始摆饭桌，子航打着哈欠出来，找眼镜，理书包，然后姐姐也出来了，还穿着睡衣，第一时间给自己弄了一杯水，边喝边来到饭桌边交代子航：今天放学后有考试吗？没有？那就先写作业，等我来接。记得把外套带回来，再不带回来，估计老鼠蟑螂都要在里面做窝了。

子航走后，才是三个大人的早餐时间，衣泓和哥哥吃面条，姐姐站在破壁机面前做自己的果蔬汁。她整理沙发的时候，姐姐走了，她喝水的时候，哥哥走了，关门之前，哥哥探头进来对她说了个酒店的名字，以及地址。

下午三点半赶到那一带候着，听我电话。

她就在那天遭遇了第一次真正的求职打击。下午三点多，哥哥在电话里告诉她，去酒店二楼咖啡厅。这之前，她已在那一带徘徊了将近一个小时。

哥哥和一个半秃顶的男人坐在一片空椅子中间。哥哥说，这是酒店生活部的林经理。她点着头浅浅地鞠着躬，找了个位置坐下，心想，难道哥哥想让我在酒店生活部工作？

林经理把兄妹俩看了又看：没想到你还有这么小的妹妹，长得一点都不像你。

哥哥没反应。林经理转头问她：会说上海话吗？她说不会。英语呢？会一点儿。

会一点儿不行哦，我们这里的员工，口语要相当熟练。会计证之类的证件有吧？

不好意思，我可能更擅长文案策划类工作。她不得不插了句嘴，因为她突然意识到，酒店也是需要形象策划工作的。

酒店是有这个部门，里面好像还有不少人呢，但没听说招人，酒店这两年都没招过人了。可惜我跟他们不熟,我这里又不需要这类人才。林经理对哥哥说:酒店有规定,我们不能有自己独立的形象策划,我们要服从酒店统一的形象管理。

三个人之间出现了一小段尴尬的静默。哥哥让她有事可以先走,他还要跟林经理再聊一会儿。

她一进去就知道没戏,那个细皮嫩肉头顶光亮的林经理,皮鞋锃亮戴着戒指的林经理,那双眼睛丝毫没有掩饰对她的看法:有点土气不说,还这也不会,那也不行。

晚上,他们一起开了个小会。哥哥说:一开始就不想专业对口,这会给人留下什么印象?姐姐却说:专业有那么重要吗?我们家有个亲戚,人家是学档案管理的,大学毕业来上海,第一份工作是在咖啡馆里学做咖啡。人家本来是来旅游的,在街上闲逛,想给自己买杯咖啡,看到咖啡店门口有招聘广告,就走进去报名应聘,第二天人家就拿到了聘用通知。其实任何工作都一样,大学毕业证只是个入场券。

她垂下眼皮,不置可否。不管怎么说,她还是更喜欢文案策划,她一定要拼尽全力先找到这份工作,她不想在别处浪费时间。

她开始投第二轮简历。在学校的时候,抱着想当然的态度,清一色投的都是大公司,几乎颗粒无收。经过了酒店这一回,她才知道对于那些大公司来说,她的确条件不太好。现在她改变策略,专攻小公司,而且尽量上门投递。连续两天早出晚归,一边递简历,一边疯狂搜索下一个递简历的地址,同时打电话询问之前递简历的结果。累了，就躲进麦当劳，点一个最简单的汉堡，顺便在那儿打个盹儿，积蓄点体力。三四天下来，她已累得不行。第五天，她身心疲惫，想在家里稍稍多待一会儿再出门。

没想到就在多待的那段时间里，竟弄出了一桩祸事来。哥哥家的水龙头是可以转动方向的，从左边水槽转到右边水槽，但它最近开始闹脾气，转动过后不太容易出水，像耳朵不太好的人，要么延迟反应，要么干脆没有反应。那天她在左边水槽手洗完自己的内裤和袜子，放进右水槽里清洗，结果等了好久都不出水，她一时性急，就把衣服拿到厨房那边去清洗，走时忘了关掉那个不出水的龙头。直到把一切料理清楚，带上大门出发，还是没有想起来。等那个反应滞后的龙头终于畅通起来时，她已经投递完第一份简历了。

中午，她接到哥哥的电话，脑子里轰的一声，跳起来就往家里赶，一路上，她设想了各种可能，最后发现她的想象力远远不如眼前的现实。整个家泡在了水里，每走一步都是浩浩荡荡的水声，鞋子、衣服、纸张，在水面上漂来漂去。水从大门底下流出，在楼梯上挂起了瀑布，水从屋里每个角落往下渗漏，楼下人家的天花板、衣柜、电器无一幸免。

最终，在消防警察的协助下，一切归于平静，只剩下满屋子的水渍，以及挥之不去的潮湿的霉味。哥哥姐姐挨家挨户向楼下人家道歉，主动提出赔偿，低眉耷眼接受物业管理人员的批评，他们故意不看她，也不跟她说话，她一直在掉泪，却连任何道歉的话都说不出，语言已无法表达她此时的内疚和犯罪感。

一直收拾到将近傍晚,哥哥姐姐累得瘫倒,谁也没有力气做饭,哥哥叫了盒饭,姐姐说她不想吃,只想赶快去洗个澡。很快,姐姐捂着脱去一半的身体,抽泣着从卫生间跑了过来。

不行!我不敢听水龙头放水的声音。

哥哥冲过去,抱着瑟瑟发抖的姐姐,推着她往卫生间走。衣泓站在客厅,想着要不要去厨房拿把菜刀,砍自己一刀以示谢罪。

九点多钟,衣泓开始清理沙发上的东西,准备铺床。姐姐出来了,她显然哭过,眼睛是红的,脸也有点浮肿。

不好意思,你今晚可以去住宾馆吗?钱由我们出。

好的。

她转身就去贮藏间,取出自己的行李箱,又去卫生间收拾好自己的洗漱用品。拉开门的时候,哥哥追上来,塞给她一小沓钱,她没看,接过来往口袋里一塞。不要不行,她身上钱不多了。

出了小区大门往左,大概五百米就有一家宾馆。

好。她尽量不让自己的声音显出哭腔。

招牌很大,进去一看才发现根本不是宾馆,只是有点像宾馆而已。

她要了一间最便宜的没有窗户的房间,进门就躺下来,心口开始怦怦跳。哥哥家,她大概再也去不了了吧,那里不会欢迎她了,她给他们带来了巨大的损失,她给姐姐带来了心理阴影。她翻了个身,面朝下趴着,千遍万遍地骂自己。

第二天，她继续给投过简历的地方打电话，一连打了五个电话，都是很不乐观的回应。有一家甚至都不记得她投过简历，对方让她介绍下自己，还没说完，人家直接回复了她：我个人认为，你的可能性不是太大，因为我们只有两个岗位，现在收到的简历有三十多份，老板肯定优先录用有相关工作经历的。

但我明明看到你们是对应届生招聘的呀。

我们的确收到很多有相关工作经验的人的简历。

难道没有工作过的人就没有工作的权利吗？不让她工作，她上哪里去获得相关工作经历？她忍不住嚷了起来，还没嚷完，对方把电话给挂了。

哥哥发来一条长长的消息，大意是，像她这样住在上海找工作是不行的，她的学历没有优势，专业也没有优势，不如先回去，一边投简历一边等。另外，她也可以尝试在老家工作，如今国家的政策是要平衡发展，中小城市机会更多，她不一定非要在强手如林的地方争得一席之地。又说，人活着最重要的是要找到好的感觉，在上海这种竞争激烈的地方，要想找到好的感觉是很难很难的。他在此地都工作二十多年了，还是没有找到想要的感觉，对她来说就更难了。人生并不长，不要把最宝贵的时光浪费在求生的泥潭里。

她痛快地回复道：明白，我马上回去。

现在就回去，也太好笑了吧，感觉不是被上海打败了，也不是被职场打败了，而是被一个水龙头打败了。就像一个参加比赛的骑手，不是自己的技术不行,也不是胯下的马不行,而是出发时被突然冲过来的一条狗绊了一下,摔倒在地。她看了看自己的钱包,决定再给自己最后一次机会。

她带上简历,背上双肩包,再次出发。这回她要改变策略,不仅要上门投递简历,还要争取留下点印象。

下午到达的这家公司不像其他广告公司,有个花里胡哨的英文名,这家公司有个老老实实的名字,叫致远。

一个小伙子拦住了她,这点跟别的公司也不一样,那些公司多半有个前台,这里没有前台,进门就是大厅,里面像教室一样摆放着桌椅。拦住她的小伙子就坐在第一排。当她说明来意时,小伙子把她引向里间,那里有三个人正在讨论什么。小伙子把她的简历递给其中一个中年男人,男人看了两页简历,又看了看她,突然笑起来:好,你来得正好,现在正好有个面试机会直接给你。中年男人递给她一份资料,是一种洗发水,瓶身有点像腰鼓,有三种颜色,分别是:淡粉色,淡灰色,象牙白,分别适用不同发质,从包装来看,整体比较素淡、简约。

你能给它想出一句精彩的广告词来吗?

她久久盯着那三个瓶子,瓶身上的Logo是三道略略弯曲的飘逸曲线,象征着灵动的秀发。不知是不是盯得久了,产生了错觉,她依稀看到那三道曲线从瓶身上站起,朝她直飞过来,温暖地抵住她的脑门,她闭了闭眼睛,想象自己的头发瞬间变得干净,还有一股清新迷人的味道，整个人都要跟着飞起来一样。这样想着，她突然头皮一麻。

她对坐着的中年男人说：好的洗发水，能滋养灵魂。

中年男人看着她，其他两个人也在看着她，她突然有点害羞：不好意思，太突然了，仓促间只能想到这个。

中年男人突然指着一个人说：写下来写下来！写下来看看！

几个人反复念着这句，有人开始点头，很快，这个动作被传染了，大家脸上有了笑意。中年男人问她：你以前做过这个工作吗？

没有。

那就把你的处女作奉献给我们公司。老屈，让她进你的组，你指导她。

接下来像做梦一样，她跟在那个叫老屈的男人后面，高一脚低一脚走进大厅，她得到了一个卡座。她摸着硬塑的椅背，提醒自己，这是真的，你找到工作了，你可以待在上海了。

刚刚坐定，宾馆打来电话，问她是否要续费，她答应晚上回去续费，但宾馆的人要求两点前一定要续，否则就作退房处理。真是为难呀，上班第一天，难道还没坐定就要请假？说了好一阵，总算答应她，尽可能地替她保留到下午六点。屈老师似乎明白了她的处境，问她：你没租房？住宾馆？她不好说真实缘由，只说还没看到合适的房子。屈老师碰了碰旁边一个女生：你们谁对这事比较熟？帮帮她这个新手。那个女生说：正好，我有个朋友最近想要搬家，我问问他那个地方可不可以续租。几分钟以后，女生过来回复她，那个朋友问过房东了，房东答应可以续租给"他朋友"。

真的是一顺百顺，几件大事，都在瞬间轻而易举得到解决。她来到卫生间，拧开水龙头，在哗哗的水声中独自咧嘴笑了起来。

当天晚上，衣泓就在同事的带领下去见了那个朋友，朋友答应带她去见房东——一对本地老年夫妻，到了那里才知道，她要租的房子是房东套间中的一间，虽然她有自己的房门，也有自己小得仅够容身的卫生间，以及恰好够放一只电磁炉的厨房，但她要跟房东共用一个大门。一切都被设计得极尽巧妙，简直用尽了每一寸空间，总共二十平不到的房子，除了厨卫，居然有卧室、客厅和一个可视为小书房的空间（其实是包进来的阳台）。这就是上海吧，她想，早就听说上海人在利用空间方面有大智慧，这回算是见识了。她很满意这个盆景般的微型房间，尽管小如花生壳，但应有尽有，一应俱全。

想来想去，没敢告诉哥哥她找到了工作同时也找到了房子，她怕她的声音会泄露她的喜悦，毕竟哥哥那边还沉浸在水漫金山的飞来横祸当中，她这个罪魁祸首，没有理由高兴，也没有理由收到好消息。

她保留了前任房客的一张画，是一个跳芭蕾的女孩，单足立地，优雅地旋转。她想，这有点像自己，她终于在上海找到了一席之地，虽然很小很小，也不够稳当，就像这个女孩的足尖，但毕竟，她站住了。

一个月后，她拿到了第一个月工资，她把工资全数放在一只红包里，下班后，她来到哥哥家。拉开门的一瞬间，哥哥大声嚷嚷起来：你怎么还没回去？不是说好回去的吗？

真是个美好的夜晚，他们原谅了她，她也用一只红包消除了内心的不安，她第一次体会到坦荡和自信的快乐。就在那天，姐姐告诉她，他们也有个好消息，他们决定搬到浦东去。我妈说，火烧过的房子可以住，水淹过的不能住，不知道是什么道理。姐姐这么一说，她又陷入沮丧不安之中。

跟房东同处一室有个好处，那老两口几乎时时刻刻在家，她可以永远都不带大门钥匙，轻轻一推就进了门，站在玄关脱鞋，再打开自己的房门，比站在拥挤的楼道里掏钥匙要从容得多。

冬至那天，房东大叔意外地敲开她的房门，送来一碗水饺，胖胖的六只，卧在紫菜虾米汤里，饺子皮很薄，能看得见里面粉色的肉糜和隐约的菜泥。来来来，自己包的饺子，冬至大过年呢！吃完了把碗给我。

这个夜晚注定温暖至极，刚刚吃过冬至饺子，妈妈又发信息来，说给她寄了个包裹，注意查收。

你给我寄了什么好吃的吗？她第一时间打电话过去。

才不是，知道什么叫费尔岛毛衣吗？你知道我织毛衣水平不咋地，这回我找了个高手教我，先用水粉画彩图，再根据彩图去配毛线，我买的可不是普通毛线，包子西施当然要用西施级的毛线，所以我买的是最贵的羊绒线，可惜包子西施老了，眼花了，中途几次错针，总共拆过十一次。

爸爸抢走了妈妈的话筒，大声对她说：你妈妈最近出名了，那件毛衣，人家说那不是毛衣，是艺术品，让她不要寄给你穿，让她拿去拍卖。对了，你怎么不到哥哥家去过冬至呢？

她忍不住呛道，冬至又不是节日！

聊完了，她去给房东还碗。老两口正在看电视，虽然再三谢过，还是不好意思放下碗就走，总得跟人家聊两句。

你们平时出去健身吗？我看外面好多你们这样的叔叔阿姨……

房东大叔说：我们不健身，我们静养，你看乌龟，一动不动活千年。

阿姨说：我们很少出门，一出去就是八块钱。

什么八块钱？

地铁呀，地铁不是四块起价吗？出去了不还得回来吗？平白无故不高兴去花这个钱。

钱不钱的倒也无所谓，主要是外面细菌多，她出去一次就病一次，免疫力低下，没办法。

那个，刚才的饺子真是太好吃啦，我刚刚还在想，要是你们开个小店，就卖这种饺子，生意肯定好得很，我肯定天天买，顿顿买。

不不不，我们不干这种事，我们也不需要那么多钱，我们有退休工资，挣那点钱干啥，开店很辛苦的，到头来很可能挣的钱还不够支付这费那费的。

是呀，我爸爸的观点也跟你差不多，他也反对退休以后再就业。

你爸爸都退休了？那是提前退休了吧？

不是，他是正常退休的，他四十九岁才生的我。

这么大年纪才生小孩？那你惨了，小地方本来工资就低，退休工资更低吧？

他，感觉还好，另外我妈有自己的店。

哦那不错，那他们应该过得很舒服。房东大叔的脸迅速变化着。赶紧让你爸妈给你在上海买个房子呀，在上海没有自己的房子不行，老是租房，我实话实说啊，你不划算，房租每年都会涨。

会买的，但我要自己买，我不想用他们的钱。

靠你的工资？那有点难，说实话，非常非常难。

偏远一点的地方，应该买得起的吧。

大叔摇头：你把事情想简单了，的确有些人白天在上海上班，晚上回江苏睡觉，尽管这样，也不是每个人都买得起的。不过你呢，还有一条捷径可走，你长得还可以，嫁一个有房子的应该不算太难。

那样不太好吧，毕竟是人家的，还是要自己有才行。

错！大叔一脸郑重，挥起一只手，在她眼前砍来砍去，一副要为她的人生贡献智慧、绘制蓝图的样子：你听我说，房产证上没你的名字完全不是问题，你进去后，用点心思，以小换大置换一下，房子就变成婚后财产了，就是你们两个人的了，懂吧？

衣泓不是太懂，但还是点头：不过，既然我们都知道这个办法了，估计人家也想出对应的新招来了，有房子的人也不是傻子。

没说他是傻子，但有时候聪明人也无路可走，因为路就两条，要么这条要么那条，没有第三条。

大叔跟衣泓讨论这些的时候，阿姨在一旁用锡箔纸折元宝，脚边一只蛇皮袋，已经装了大半袋。衣泓问折这个干什么，大叔说：清明节上坟用的。衣泓大吃一惊：清明节还早呢，要明年呢。

她没事嘛，早点准备，真到了清明节期间，锡箔纸都涨价了，买不到了。

这也太多了吧，你家祖先肯定都成大富翁了。

亲戚多嘛，朋友也多，都委托她帮忙。

从房东大叔那边过来，衣泓感慨横生，大叔跟爸爸年纪差不多，爸爸一天到晚到处玩，前段时间据说还报名参加了一个自行车观光团，一到周末就骑上插着小红旗的自行车，浩浩荡荡长途跋涉。以她的观察来看，大叔和阿姨之所以不出门，很可能是不想花钱，如果爸爸也在上海，会不会也跟他们一样呢？毕竟爸爸生活在小地方，除了吃饭穿衣看病，没什么地方花钱，退休工资显得很禁用，要是搁在上海，大概也会为"出门就八块钱"而费尽踌躇吧。她无从评判爸爸跟大叔阿姨哪种生活方式更好，她只有一个强烈的感觉，她既要在上海，又不要过大叔阿姨那样的生活。

十一点多，突然有人敲门，她有点迟疑，又一想，不是大叔就是阿姨，就没再多想。门刚一拉开，一个陌生的青年男子不由分说挤了进来，一股奇怪的臭味随之涌进房间，她大声叫喊，大叔闻声赶过来。不好意思，是我儿子，他从外面回来，他妈在卫生间洗澡，他内急，在你这边借用一下厕所。不好意思不好意思。

从来没听你说过你有个儿子，他也跟你们住在一起吗？

他很少回来，今天是临时有事。

那家伙真的径直去了卫生间，自始至终，这个当事人没说一个字。衣泓越想越气，租来的房子，就是她的家，他怎么能不经她同意说进就进呢？她突然想吓唬大叔一下，就说：他也不吭声，我门还没拉开他就挤进来了，我差点就报警了。真的，110已经拨出两个数字了。你要是再慢一步，这会儿警察已经在路上了。

千万别千万别，他只是来借用一下厕所，他不是坏人。

她不敢关门了，半开着，好让那老两口能听见这边的声音。

卫生间在抽水，接着是开门的声音，那家伙果然没有刚进来时那么急了。衣泓板着脸说：希望这是最后一次，我不喜欢别人用我的卫生间。

你不喜欢？小伙子转向她，当他说话的时候，臭气更浓，他肯定喝了不少酒，浑身酒气。你搞搞清楚这是我的家，哪里轮得到你说喜欢不喜欢？

我租了它，租期内它就是我家，你进来得经我允许。

我可以叫你马上搬走，我叫你走你就得走。

我有租房合同，没到期让我搬就是违约。

违约就违约，你走，马上走！

你行了！给我回去。大叔冲过来，使劲扯住小伙子，把他拖了过去。

人是走了，屋里还留着一股酒味，卫生间里更是令人作呕，她取下淋浴头，冲洗了好一阵，总算消除了大部分异味，又去把窗户打开，直到屋里彻底凉了下来，味道才算基本消失。

躺在床上，越想越怕，如果他突然闯进来不是为了借用卫生间，而是为了别的，为了做坏事，她又能怎么样呢？即便报警，恐怕也难以毫发无损。这个冬至真是，一会儿感动得要死，一会儿又恐惧得要死。

第二天早上，她一开门，就见大叔站在玄关，原来大叔特意在这里等她。

对不起，他昨天喝多了，过来跟我们说了会儿话，我就把他送走了，他不会再来了。我知道你会有想法，但我向你保证，绝对绝对不会再出现昨晚那种情况。

大叔这么小心翼翼，她倒觉得不安起来，她让大叔放心，她不舍得搬走的。

但没过几天，又发生了件意想不到的事。她下班回来，站在玄关怎么也找不到她的拖鞋。她的自言自语惊动了大叔，大叔听到后，脸上表情很复杂，但还是果断地提醒她，是不是脱在你屋里了，是不是记错了。

不可能，我没这习惯。

大叔回屋去了，很快拿出一双一次性拖鞋来：要不，你先将就着用这个吧。她觉得不对劲，连四块钱地铁都舍不得坐的人，凭什么这么慷慨地给她一双新拖鞋？莫不是他的儿子又回来了，又喝酒了？她拒绝了大叔的拖鞋，赤脚进了屋。大叔追过来说：能不能帮个忙，今后你的鞋就不要放在玄关了，说实话，我那个儿子最近不知怎么回事，比以前回来得勤了，我估计你的拖鞋可能是被他不小心当垃圾带走了。

回到屋里，越想越不对劲，她想办法联系上前任房客，问他觉得这家人的儿子怎么样。那人说，我没见过他儿子，好像听说他儿子一直住在养老院里。

那么年轻为什么要住在养老院里？

应该是脑子有点问题吧，但又不至于住在精神病院里，具体什么情况我不太清楚，反正我从没见过他。

衣泓第一个反应是搬家，立刻离开这里，她觉得她已经被大叔的儿子惦记上了，被这种人惦记上，比被坏人惦记上还要危险。

第二天她就去了中介，虽然才住了不到三个月，她还是决定搬家。

登记才过了两个多小时，中介的电话就打了过来，问她是否介意合租。她回答：如果对方是一位各方面记录良好的女士的话。

中介哈哈一笑，你们俩真有缘，你听听她的招租条件，我念她原话给你听哈：工作稳定，形象好，爱清洁，有品位。就像是照着你写的。她现在就在我们公司。

半个小时后，衣泓见到了她的合租对象，一个黑衬衣黑长裤的高挑女孩，跷着二郎腿坐在中介办公桌一侧，听见动静，侧过脸来，一脸挑剔地看着她。

恋爱中吗？黑衣女孩问。

没有。

有脚气吗？

衣泓一愣，继而哈哈大笑：要我脱下来给你看吗？

换成别人这样问她，她肯定会毫不留情地怼回去，不知为什么，在这个女人面前，她竟然毫不介意。

事后女孩告诉衣泓，她用这个办法吓跑了两个女孩，那两个女孩不一定真有脚气，可能只是受不了她的说话方式，但如果连她说话都受不了，又怎么能住在一起呢？

女孩把身份证拿出来晃了一下，似乎叫彭什么星。女孩说：叫我星星就行了。

衣泓也模仿她的样子，拿出身份证晃了一下，说：叫我衣泓就行了。

房子在外环外，挺不错的小区，带健身器材的小花园，还有一条人工河。比原来那个楼道黑洞洞的老小区好多了，虽然离上班的地方有点远，但地铁方便，十二站到家，无须中转。地铁坐多了，她渐渐觉得，一旦上了地铁，三五站跟八九站其实没什么区别，执念于上班远近真的没什么意义。

房子里面也不错，精装修，木地板，属于面积较大的一室一厅，进门左手的厨房有点小，台面上放着两盆多肉植物，灶台不大，丝毫不见油腻。客厅里的宜家沙发是新的，可坐可睡，沙发肚里两个大抽屉。异乎寻常的干净，异乎寻常的整洁。星星说：睡床的一个月2500，睡沙发的一个月1500，其他公用。衣泓选择沙发，倒不一定是贪便宜，她觉得既然是对方招租，那对方肯定是主人的身份，主人肯定要睡主卧。

你怎么想到合租的？这种房子，一个人住最舒服了。

我一个人在这里住了一年多了，想通过这种方式找个好朋友，顺便也可以降降生活成本。

星星宣布纪律：不许养宠物。不许添置无纺布衣柜。不许带朋友进来，包括男朋友。不许在家做川菜和火锅。不许手机声音外放，手机铃声调到二分之一满，包括闹钟。

衣泓笑呵呵地看着她：完了？跟我的标准一模一样，我觉得我们俩天生就适合住在一起。

还没说完呢，但我一时想不起来了，等想起来再发布补充规定。

当天晚上，两人一起出去吃饭，庆祝衣泓的乔迁。

我有自己的房子，在市区，有点旧，就是外面所说的老破小，我把它租出去了。别看它小，房租却是我这里的一点五倍。

衣泓扳起了手指：四千，加两千，六千，减去两千五，再加上我的一千五，哇，你每月仅房子就赚五千块啊。

我还有儿子要养呢，我离婚了，儿子目前跟公公婆婆生活在一起，周末我去把他接出来玩，他还小，搞不清状况，以为我平时都在上班，只有周末才下班。他爸爸再婚了，现在有了新宝宝，但我们约定，他必须每两天去一次他爸爸妈妈家，且对儿子隐瞒再婚的事实。其实有段时间我们很幸福，他考上了哈佛的博士，我刚生下我们的儿子，为了每天跟他视频，我晨昏颠倒，没睡过一个好觉，饶是如此，他还是出轨了，跟一个同样出国留学的女生。公公婆婆劝我不要离，说他会改的，我不相信。我会再婚的。我不相信爱情，但我要结婚。这个社会歧视没有婚姻的女人，他们以为没有婚姻的女人是不会处理男女关系婆媳关系的女人，我一点都不喜欢婚姻，但我不想被歧视。四十岁以前一定要解决这个问题，三字头的年龄和四字头的年龄天差地别。等我结了婚，把家安顿好了，就把儿子从公婆家接回来。现在放在那边对他只有好处，有爸爸，有爷爷奶奶，外加替我省钱。

星星的句子短，语气急迫，像有人在催她，她不得不尽量一口气说完。这语气让衣泓渐渐头皮发紧。

上个星期我也在这里请了一个女人吃饭，她是做投资这一行的，她所接触的人，不是私募大佬，就是各色老总。她很聪明，我们刚一开聊，她就说：太幼稚太不懂事了你那个老公，我一定要给你介绍一个高富帅，我们一定要让他肠子都悔青。我当然知道她不一定帮得上，但机会有时就在看似完全没有希望的角落里，否则还能怎样呢？我们不是公众人物，我们缺乏关注，就算人品和才能满分，也没人知道我们，难道就这样在角落里无声无息老去？死去？光阴如梭，我离婚已经四年了，仍然一无所获。

衣泓一个劲地点头附和，完全找不到插嘴的机会。

有一天，我会把现在的房子卖掉，重新买个大房子。我肯定会有两个孩子，因为男人一定会想要有自己的孩子。我也劝你一句，从现在开始，明确目标，努力赚钱，买个房子，养个孩子，只有这两样东西谁都拿不走。

好像我爸爸也这样跟我说过，买个房子，生个孩子。

这才是生活的真谛，所有认真生活过的人都会得出这个结论。

星星问到衣泓的工作，衣泓大致说了下致远。

这一行不错哦，机会好是能挣大钱的。

我看我们老板，还有那些经理，并不像特别有钱的样子。

说明那个公司不行，不行就早点跳槽，不要浪费自己的时间。告诉你，先摸清你们这一行有哪些经营得很好的公司，然后锁定几个属于自己的客户，再带着客户跳槽过去，你有了这一行的经验积累，手里又有客户，人家自然高看你一眼。

啊？跳槽？我才来没多久，而且有点喜欢它。

要时刻有这个思想准备，很多公司破产是没有预兆的，要辞退你也不会提前通知，公司不在乎你喜不喜欢它，为它干活、给它带来利润就行。千万别在工作上讲感情。

也对。衣泓点点头。

总之，一刻都不能放松警惕，时刻要盯紧，要像炒股一样，随时准备低进高出降低成本。

你炒股吗？

稍微有点收入的人，谁手里没有一两支股票呢？炒股可以培养你关注时事的能力，培养你的思维能力。

哇！跟你相比，我就像个白痴一样，什么想法都没有。

我像你这么大的时候也一样。

可是，你的外观给人的感觉不是这样的。

这就对了，不要让人一眼把你看透。记住我的教训，如果你将来结了婚，千万不要为了他放弃自己，不要不计代价地支持他、迎合他，他的进步是他自己的，让他有个好前途只会拉开你跟他的距离，他连他爸妈尚且报答不了，又怎么可能报答你这个外人呢？

衣泓应接不暇，开始求饶：帮帮忙，我连男朋友都还没有呢，我对未来可是满怀憧憬的。

憧憬没错，最后能落地就行，你到时候若遇到问题，尽管来问我。我已经收获了这么多经验教训，随便掏哪只口袋，都是锦囊妙计。

星星，我说句话，你不要觉得肉麻，直到此时此刻，直到遇上你，我才觉得，我在上海真的安顿下来了。

丛向阳

对她而言，这间办公室，是比家还熟悉还亲切的地方，因为单位有全职清洁女工，她的办公室陈旧而干净，木制窗框裂开许多细纹，像人的皱纹一样。她不止一次长久地打量这些细纹，她奇怪那个清洁女工怎么可以把它们清理得如此干净，永远像刚刚开封一样。因为这些干净的细纹，她甚至爱上了掉漆的、斑驳的木地板。

进进出出了十八年的办公室，俨然成了她的私产，里面墙上的油画、柜子深处的折叠床、打印机旁边的胶囊咖啡机、抽屉里的洗护用品和零食，都是她的。还有保险柜里的各种票证和首饰。

中午就餐的时候，人事处那个彬彬有礼的小伙子过来问候她，她有点受宠若惊，因为平时跟他没什么交流。

丛老师，您今天下午需要出外勤吗？

不，我不用。

那，您下午三点有空吗？我有事过来请教您。

好的好的，三点我在办公室等你。

三点整，小伙子敲开了她的房门。

丛老师，祝贺您，下个星期三就是您正式退休的日子，其他相关人事手续我都已经替您办好了，您终于可以休息了。您的退休工资，我们用足了各种政策，最后算下来，您是我们所有退休人员中工资最高的，仅次于前台长。小伙子说得很激动，她不理解他为什么那么激动，只是退休，又不是得奖，何至于如此激动。

她无动于衷的表情让小伙子渐生尴尬，她有点同情他，算了，又不是他让她退休的。她调整一下情绪，笑着对小伙子说：下周三我就不用来了，是这个意思吗？

是的是的，其实，如果下周三之前，您家里有事，或者您个人有事，也是可以优先处理的。

啊！我懂我懂，谢谢你！

小伙子出去后，她就一直站在窗口，看了一阵那些干干净净的细纹，再看窗外那棵巨大的香樟树。她刚来这里工作时，香樟树还是一棵小苗苗，十八年过去了，香樟树变成了树中的祖先模样，她还是老样子，没升职，没提拔，如今甚至被名正言顺地淘汰出局。怨谁呢？谁都怨不着，你是被岁月淘汰出局的，被政策规定淘汰的，怨不得任何人。

但怨气无法消散，在体内激荡。

她年轻的时候背了很多毛主席语录，因为记忆太深、影响太深，以至于现在还会冷不丁冒出几句来。此时此刻,她想起了那句:村上的人死了,开个追悼会。退休虽然不是死,但在职场来说,退休跟死有什么区别?她在这里兢兢业业几十年,到头来的待遇就是这个陌生的年轻人向她宣布了一个通知。他是谁?他算老几?她进入这个单位工作的时候,他大概还是个吃奶的小娃娃。

细一分析,她发现冷落不是近期才开始的,先是看好她的台长调走了,然后是对她寄予厚望的社会新闻部领导退休了,再然后,她的几个好搭档不是跳槽了,就是转行了。那时候他们就警告她,电视台这一行没得搞头了。自己到底是抱持着一种什么样的理念,才会一直待在这里的?她想不通,也许就是懒,懒得动弹,懒得重起炉灶。

她开始联系小李,小李是她的搭档里最后一个从电视台出去的,走的时候来过一趟她的办公室。

丛老师,我是不得已才走的,有劲无处使,我怕把自己养废了,我废了不要紧,但我还没买好房子,总得把一切都搞定之后,再慢慢废去吧?丛老师,请你以后定期去我那里指导指导,可以吗?其实,我更希望您能去我那里兼职,您不觉得我们社会新闻部,一直都在用您一个人的脑子吗?

幸亏她当时没有一口拒绝,她答应小李把她算进公司一员,头顶一个艺术总监的虚名,但她很少去,一个月顶多去上个十次,每次待不到半天。

在窗口站了一会儿,她开始收拾自己的物品,所有属于自己的东西统统收走，不是这些东西多有价值，而是不想留在这里被别人来处理。她再也经不起一丝一毫的践踏了。这样想着，她突然激动起来，这不就是弃妇吗？男人看上了更年轻貌美的，把老妻一脚踢开，连道别都不用，只需家丁出面说一声，她就得走。她在这里兢兢业业大半辈子，所有的心血、最好的年华，都奉献给了这里，结果她得到了什么？一个口头通知，你可以回去了，你不用再来了，你的办公室该腾出来给别人用了。

她去水槽洗玻璃水壶，不知是手滑，还是手走在心的前面，替她做了主，水壶在水槽重重一蹾，壶身碎了。她看了一会儿，懒得去收拾，回到房间拎起收拾好的包包，转身走了。

用大半辈子光阴，支付了一个处理碎玻璃壶的小小麻烦。没法考虑值不值的问题，只能考虑眼前，只能关切地问自己：你心里舒服了一点没有？

小李的公司叫诺贝，丛向阳问她这两个字是什么意思，小李一笑：关乎一点个人私事。她就不往下问了，小李比她年轻很多，看上去很随和，其实内心有些东西比钢铁还要硬。

她在诺贝有个单间办公室，她没告诉小李她已正式退休的事实，不是不想告诉她，是没机会。小李明显比以前忙了，因为摊子铺得越来越大，她不得不专门设置了一个法务办公室，法务助理整天提着个四四方方的小箱子，跟在她身后碎步疾跑。另外两名法务工作人员整天在办公室忙着影印资料，长时间地打电话。

有天中午，小李难得在公司吃午饭，她提醒小李，拓展业务只是一方面，另一方面还是应该抓好制作，要有精品意识，这才是立身之本。

小李笑了：不拓展业务，怎么出精品？拿什么出精品？又不能虚构一个精品出来，虚构的是电影，我们是为实实在在的产品服务。

服务也能出精品啊。

我不管，这一块交给丛老师你，我只负责外面。

但她并没有完全交给她，每当她拿出一个方案，总有另一个艺术总监出来跟她抬杠。有一次她生气了，对那个人说：我做东西你不要过问，你做东西我也不过问，我们都是艺术总监，我们都对自己的工作负责就行。

话不能这么说，我这个艺术总监，是全日制的，肯定要比你这个半日制的更了解公司，也更爱我们的公司。

她很生气，但她不得不克制，电视台已经把她踢出来了，这里不能再被踢，她意识到属于自己的地盘越来越少，她必须紧紧抓住已经到手的。

她渐渐萌生起了那个念头。其实这个念头最早萌生于她在电视台工作期间，因为社会新闻部的约束越来越多，导致她没法选择自己的角度，展开自己的思考，只能做一些浅表性的报道和分析。那时她就想，总有一天，她要自己动手做一个作品，自己选材，自己拍摄和剪辑，她一定要拍一个完全属于自己的东西。她在电视台工作了一辈子，参与制作了那么多作品，如今已无影无踪，连垃圾都不如，垃圾至少会被运送到垃圾山，会焚烧，留下灰烬，会压缩，变成某种垃圾制品。

也许现在是时候动手了，设备都是现成的，时间也是大把大把，现在不做，更待何时。她老早就想做房了这个选题，在上海，没人敢轻视房子，没人不对房子肃然起敬，房子是一切的母题。

不去诺贝的那些天里，她就带上高清摄像机，一个人不慌不忙地拍，不疾不徐地想。直到有一天，她看到一个消息，一家工厂的工会干事，利用业余时间，用苹果手机拍摄了一部关于"下班后"的纪录片，她才惊觉，她的速度太慢了。慢本身不可怕，可怕的是，万一她的选题被某个急性子先一步抢拍出来，那就轮到她傻眼了。

但她需要一个助手，除了拍摄的相关事务，还有大量文字工作，她一个人是能对付，但她没法提速。对于创造性工作来说，一个人一天的量是恒定的，不会像牛一样，在屁股上抽一鞭子，就能跑得快些。

衣泓

刚一上班，衣泓就接到客户的电话，说是老板临时出差，原定的见面只能改期，后续见面时间等老板回来再定。衣泓正要给屈老师打电话，公司通知开会，因为涉及员工社保事宜，大家都听得很认真，人事经理不停地解答大家的疑问，衣泓也问了两个跟切身利益相关的问题。会刚开完，又有财务过来跟衣泓核对上一笔业务的付款，其间还涉及当事人签字、领导签字，这么一通折腾下来，衣泓不知不觉忘了客户的电话。

十一点多钟，屈老师挂着两只眼袋进来了，衣泓猛地想起早上那个电话，就跑上去跟屈老师说了个大概。屈老师说：没事，改期就改期。想了想还是拨了个电话过去，听着听着，屈老师脸变了。

衣泓！你给我过来！屈老师涨红着脸，眼睛能冒出火苗子来。

人家早就给你打了电话，你为什么现在才告诉我？

衣泓嗫嚅着，说不成句。

现在好了，煮熟的鸭子飞了，你负责？

不是说改期了吗？不是说等他们老板回来再约的吗？

你听得懂人话吗？不知道什么叫托词？什么叫婉拒？还大学毕业，书都读到哪去了？我辛辛苦苦在外面找客户，好不容易敲定了，被你丢三落四搞黄了。你要是接到对方电话立刻告诉我，我肯定有办法让它起死回生，现在人家那边木已成舟，你让我怎么办？我几个月来的心血都白费了，还有我的公关费，我赔出去的笑脸和尊严。

屈老师声音越来越大，大家纷纷朝这边看过来，连老板也过来了，问怎么回事。屈老师抢前一步：你问问她，不及时向我转达客户的电话，错失良机，到手的客户给她放跑了。

别那么夸张，能因为一个电话就跑掉的客户，根本就不算到手的客户。

衣泓得救般望向老板，老板却回她一个凌厉的眼神：不管手上有什么事，客户的电话都要及时反馈给经理。说罢，根本不给她反驳的机会，扭身就走。

屈老师怒气未消，看什么都不顺眼，几天前送到他手上的文案，此时被他狠狠扔了回来。

早就跟你说过，不要这么文艺腔，酸溜溜的我拿得出手吗？

作为文案助理，衣泓没资格直接把文案呈给老板，只能先交给屈老师，而屈老师跟她，就像牛头和马嘴一样永远不相匹配。只要看她的稿子，屈老师的眉头就皱得像正在便秘。不管她怎么修改，屈老师都不会满意，但明天，或者以后某一天，屈老师会受了天大劳累似的，哎哟哎哟叫唤着，把自己终于完成的文案交到老板手上。最终成形的作品她看了，屈老师并没完全否定她的创意，他把她剥开了，打散了，再掬起其中精髓，就像她端给他一盘剥好的虾仁，他上去把它剁了几刀，然后才下锅一样。虽然面目全非，但那主体材料不还是她的吗？

这次她留了个心，看看这次是否还像以前一样。

过了两天，真的给她看到了，那个名叫光华的淡水养殖珍珠广告，在屈老师整饬一新的文案里，"盈盈光华，真的华光"，完完整整就是她的原版，这回干脆连剁几刀都省了，直接端上，再堂堂正正署上他的名字。她转身拿来自己的文案，把她的文案和屈老师的放在一起，质问屈老师：这不是我的原话吗？为什么还总是批评我？

屈老师满不在乎地一笑：有件事你必须明白，我们不是在搞个人写作大赛，我们是集体作战，每个人都是集体的一分子。

那你就不要骂我文艺腔、酸溜溜。

你是不是理解能力有问题呀，我那不是在骂你，是在肯定你的特点。我可没少在老板面前夸你，说你脑子好、反应快，不信你去问他。

果然是老滑头，难怪他们都说，你跟上屈老师，可是一点便宜都占不着。她一点都不喜欢这种滑头，也不喜欢他每天上午挂着两只肿眼泡来上班，还进门就振振有词：某某客户太难缠啦，某某客户不守信用啦，好像他天一亮就去跟客户斗智斗勇，一直斗到现在才筋疲力尽地赶回公司。每当他这样自我掩饰的时候，大家都会偷偷交换心知肚明的眼神。

几天以后，衣泓照例从地铁口爬出来，风风火火往公司赶，老远就见公司门口聚着好几个人。她以为那是今天准备出外勤的人，再往前走几步，发现不对劲，没有一个人是工作状态，大家都在不安地张望、走动。

很快她就知道怎么回事了，老板已经失联，老板家里更是宣称，三天前就跟他联系不上了，现在他的家人也在四处找他。她去问屈老师，屈老师一脸焦急地摊手：最想找到他的人大概就是我了，他刚刚找我借了二十万。

两个多小时后，另一股骚动又起，有人开始搬东西，搬走了老板办公室里的真皮沙发、投影仪、书柜、激光打印机、复印机，甚至办公椅。衣泓呆站着，像在做梦一样。

跟她相邻而坐的同事过来说：你不拿点什么？

衣泓一脸茫然：拿这些东西做什么用呢？

我也知道没用，但人家都在拿，我们不能什么都不要。同事抱了一台台式饮水机。

衣泓找到脸色发灰的屈老师，问他：为什么？老板为什么要这样？

我想他肯定也有不得已的理由吧，只是这么做，对我们来说太不公平了。你还好，反正没在这里干几天，我们可都是老员工，对公司有感情的，也投入了那么多，突然来这么一手，真是受不了。

有人通知了大楼物业管理人员，考虑到还有房租水电物业管理费之类的没有缴清，物管人员第一时间赶过来将公司大门上了锁。

大家只能来到走廊里，谁也不想最先离开，谁都抱有最后一丝希望，希望老板能在最后一刻赶过来，说明情况，宣布一切都是虚惊一场，一切重新开始。

一直等到中午，也没有出现期待中的那一幕，不仅如此，还有更糟糕的消息从客户那边传来，几个正在进行中的项目，已经向老板支付了超过进度的款项。

一切都是有预谋的。

慌乱之中，衣泓本能地想要给爸爸打电话，拨出去之前又掐掉了，爸爸又能怎么办？这可不是以前，学习上碰到问题，跟他讨论一通，他总能想出办法，要么自己解答，要么给她找一个对口的老师。也许找哥哥更管用一点。拨通哥哥电话，大致说了下这边的情况，哥哥很突兀地笑了一声：还有这种事？

电话里沉默了一会儿，哥哥说：已经这样了，也是没办法的事，只能重新去找工作了，下次不要这么盲目，要上网查一下公司背景，别又遇上这种草台班子。说真的，我觉得你不如回去，找个稳定点的工作，离家近一点，家里也少一些担心，小地方一样可以干出大事业。

嗯。

平时你也没注意观察？一点预兆都没有吗？

那么多有经验的老员工都没看出来呢。

跟哥哥的通话加深了她的沮丧，她迫切需要一次建设性的通话。她想到了星星，星星完全有资格知道她的最新消息。

星星的反应果然跟哥哥很不一样，她先是哈哈大笑：老板跑路了？真的跑了？这是个什么流氓老板？很快就严肃起来：这是好事！我跟你说，真的是好事！这说明你们公司真的不咋地，我以前就劝你，要有跳槽的准备，怎么样，被我说中了吧？他要是不跑路，你还下不了决心离开呢。现在正好，赶紧去找一家好公司。你现在不是刚参加工作那会儿了，你资历有了，手上应该也有了一两个客户吧？时机正好。我一会儿把你们这一行的前十给你搜出来，前十可能不行，估计门槛有点高，前二十吧，你记住一定要找那些大公司好公司，不要担心人家不录用你，你只要敢去，人家首先就为你的勇气高看你一眼。

几句话瞬间点燃了她，她看了一眼聚在走廊里六神无主的同事们，突然觉得她连再见都没必要跟他们说了。星星说得好，这个公司不欠她，顶多只欠她一个月工资，这点损失她承受得起。

原来的求职简历她一直存在手机里，她马上跑进一家熟悉的商务店面，在原来的简历上，加进了工作经历这一项，现在，她觉得这份简历比原来的有分量多了。

刚刚打印完毕，星星就把搜出来的资料发过来了，衣泓决定立刻行动，先去离这里最近的一家试试。

路上，星星又发来消息，叫她不要告诉人家老板跑路的事。她心里一惊，正在寻思人家若问她为什么跳槽，她要不要实话实说呢。星星说：千万不要这么说，老板跑路不就是公司破产吗？那你不就成了丧家犬吗？人家会嫌不吉利，你还不如说，我觉得待遇有点差，离我的目标收入有点远，如果人家继续问你的目标收入，你就胡诌一个数字，当然是大一点的数字，你要知道，像他们这么好的公司，肯定不缺人才，说不定缺的是有趣的人，我觉得你可以扮成个憨傻直，谁都喜欢憨傻直，真的。

她笑到抽筋：如果他们真的录用我了，岂不是以后要一直扮成憨傻直？

你真的不知道吗？你的本色就是个憨傻直呀。

你开玩笑的吧？我记得你说过我挺聪明的。

聪明跟憨傻直不矛盾。

按照星星给她的信息，她来到一个巨型商业广场，停在一栋巍峨的大楼前。诺贝广告有限公司，十二楼，就是它了。衣泓一眼就在一楼大厅墙上找到了公司的名字。

正要进电梯，又收到星星的短信。

先不要贸然闯进去，偷偷观察一下，再去卫生间整理整理自己，把自己弄得精神些。你是很聪明，但还需要更聪明一点。

衣泓听话地找到卫生间，对着镜子打量自己，收腰白衬衣，黑西裤，黑皮鞋，没什么特别，但也没什么错处，就这样吧。

星星又有消息来：资料显示，公司最著名的广告是几个厨房家电，老板是个女的，叫李艾薇，你可以直接找她，这样显得你是有备而来，有诚意，也有气势。从我搜索到的成功面谈经验来看，你至少要准备一个过往的成功案例，向她展示你的能力。

衣泓谢过星星，拧开水龙头，打湿头发，把软塌塌的马尾巴梳理成硬撅撅的一根棍式，又用空气粉饼在脸上拍了一遍，重新涂过口红，用裤腿擦了皮鞋，再用湿巾抹净裤腿，一咬牙，走进了电梯。

幸亏刚才整理了一下，诺贝的人个个穿得很有品质，按响门铃，一个留着清爽短发的短裙女孩走过来。衣泓向她打听李艾薇李总，女孩问她有没有预约，她老实回答没有。不知为什么，女孩犹豫了一下，竟也放她进去了。

短发女孩指引她走向左边一个房间，透过玻璃门，衣泓看到一个精致而丰满的女士，正端着咖啡杯在看电脑。

李总，有人找。

在一个和颜悦色的人面前反而容易露怯，这是衣泓自认为的毛病，反而是面对挑剔眼神时，更能激发她的斗志。这次也一样，当她说出求职的意愿，并把自己的简历放在李总面前时，她气恼地听出自己的声音虚弱不堪。

李总一脸微笑：我们暂时不招人呢，你在哪里看到我们的招聘启事的？

不，我没有，我只是慕名而来。

这样啊，谢谢你，那你知道哪些我们做过的案子吗？

衣泓心里一阵欢呼，幸亏刚才星星发给她的资料里有，她全都仔仔细细看过了，这会儿便如数家珍地报了出来。

看得出来，李总很满意她对公司的了解，但态度还是没有动摇。我们最近的确没有招人的打算，我们现在几乎是满员前进了。

但是，我觉得，一辆全速前进的车，并不会因为多了一只好用的轮子而有所拖累，只会跑得更快。

李总哈哈大笑起来：真是个聪明的女孩，那么，你这只轮子有多好用呢？

衣泓趁机说起了自己之前参与做过的几个案例，从中学时代起一直坚持至今的爱好，几个自己开发的客户，以及对李总公司长久以来的心向往之。正说着，一个年纪偏大的女士径直走了进来，此人衣着打扮看似普通，却有种说不出来的气场。看得出来，她跟李总之间不是普通员工跟老板的关系，她进来后，不经允许就拿起桌上衣泓的简历看了起来。

衣泓讲完了，李总点了点头，还是有点为难：你的确很优秀，但我们真的满员了，你看看外面，大厅里真的再也摆不下一张办公桌了。

我不要办公桌也可以，我可以接受居家办公，有必要时才来。

不好意思，被视为超载员工对你是不公平的。

刚进来的女士说：李总你考虑得太多了。随即在李总耳边说起了悄悄话。

真的吗？你觉得这样真的可以吗？

女士又俯下身去说了几句什么，李总笑了起来。

然后，李总转过身来，对着衣泓说：你快点感谢丛老师吧，丛老师是我们公司的艺术总监，对你赞赏有加，坚持认为我们应该留下你。

衣泓感激地望向丛老师，丛老师调皮地向她比出一个OK的手势。

做好相关注册登记后，衣泓被丛老师叫到了她办公室。

我看了你的简历，你爱好摄影？写过小说？现在有什么新作？

衣泓很不好意思，说那只是几年前的一个尝试，后来因为学业紧张，再后来又急于找工作，被迫搁下了。

不要紧，总有一天，时机成熟的时候，你还会再捡起来的。先不说那些，你先跟着公司的节奏走，等哪天我有新的项目要做，我希望你能加入进来，我的项目不是谁都能参与进来的，必须是我看中的人。这就是我留下你的目的。

她简直不敢相信自己的耳朵，不会是在做梦吧？

晚上，两个女孩约在小区附近吃火锅，喝啤酒。

你觉得那个丛老师真的在用含情脉脉的目光打量你？你学一下我看看，什么样的目光？

衣泓做了个模仿的眼神，星星捂着嘴笑得浑身抽搐。

李总说她是公司请来的艺术总监，什么样的人才能做艺术总监？

你说她年纪有点大，估计是从哪个地方退休了被聘来的，估计以前也是这个领域里的专家。管她呢，反正是公司用得着的人物。这样的人物现在竟看上你了，你真是个幸运的家伙。

衣泓突然面露愁容：如果以后她处处以恩人的姿态来要求我支使我，那我岂不是很难受？

知道什么叫小贱人吗？你这样的就是，你怎么不想想你遇上她是多么幸运啊，你还记得你刚刚失业了吗？你连一天的过渡都没有，这一切都是拜她所赐。

其实是拜你所赐，要不是你给我提供那些信息，我现在还不知在哪里愁云惨雾呢。

知道就好，今天的晚饭你买单。

真的星星，你比我哥哥好太多了。在打给你之前，我打给我哥，我哥叫我回去，找个离家近一点的工作。在他眼里，我就不配在上海工作和生活。

他帮不了你才这么说的，远水不解近渴嘛。

我没跟你说过吧，我哥一家在上海，我嫂子是上海本地人。

这样啊！那就另当别论了，下次你给他打电话，你让我来说几句，哥哥对妹妹，应该像疼爱老婆和女儿一样，怎么能动不动就想把她赶回去呢？

她想说，我们是同父异母的兄妹，话没出口又咽了回来。如果要忘掉同父异母这几个字，应该从自己开始做起，所以她对星星说：我这个哥哥，是天底下最不容易激动的人，我们很难在一个频道上对话。

说完就后悔，她怕一语成谶。

丛向阳

她把退休当成一个巨大的创伤。

那些专家都是乱说，什么退休综合征，什么更年期，统统都不对，就是一个被辜负者、被抛弃者、被践踏者的应激反应。

早知道有今日，当初就不该那么投入，不该把单位的事看得比自己家里的事还重要，单位就是提起裤子不认人的负心汉，就是红口白牙吃了不认账的白眼狼。

她曾经多么卖力，全心全意，起早贪黑，为此她把家庭荒芜了，丈夫不堪冷落，起了外心，终致离婚收场。儿子的学习她管一天，不管一天，才初中二年级儿子就谈起了恋爱，进入高中就不大跟她说话了，所幸最终考了个本地大学，搬去了学校，从此她跟儿子见面难上加难。她怠慢了本该万分重视的人，去追逐所谓的事业，如今事业还看不出个眉目，退休的时间到了。她像一个没进过球的球员，正因为没进过球，她一直一直、每分每秒都在奋力奔跑，都在渴望进球，但是，时间到了，裁判的哨子吹响了，她必须汗水淙淙地离开。

她以为会有一个欢送会之类的仪式，哪怕是在某个会议的间隙，顺便提一嘴也可以，她设想了很多种可能，就是没想到，竟然是一个小办事员来通知她，你可以不用来上班了！

这一生算是白过了，汗水白流了，心思白用了，荣誉也白得了，她的努力，她的心血，全都白瞎了。在被丈夫抛弃过一次以后，现在的她，又体会到了比那一次严重得多的抛弃。

前夫到底还是对的，离婚前，他一再地劝她：别那么拼命，单位是大家的，不是你一个人的，它就像大海一样，你使出吃奶的劲，往大海里舀水，大海会有反应吗？人家加一瓢，你加十瓢，有区别吗？大海会记得你比人家多加了九瓢吗？没意思，告诉你，悠着点，身体劳伤了划不来。那时她特别讨厌这种腔调，他总劝，她就总跟他吵，嫌他没有上进心，一天到晚惦记他的股票。最终，他们离了。他很快娶了年轻的老婆，又生了孩子，从此杳无音信。消失起来真快呀，不管是人还是感情，就像风吹走了云，转眼间，无声无息，无影无踪。

幸亏她的人生还有另一个小小的出口。她知道李艾薇是在利用她，毕竟她在这个领域摸爬滚打了一辈子，又认识那么多有头有脸的人，正像李艾薇自己说的：你也不用做什么，给我带几个客户来就行。李艾薇小她十岁，她们像男人一样，互称老李老丛，但当着别人的面，尤其是当着职员的面，总是互称李总和丛老师。

但她真的来到诺贝时，沮丧开始阵阵袭来。在电视台，她是主动进击的一方，她有自己的计划，她掌控着事情的进度，她知道方向在哪里，知道该以什么节奏运作，现在她完全被动了，她甚至需要仰望李艾薇的脸色。比如出去见客户，明明她觉得可以拍板了，但李艾薇一脸的讳莫如深，让人家摸不着头脑，让她也不知所措。从客户那里出来，她问李艾薇总在犹豫什么，李艾薇说，我感觉还不适合出手。

李艾薇"感觉"到的东西，她一点都感觉不到，她发现她跟李艾薇有着难以形容的差距，就连她们的友谊，她现在都觉得似乎不是她想象的那样了。

她想起前夫的比喻，那是个多么贴切的比喻，大海不行，李艾薇的桶也不行，留给她的时间已经不多了，必须得往自己的桶里舀水了。

又是没有外出任务的一天，她外出越来越少了，李总更愿意单独外出，或是带上某个男性员工。她打开那个设了密码的文件夹，题目暂定为《上海的人与房》，她把声音关掉，开始回看之前收集来的第一个素材，正是这个素材让她动了搞这个项目的心思。女主是一个年轻的外地来沪女人，五官周正，身材窈窕，可惜满脸因焦虑而起的憔悴遮住了她的光芒。

我可以算是世界上最倒霉的人了。当时也是想买房，但政策对我不利，积分不够，光是单身这一条，就让我损失了好几十分，我让中介帮我出主意。他们说，赶紧找个人结婚，房子一到手就离婚，很多人都是这么操作的。可是，上哪去找这样一个人呢？在上海我总共不认识几个人，中介说，到老家去找，找熟人，找亲戚朋友，自己人不帮你还有谁帮你？我就打电话回家，让他们去帮我找，结果真找到了，算是我的表哥，他本来是结过婚的，后来离了，儿子判给了他。整个事情是我爸妈去沟通的，表哥很支持，说什么条件也别提，只要将来有一天，他到上海来旅游的时候，能到我家里来看看，吃顿我烧的饭就行。就这样，我们很快拿了结婚证，我买了房，房子到手，我一边联系装修工，一边上班，同时让家里联系表哥，让他来上海跟我离婚。没想到表哥还没出发，就遇上了车祸。我让爸妈去表哥家里把结婚证悄悄拿出来，没想到我爸妈怎么找也找不到，又不敢大张旗鼓地找，说出去毕竟不好听。我爸爸还安慰我说：他们家人都是忠厚耿直人，不会有事的，何况他人都不在了，还能怎样？没想到表哥的五七还没过完，表嫂打电话给我了，说她知道我们结婚了，也知道我们在上海买房了。我说感谢表哥出面帮忙。表嫂说：帮忙不帮忙的，法律上可不这么认为，法律上他就是结了第二次婚了，你就是我儿子的继母，他死了，属于他的那一份财产，儿子是第一继承人，还说她已经咨询过律师了。

年轻而憔悴的女人眼眶红了，却流不下泪来。

我眼泪已经哭干了，我知道这是我的报应，我不应该起贪心，不应该投机取巧。我也去质问过中介，为什么要给我出那个馊主意，中介反过来骂我，说我太粗心，买完房都一个多月了，还没去办离婚，说人家都是在一个星期之内就搞得妥妥的。没办法，我只能去找律师，稍一咨询，我就发现这可能又是一个坑，因为律师是按标的收费的，而且我打赢官司的胜算并不大。我现在已不知道该怎么办了，我去求我表嫂，求她开恩，看在曾经是亲戚的面上，放我一马。开始还能在电话里沟通，后来她索性不接我电话了，她说她也没办法，是法律在追究我，不是她在追究我。爸妈后来迫于无奈，居然问我愿不愿收养表哥的儿子，我说如果真要走到那一步，我就死给她看。我爸说，那才真的是亏呢，你死了，整个房子都归她的儿子。也就是说，我现在是活活不下去，死又不甘心。我要是不买这房子多好，为了买房子，我连理发店都不敢进，我的头发都是自己剪的，我的衣服都是从朋友们那里捡来的旧衣服，我出门总是随身背一个双肩包，里面装几只水杯，在外面遇到饮水机就装满，带回家里喝。我收集一切免费的生活用品，不得不买的东西，通通都上闲鱼买二手货，我过得像葛朗台，结果都是在为别人谋福利。所以现在，我还没结婚，但已经是某人的妻子，某人的妈妈。那个小孩的妈妈，隔三岔五就问我要钱，我说没钱，她就让我卖房，把她儿子应得的给他，还威胁我说要把她儿子送到上海来。我爸妈现在成天都在挖空心思讨好表哥的爸妈，毕竟他们也是那个小孩的监护人，但他们年纪已经很大了，他们哪天要是死了，我就只得直面表嫂了。我绝对斗不过表嫂，她动不动就拿法律说事，我快被这事逼疯了。现在我真怀念没有房子的日子，虽然不停搬家，但心里坦荡，能感到活着的愉悦。

丛向阳关掉视频，事情过了这么久，看完依然有点激动，说明这东西是有生命力的。只是她现在没了同事，没了助手，只能一个人干了。一个人也能干，但总有些事情，一个人是没法进行的，比如有时候需要有人拿挑杆，有时候需要有人代她掌镜，长期一个人干，容易走偏，落下无法弥补的瑕疵。要是能找个助手就好了，有点文字能力的，对影视有兴趣和见解的，这并不容易，毕竟她现在只能以个人身份来做，在片子做完并成功卖出去之前，她无法支付那个人报酬。她看看外面，那些忙忙碌碌的新同事，他们当中也许有人能胜任，但她相信没有一个人愿意做无偿的劳动。

直到她看到那个来求职的小姑娘。一看就是没有太多职场经验的人，再看看她的简历，不错，喜欢拍摄，写过小说，简直就是为她定做的，但她肯定缺钱，是那种工资发晚一点就可能吃不上饭的主儿。要不让她先干公司的活，吃李总的饭，再慢慢靠近她。

李总不想招人，公司的确不缺人，但话又说回来，这种公司，多一个新手也不至于让公司遭受多大损失，而且新手都有试用期，试用期几乎没什么成本，等试用期到了，李总不要她时再出手。

当着小姑娘的面，她悄悄向李总表达了她的意思，李总有点怀疑：你确定？你都还没跟她说过话。

蛮有灵气的样子，万一真的是个彩蛋呢？过了试用期再辞不迟。

李总就替她留下了她。

女孩办好手续后，她把女孩叫进来。

女孩很纯朴，红着脸一个劲地谢她。

女孩说她叫衣泓，爸爸是一名中学数学老师，妈妈自己创业。丛向阳说：果然，我正在想，泓这个字不错。我被你的简历吸引了，小小年纪，却有着不俗的爱好，还有不俗的成绩。我年轻的时候也想写小说，但我一次也没有发表过。这是个难得的天赋，不是每个人都能拥有的，要好好珍惜。

她一夸，女孩就开始有点失控，竟讲起了爸爸讲过无数次的关于逢生人的故事，她恰好对类似的故事有着浓厚的兴趣。总之，两人的第一次交谈相当成功，她从女孩的眼神里，看到了女孩的单纯与热情，她感觉她能驾驭好这个女孩。

她直接说正题了，她希望有一天，当她的项目启动的时候，女孩能加入进来，跟她一起做。女孩像她想象中的一样，又激动又不安：就怕我太笨，达不到你的要求。

不怕，我会教你，你这么聪明，又有灵气，肯定一教就会。

当然她也让女孩好好工作，在不影响本职工作的前提下，参与这个项目。女孩激动得都快哭了。

衣泓

这个周末，星星想要安排儿子跟她的男朋友见见面。

其实还是准男朋友，儿子通过了，我才会考虑我和他的走向问题，在此之前，我不想白浪费时间和激情。星星说。

衣泓直觉这种计划有点问题，但她也想不出更好的主意来，她怕万一她出来阻止，反而被星星误会，因为周末行动需要衣泓友情参与，这样一来，他们的见面就不是三个人，而是四个人。四个人的见面，孩子比较不拘谨，大人也更放松。人只有在放松状态下，才容易看出真我。

星星很用心地安排三个大人周五一起吃晚饭，目的是提前让衣泓和她男朋友认识一下，这样第二天的四人活动才会显得自然。

衣泓按时赶到时，星星已经和一个男士坐在那里了。小伙子乍一看很不起眼，未经打理的头发，普普通通的夹克衫，表面看跟星星完全不在一个档次。看到衣泓走过来，星星赶紧给他们介绍：这是衣泓，这是何枫。何枫直愣愣地盯着她，过了一会儿才说：你这个姓挺少的。

星星利索地点菜，问到要喝什么饮料时，星星看都不看何枫，直接说：你就不用问了，可乐。又对衣泓说：坐在你面前的，就是传说中的IT男，在他们眼里，世上唯一可喝的东西就是可乐。

真是厉害！我一喝那个东西就要打嗝。

何枫说，打嗝又不是坏事。

星星撇嘴，衣泓笑起来，觉得这个何枫言语之间颇有点孩子气。

菜很快就上来了，何枫脱去夹克外套，露出里面的格子衬衣，衣泓不禁偷笑起来，没想到他真的就像外界传说的那样，可乐，格子衬衣。星星小声在衣泓耳边说：这种优衣库衬衣，一共买了五件，夹克外套也来自优衣库，去一次优衣库，差不多能把一年的衣服都买齐。衣泓点头：倒也省时省力。我们是不是该向他们学习？

我才不要，我会因此得抑郁症的。

大家开始聊吃的，一聊才发现，何枫的老家在湖南，跟衣泓算是地理邻居。

湖南人老厉害了。衣泓说。

天上九头鸟，地上湖北佬。你们更厉害。

我是给咱们湖北丢脸了，我是天底下最笨的人，在超市这种地方都会上当。比如有人来向我推销洗发水，我总是乖乖地买了人家推销的东西，回去一用，并不见得好。

我也一样，你问她。何枫指了指星星。

星星又一次撇起了嘴：有人向他推销包包，说何枫，给你女朋友买个包呗，谈恋爱哪有不给女朋友买包的。于是他就在人家手机上扫码购买，说是LV，我都不用去检验，肉眼一看就知道百分之百是假的，咖啡色那么深，走线那么菜，编号也没有，里面的里衬还滑溜溜的。

你就把它当真的用就行了，干吗总强调它的真假呢？市场上没有几样东西是真品。前几天我看到一个消息，有个很有名的内衣品牌，它的工厂两年前就不存在了，可市面上这个牌子的内衣源源不断，大家都买得不亦乐乎。

好吧你又赢了，反正你每次都是要赢的。

终于说到明天去迪士尼的安排。星星指着何枫对衣泓说：你相信吗？这人居然没去过迪士尼。

其实，我也没有去过哎。

……你们两个怎么回事？

何枫似乎很高兴衣泓也没有去过迪士尼，说：作为一个成年人，不喜欢小孩子喜欢的东西，再正常不过，我还觉得那些喜欢迪士尼的成年人不正常呢。

如果是这样，那我们明天的活动是不是应该取消算了？否则太难为你们两个成年人了。星星笑盈盈地说，但在场的两个人都听出来了，她有点不开心。

不不不，我很想趁机去体验一下的，我喜欢所有的人生第一次。

衣泓赶紧表态：你昨天告诉我这个安排后，我连攻略都整理好了。

何枫也意识到了什么：我也想托你儿子的福，去迪士尼开开眼界。不过，迪士尼里面不会也有假东西吧，这回你可要好好把关，别又让我买到假东西。

放心，我们不会在迪士尼买东西。

第二天上午九点，衣泓第一个到达迪士尼门口，发现门口已排起了一眼望不到头的长队。没过多久，更早出发去婆婆家接儿子的星星在电话里告诉她，何枫已经到了，而他们母子还在地铁上，总之，大家聚齐了一起进去。

何枫大约也接到了星星的电话，也在转着圈地找衣泓。最后，两人竟然在没看到对方的情况下撞到了一起。他们同时伸手扶住对方，尴尬又欢乐地大笑起来。接着，他们在回味昨晚菜品的基础上，自然而然地聊起了家乡菜。衣泓说：湘菜馆可多了，就没听说哪里有鄂菜。何枫说：是没有，一部分被湘菜干掉了，一部分被川菜干掉了。

没关系，马上你这个湘菜就要被鲁菜干掉了。她知道星星是山东人。

不一定哦，也可能是湘菜干掉鲁菜。要知道辣可是很霸气的，辣可以消灭一切不服从。

何枫的确是个家乡菜的忠实拥趸，对大大小小的湘菜馆如数家珍，对各家各户的菜品也是了如指掌，他向衣泓推荐的并不是菜单上的所谓招牌菜，而是一些名不见经传的菜品。招牌菜都是哄外行的。

他说，似乎很得意自己发现了其中的奥秘。

两人起劲地聊着菜，何枫突然换了个频道：你有男朋友吗？

没有，我现在对这个城市还不了解，更不了解这个城市里的人，等我彻底熟悉这里以后，我会去谈一个的。

那你找一个熟悉上海的人谈恋爱不就一举两得了？

不行，我不想靠别人转述，我想自己去了解。打个比方，如果我跟你这个熟悉上海的人谈恋爱，你肯定就知道带我喝可乐、找湘菜馆子，跟我自己一步一步去了解的上海肯定是不一样的。

有点道理。何枫看着她，似有所思。

你和星星谁先熟悉的上海？

当然是她，虽然我比她早几年到达上海。我的生活就是两点一线，像装在密封管道里一样。认识她以后，我们跑了很多地方，最后坐下来一想，除了浪费时间、精力和金钱，好像也没什么收获。

但你收获了爱情呀，看看你们，都到谈婚论嫁的地步了。

谈婚论嫁？星星这么跟你说的吗？

衣泓觉得奇怪，何枫的反应似乎跟星星不太同步。来不及多想，星星和孩子牵着安全绳走过来了。

小宝，快叫叔叔、阿姨！

小宝却直往她身后躲。

没想到小宝是个如此纤弱的小男孩，一身白色运动装，头戴一顶黄色棒球帽，真的就是一根细细的豆芽菜，头上顶着一颗充分吸水的黄豆。尽管有安全绳，孩子还是牢牢抓住妈妈的手，怕冷似的紧贴着妈妈的身子。

果然像大家描述的那样，在迪士尼，大多数时间都在排队，排一个多小时，进去玩十多分钟。刚开始的新鲜劲过去后，小宝一直在哼哼唧唧地闹，这时何枫和衣泓就必须跑前跑后，开展各种有趣的服务，买吃的，买玩具，何枫还拿出手机跟他打游戏。星星好几次想摘下安全绳，悄悄套在何枫手腕上，但小宝总能在第一时间发现，大力拒绝。他可以跟着何枫打游戏，可以吃何枫买来的东西，但坚决不能跟何枫锁在一起，当何枫靠近他的时候，妈妈必须寸步不离地陪在他身边。

阳光直射，外加无聊，衣泓越来越困，简直困到两眼昏花，恨不得就地一倒，不管不顾地睡上一觉。她一点都不喜欢迪士尼的气氛，到处闹哄哄，到处排队，为什么那么多人喜欢在这种地方兴冲冲地跑来跑去呢？他们到底喜欢这里的什么呢？

吃午饭的时候，她悄悄跟星星说：我可以提前离开吗？再留下来我就是个两百瓦的电灯泡了。

不要，你没发现小宝更喜欢你吗？他不让何枫靠近他，也不让何枫靠近我。

这事得有长远计划，一个周末是解决不了的，慢慢来。

总之你不要走，我感觉何枫也快要支撑不住了，我看到他至少打了二十个哈欠。

午饭吃完没多久，小宝就睡了过去。何枫说：可怜！看你把他累的，要不我们回去吧，下次再来，孩子体力有限，没法坚持到晚上的。

睡一觉应该就好了，在家也要睡午觉的，晚上的烟花才是重点。来都来了，要尽兴，不要留遗憾。

最终决定先找个咖啡馆坐一坐，休息休息，哪知刚一起身，孩子醒了，坚决不肯跟大人进咖啡馆，非要去玩，还点名要去玩海盗船。

疲惫之师只好努力打起精神来，重新去排队，去接受阳光暴晒。

在"飞越地平线"门口排队的时候，何枫突然流起了鼻血，大家一起手忙脚乱找餐巾纸，所有的餐巾纸都用完了，鼻血还没止住，只好任由它滴滴答答落在衬衣前襟，先是鲜红的一大片，渐渐变成了深红、老红，看上去蛮吓人的。

在其他游客七手八脚的帮助下，血总算止住了，何枫鼻子里多了两个大纸团，情形相当狼狈。何枫自我诊断：可能是晒的，我一般不流鼻血的。

别紧张，流点鼻血不算什么。星星用湿纸巾帮他擦着嘴巴周围的血迹：说不定反而有好处，可以帮你更新造血系统。

衣泓建议何枫去旁边的小店坐一会儿，等排到他们的时候，她再过去叫他。何枫感激地看了衣泓一眼，往不远处一个小店走去。

现在的男人怎么这么脆弱，晒晒太阳就流鼻血，还不如我们的小朋友呢。

IT人士嘛，会不会是因为平时坐得太久。

约莫过了二十分钟，星星对衣泓说，他是不是可以过来了。本来想发消息，但衣泓说，万一他听不到呢？说不定在打瞌睡。衣泓决定亲自跑一趟，总比一动不动站在太阳下、站在人缝里好受。跑到小店一看，何枫的鼻血似乎还没完全止住，两个大纸团全都被鼻血浸透了，手里还捏了一把湿透的红色纸团。

要不你先回去休息吧，或者我来打电话叫医生，这里应该有医疗站之类的。

不用不用，还是你好，你真的是个好人。他让衣泓帮他打一个电话，衣泓刚一拨通，他的手机响了起来：这是我的号码，你存好。现在你过去陪他们吧，天塌下来我都不走了，我头晕，只想坐在这里休息一会儿。

见衣泓一个人回来，星星老远就黑了脸。

项目结束，原路返回，三个人一起走进何枫休息的小店，何枫却不在那里。也许去卫生间了。衣泓说。

星星一边打电话，一边眼睛嗖嗖地四下乱看。

你在哪里？什么？

星星的脸突然灰白一片，却睁大眼睛，对着衣泓咧出一个夸张而惊讶的笑脸：你相信吗？他回去了，他说他已经在地铁上了。

他肯定是感到不舒服，不会无缘无故流鼻血的，我来叫他的时候，他还没有止住，还在继续流，是挺吓人的。让他回去休息吧，不到万不得已，他不会就这样走掉的。

星星不说话了，脸上看不出来什么表情。衣泓抖抖手里的地图，大声说：来！让我们看看下一站是哪里。

走了一个人，队伍寂寥了很多，衣泓建议去城堡，那边阴凉，还可以买到冰激凌。

有意思吧？没想到吧？星星终于正脸对着衣泓了。

你别想多了，我觉得他肯定很难受，有些人就是特别害怕流血。再说，我们主要是来陪孩子玩的，孩子开心就行了，目的就达到了。

你想得太简单了，正因为他不善于掩饰……我觉得我们结束了，我不喜欢拖泥带水，这样也好，有问题就应该早暴露。星星果断地咬下一大口冰激凌，却因为太冰不得不捂住嘴巴。

别这么草率，人家情有可原。

你是没经历过，他这是在用这种方式告诉我，他不在乎小宝，也不在乎我生不生气，他最在意的只有他自己。一个待在你身边，却不能为你排忧解难的男人，不是好男人。无论干什么，及时止损最重要。

你太夸张了吧？

你放心，这事伤不到我，今天的节目本来也就是用来检验他的，既然他跟我儿子没缘分，那就立即停止，免得浪费大家的时间。

虽然我对你的生活没有发言权，但我有评论权，我觉得你这样考虑问题，会把压力放到孩子头上，将来如果不愉快，你会脱口而出：

当年要不是为了你，什么什么。

星星做了个嘘声的手势，因为小宝在喊妈妈，看样子他要上厕所了。星星说，你能不能吃完了冰激凌再去呢？小宝夹了夹小屁屁说：我现在就要去。

只能举着冰激凌去找卫生间了。衣泓也陪他们一起去。星星说：看到了吗？我们俩的生活是不一样的，所以我们对今天的何枫看法也不一样。

何枫

一切都不对劲。就像以前的考试，正要交卷，突然发现有一道题可能做错了。

越往前走，这种感觉越强烈。为了打败这种感觉，他尝试了很多次。每靠近小宝一步，小宝就往他妈妈那边退两步。每跟小宝说一句话，小宝的小身体就向外倾斜一度。为免孩子摔倒，他只好停止说话。星星似乎看不到这一切，一个劲地把孩子塞到他面前，非常明显地想要把他们俩捏拢在一起，结果孩子不是藏到她身后，就是望着地面说话。他有直觉，孩子不是认生，是不喜欢他，不想接近他。

小宝，何叔叔是学霸哦，你有没有问题问他？你问问他，恐龙是什么时候消失的？

他立刻一阵紧张，他真的不知道恐龙是什么时候消失的，他从没关注过恐龙这个东西。幸好，孩子跺起了脚：不要不要，我不要问他，我什么都不想问。

他去买来冰激凌，递到孩子面前。孩子把小手藏到背后，望着妈妈，妈妈替他接过来，再递给他，他才乖乖地接了，开心地吃了起来。

坐云霄飞车的时候，孩子坐在他左侧，此起彼伏的尖叫声中，他伸手抓住孩子的小手，想给孩子一点安慰，没想到孩子立刻停止喊叫，满心厌恶地甩开了他的手。

他感到没趣，还觉得累。

见到孩子之前，他做过一些心理建设，也知道孩子不会在第一次见面时接受他，他们之间会有一段很长的路要走，他要一点一点去打动孩子，赢得孩子。没想到一见之下大受打击，他感觉自己根本没有机会开始那段路程。纵然他有万丈雄心，奈何小宝十足就是一桶劈头盖脸的冰水，彻底浇灭了他心头的火焰。他想这大概就是缘分，他跟这孩子没有缘分。

而与此同时，他发现自己跟衣泓倒是挺投缘的。来到外面，湖南湖北就是一家，两湖地区的女子他认得出来，她们都有圆润的脸，清澈的眼神，湿润的皮肤，带点娇憨的笑容。第一眼看到她，他大吃一惊，仿佛回到了老家的女孩子们中间，但她一开口，又明显不是老家那些女孩子，对他来说，她是个生活在上海的让他感到亲切的女孩子，这样的女孩子不多。一度他以为星星是那样的女孩子，不做作，不矫情，自自然然，体贴入微，虽然两人常有争执，但那恰好说明他们都很坦诚，不藏不掖，所以争执并不伤及他们的内心。这一切在遇到衣泓之前是成立的，现在他已完全推翻了自己。

从昨晚的第一次见面开始，他就有所动摇。可惜，他是作为星星的男朋友跟她见面的。他像一列装满货物的列车，正在铁轨上飞奔，她却在另一条铁轨上，他跟她就要擦身而过了。他满脑子都是不甘心，但他毫无办法，他不知道该怎样从现在的轨道上下来，掉头随她而去。

他越是这样想，就越觉得迪士尼的阳光炽烈难当，像一桶晃晃悠悠的开水，悬在头顶，又像一根根嘤嘤作响的钢针，持续不断地朝他飞来。他快要走不动了，每往前走一步，不是在靠近迪士尼的某个游玩项目，而是在一步一步靠近他的刑场。

他不能再往前走了。

但他找不到中止这一切的理由，这是不对的，正人君子不该产生这样的念头。但他越是这么想，就越是想要立刻停止这一切。他开始一次一次地掉队，走着走着，就落到了星星的后面，衣泓的后面。星星问他：你怎么呆头呆脑的？他只好撒谎：我感觉快要中暑了。

星星冷笑：五月份就能中暑？你也太娇气了吧，小宝都比你有精神，快打起精神来，如果你实在觉得热，待会儿我们去城堡，那里可以看节目。

小宝一听，马上抗议：我不要看节目，我要去玩海盗飞船。

他一听，脑袋更沉了。

星星过来跟他说话：小宝是个慢热型的孩子，一旦他确认了你，他就会非常依恋你。所有慢热型的人都是痴情的人。

他点头。

下下个周末,我想我们三个人去一趟天文馆,以后还有自然博物馆、美术馆我都想带他去,我们还可以去崇明、奉贤,总之,以后的周末,我希望我们都在外面度过。

他一边嗯嗯着,一边心里发凉,他将再也没有悠闲清静的周末了吗?他从此就将一头扎进家务里,一心讨好一个本能地拒绝他的孩子了吗?

你下周末不加班吧?我来预约自然博物馆,听说很难预约上的。星星打开手机。

他本能地说起了不,接着又解释:我得问下我的老板再说。

他趁机闪到路边,在手机上划拉起来。再抬头一看,两个女人一个孩子已经走到前面去了。

如果此时不离开,他就要踏上一条已经确认充满错误的道路。如果此时不离开,他将来改错的机会都没有。如果此时不离开,他将再也没有彼时。

他背过身去,趁着没人的时候,闭上眼睛,使出吃奶的劲,往自己鼻子上砸了一拳。他的眼睛仍然死死地闭着,但他清清楚楚地看见,无数两寸来长的金色的细针,呈放射状嗖嗖往外飞去,飞向无穷尽的黑。与此同时,他闻到了一股浓浓的血腥味。

他小的时候,父亲在阁楼里往下递东西,他是地上的接应者,一不小心，一段木头径直砸向他的面部，他感到自己的身体瞬间消失了，唯一存在的只有鼻子，整个天地间都是他的鼻子，巨大的，疼痛的，轰轰作响的。那是他第一次因为外力而流鼻血，鼻血源源不断淌下来，漫过他的衣服，下雨一样砸到鞋子上、地上。那时妈妈就说，你以后要当心，从今以后，你就成了沙鼻子了，稍一碰就会流鼻血。

他捂着湿滑的面部，走到路中间，给星星打电话。

你往后看！你往后看！

她们全都过来了。他满脸是血，捂着鼻子的手上也全是血，血还在顺着下巴往下滴，顺着手臂往裤腿上滴。

衣泓急中生智，脱下自己的小开衫，团成一团，让他堵住鼻子。他拒绝了，他不想弄脏那件白色的小开衫。

他独自一人在小店坐了一会儿，再三权衡他这么做的后果，最后决定，他必须去做，否则就没机会了。他不是一个善于说不的人。

当她们随着所排的长队拐弯之后，他拔脚就走，一个人径直出了迪士尼大门，直奔地铁站。他越走越快。真的就像以前做考卷，就要交卷了，突然发现做错了一道题，当然要改过来，不改的话，他对不起自己的自尊心。

你不地道啊！他骂自己。

如果你做不到义无反顾，就是害了别人，既害自己也害别人。他向自己申辩。

你起码应该把今天的活动应付到底。他批评自己。

必须有个突发事件来中止这一切，否则我会硬不下心肠。

半个多小时后，星星给他打来电话，他告诉她，他实在头晕，必须先回去了。对不起，非常非常对不起，扫你们兴了。

星星那边暂停了，过了一会儿，才简单回复道：没事，那你好好休息！

晚上七点多，衣泓给他发来一条视频，是迪士尼的焰火，她们坚持到最后了，她们正在那里看焰火。华丽、精彩、令人神往。

你走之后，星星一直都不开心。衣泓告诉他。

我的罪过，我对不起她，对不起小宝。

是不是所有的IT男身体都很弱？

流鼻血不是病，我从小就比较容易流鼻血。

给你个建议，晚上给星星打个温柔的电话。

恐怕她已经对我失望了。

所以你要全力挽救啊。

衣泓哪里知道，他所想的恰恰相反。

他和星星通常都是在周五以前敲定周末的方案，也就是说，他必须在周五以前把他的决定说出来。

他坐在电脑前，戴上耳机，循环播放他选中的那几支曲子，闭上眼睛思考他的人生。他自认不是一个市井之辈，他几乎是毫不犹豫地接受了离婚的女人做自己的女朋友，为何却在衣泓出现之后全盘崩溃？到底是他想移情别恋，还是他潜意识里并没有准备好做那孩子的继父？话说回来，那孩子的确跟他想象中的太不一样。他连跟孩子如何对话的预演都做好了，没想到一见面，那孩子就用他的小眼神结结实实将他拦在了外面。他知道要有耐心，要有爱心，但偏偏旁边就有一个衣泓，似乎她的存在就是来提醒他，他犯了个显而易见的错误，就像他明明是来游泳的，却穿了一双溜冰鞋。他第一次为他的错误感到惭愧。是的，他感到了惭愧，这是比错误与否还要致命的感觉。

这一晚，他几乎没睡，在他得出结论前，他没法入睡。

凌晨三点多，他感到两只耳朵一阵焦疼，要么是耳机压迫太久，要么是声音摩擦太久。他关掉音乐，拿下耳机。不管怎样，一定得有个结论，一定要在天亮以前解决此事。

他拿起手机，写了一条信息。

星星，今晚我们公司开了个紧急会议，我们要研发一个新项目，因为涉及商业机密，我们不能外出，只能就地休息。这种情况将持续一段时间，直到最后结项。所以这段时间里，我们恐怕不能见面了。若有急事，可给我发微信，但我不一定能及时回复。一旦我们闭关，各种管控也是蛮严厉的。抱歉这么晚打扰你，因为担心明天一早会强令我们关机。你和孩子多多保重。

他又看了一遍，发了出去，星星肯定在睡觉，她明天早上会收到的。只能这样了，他要看看，按下暂停键之后，他们之间会怎样，他自己会怎样。这不是什么好办法，但他只能想出这样的办法，世事纷繁复杂，他就只会两种应对，要么摁下开关顺其自然，要么摁下暂停键让一切沉淀。

接下来就是衣泓了。

今天也许不适合给衣泓发信息,她和星星住在一起,搞不好星星能看到她的手机。但是,一些话不吐不快,所以他想今天把它写出来,存在备忘录里,明天再一条一条地发给衣泓。

他仰头沉思了一会儿,嘴角浮现出一抹笑意。

有些话,我不得不说了,再不说,恐怕这辈子都没机会说了。

这是他想出来的第一条。其实根本不用想,他只要看到衣泓这个名字,她的样子就活灵活现出现在他面前,他想要说的话,就像自来水一样源源不断地涌出。

你一出现,我就知道自己走错路了,你为什么这么晚才出现?你要是早点出现,我不会走那么远的弯路。

你不必在意星星,她是个优秀的独立女性,说实话,我很欣赏她。正因为我很欣赏她,我才没法跟她一起生活,因为她让我感到自己很无用。

也许你会对我那天从迪士尼提前走掉的事有看法,会因此瞧不起我,但我其实是为你走的,你的出现惊醒了我,让我意识到我正在走上错误的道路。与其费尽口舌向你向她表达我的态度,不如快刀斩乱麻,让大家都知道,一种状态完了,另一种状态正在开始,我认为那么做是最高效的办法。

我们俩自带一切加持,我们都是楚人的后代,我们的饮食也很接近，我们的文化背景相同，将来跟两边的家人也会更有共同语言。

我们会有一个孩子，我本来已经做好准备将星星的孩子视同己出，我也答应她不再生我们的孩子，但是，当我看到小宝的时候，我才发现我跟小宝，就像石头和泥土一样毫不相容，这个发现对我的打击非常大，我就此开始怀疑我和星星之间的很多事情。

我也许不是一个浪漫的人，但我对浪漫有自己的理解，从迪士尼跑出来，从跟女友的约会中跑出来，然后沿途都在想着怎么向另一个女孩子表白，对我来讲，已经是最大的浪漫。我长这么大，没做过比这更浪漫的事。

你不要觉得难以面对星星，首先，这事错在我。其次，这根本不算错误，因为我们都是自由的，我们还没到把自己的人生交给对方的地步。最后，星星很睿智，有了这次迪士尼逃跑，她肯定知道不应该在我身上浪费时间。总之，错误都在我，跟你无关，你只不过是遭遇了一场"飞来横祸"而已。

很多年来，我断断续续做着同一个梦，梦里总是有个大眼睛的陌生女孩，不说话，安安静静地看着我，现在我知道了，那个女孩就是你，你就是我的梦中女孩。

写完了，他再次审阅了一遍，觉得无可挑剔，满意地睡觉去了。

早上起来后的第一件事，就是把昨晚起草的信息拼成一条发给衣泓，免得通知铃声太多，引星星猜疑。

星星的回复来了：谢谢告知。尽管去忙你的，工作最重要。

难道她完全没看出他语气里告别的意思？他又把发过去的信息调出来看了一遍，的确只是关于近段时间见不了面的声明，完全没流露出他们就此别过的意思。但是，这种事不用明说吧，难道这不是一种经典的分手信吗？

衣泓的反应让他想要发疯，她一个字都不回，一点反应都没有。他分析，如果她反感他的说法，应该会站出来斥责他，但她没有，她只是不吭声，不表态，这让他看到了一线希望。

他想见她，无论如何，他想见到她，他想带她去吃湘菜，点一壶自酿米酒，温热了喝。

离那个小区还有两三百米远，他不敢再往前走了，站了一会儿，他钻进旁边24小时营业的超市。

他知道这么做不太好，但是，带着遗憾结婚，结了婚就反悔、就出轨，难道会是更好的选择吗？

他极度渴望结婚，却一直恋爱不顺，他甚至想过去看看心理医生，又总是没时间，同时也害怕医生真的给他一个诊断出来的"罪名"。

有时他会怀念来处，他是老家第一个考上清华大学的孩子，也是第一个清华毕业后，又回去报效家乡的孩子。毕业那个夏天的轰动，不亚于高考揭榜那天，他的名字上了当地报纸。看那报道，似乎他的回家，能带动当地经济的快速发展。其实根本不是那么回事，他只是太听爸爸妈妈的话了。一开始他就对家里说，要么留在北京，要么去上海。自作聪明的小职员爸爸说，如果你去那些地方，你将一辈子在房奴孩奴的生活中挣扎，你的优势会被淹没得干干净净，他们会用你的短处去比他们的长处，清华大学毕业证只是你的入场券，这张入场券在你进门的时候就用光了，这之后你将一无所有。如果你回来，财政、银行这样的单位任你挑，进了这些地方，你的发展空间绝对无可限量，这些单位都是垂直管理的，你可以一步跨进地区，两步跨进省城，三步就进了北京，将来如果你能胜出，混个部级指日可待，上海能吗？很难，非常难。因为在上海，清华出来的人不稀罕，多得很。古话说得好，宁为鸡口，不为牛后。爸爸又说，你也知道，我们家经济状况不是很好，你妈没有固定工作，还常年生病，将来你在上海买房，我们无力支持，你可能连成家都困难。听爸爸这么说，他几乎立刻就做出了决定，回来！爸爸很开心：一个人只有生活无忧，才能专心搞事业，那个银行行长都专门到我们家来过了，他就等你回来，帮他把电脑清算中心搞起来，现成的房子给你一套，另外再给十万块安家费，想想这是什么待遇！多少人工作一辈子苦心经营最后才搞来一套房，去上海你能有这身价吗？想都不要想，何况还有看得见的前程。他真的去了那家银行，一去就是科技部的副手，颇受刚上任的年轻行长的重视，有种银行的未来直接落到了他肩上的使命感。说真的，那两年过得挺好，但没过多久，年轻的行长莫名其妙被拉下马，新上任的行长只知道抓存贷业务，科技部仅仅维持日常运转，不再有任何新的开发任务。最让他恼火的,是他一上班就得跑上跑下为那些连键盘字母都记不住的中年妇女解决愚蠢至极的电脑问题。他的心理落差太大,一天比一天抑郁,多大的太阳挂在天上都驱散不开他心里的阴霾,难道辛辛苦苦考上的大学白读了吗?难道就在这个小城窝窝囊囊陪着这些半文盲同事过一辈子?这里最时髦的女人也只知道偶尔赤脚穿穿皮鞋,稍不注意还会露出丝袜配凉鞋的丑陋小尾巴,留在这里,就意味着要在她们当中选一个作妻子。光是这样一想,他的脸就无趣地沉了下来,弄得人人都以为他脾气差,难接近。三十岁那年,他狠了狠心,借着长假,逃到上海。长假快结束的时候,他向单位请假,说途中生病,需留下住一两天,其实是在等别人对他进行面试。一面成功,他又向单位请假,申请再延一天,虽然面试成功,但到底要不要回来办手续,他想最后给自己一天犹豫期。这一天,他想什么也不做,放空大脑,白痴一样在上海街头转转。中午时分,他来到一个商业中心,准备好好吃顿午餐。坐下没多久,身边陆陆续续来了好多俊男美女,正在惊叹自己是不是误入了某个拍摄重地,邻桌两个人的对话让他醒悟过来,这不是什么拍摄重地,而是他正好碰上了白领们的午餐时间。老天!为什么会有这么精致、雅致的打工人,为什么明明只是工作日,却个个打扮得像从时装杂志上走下来的。男人的衬衣不见一条褶皱,女人们优雅时髦,香风习习,个个笔直坐在饭桌前,像在参加了不得的宴会。更重要的是,对他来说已经是赌气般的豪华午餐,竟只是他们的日常工作餐而已,可想而知他们的收入。他待不下去了,匆匆吃完,狼狈逃走。他头脑昏昏,心跳如鼓,他对自己说,你也可以像他们这样,吃着精致的午饭,而不是粗糙的十元盒饭,你也可以像他们一样,拥有衣着精致坐姿优雅的女朋友,而不是将一个粗声大嗓打哈欠都不知捂嘴的女同事发展成妻子。因为你有这个条件,就在昨天,这个城市已经向你伸出了一只邀请的手,已经证实你获得了进入这个城市的通行证。既然如此,你还在犹豫什么?

他一口气冲到大楼底层,再回头向上,巍峨的大楼淡漠而矜持地望向高处,似乎在说,不是每个人都有这个机会的,不是每天都有这种幸运的事情发生的。他耳边再次响起那个稳重矜持的声音:如果可以,希望你尽早过来,加入我们。这是那个IT公司人事部经理对他说的,他对他清华毕业却回到家乡县城的举动相当不理解:那里能有什么平台?幸亏你及时醒悟,这里才是你施展才华的地方。

他直奔火车站,爬上回家的火车,跟来时不一样,他感到火车似乎高了些,道路两边的风景越来越低矮,越来越难看。离家乡越近,便越感到可悲,原来我竟在这个枯涩的地方消耗了这么多年,如果这次不狠下心出来,我还将在这里继续耗下去,直到耗掉一生。

家里人对他的决定伤心至极,上海那地方,在他们心里名声可不好,东西贵,还嫌弃外地人。他赤手空拳跑过去,衣食住行都难以周全,更别说终身大事了。就连他朝夕相处的同事,突然间都生分了:啊,你要去上海?为什么是上海?北京也好点啊,上海!我的老天!

他匆匆办好手续,匆匆爬上火车,生怕再待下去会改变主意。他没对人说他在上海最后一天的经历,他知道说出那个会遭人骂,一个男人难道应该因为那样一个虚荣的场景而改变人生道路?他一上火车就闭上眼睛装睡,他什么都不敢再看,也不敢再听了。

　　公司在浦东,那时候的浦东还没现在这么繁华。他在公司附近租了间民房,是那一带农民自盖的小楼。去了才知道,虽然是二楼,蚊子仍然多得要死,根本不敢开灯,一开灯,窗玻璃上就不断响起嘣嘣的蚊子叩门的声音,还有蟑螂,还有蜥蜴,还有蜈蚣。到了夏天,每天早上起来,床单上都有星星点点的血迹,不是他抠出来的,不是他的血,是他不小心压死的蚊子的血。他买了几大盒蚊香,小小一间屋子点燃三盘蚊香,勉强能在烟雾缭绕中睡一个整觉。没多久,他养的那盆净化空气的兰花死了,被烟熏死的。再后来,他食欲不振,呕吐,他怀疑是蚊香中毒,停止了点蚊香,似乎精神好了点,但蚊子重新滋扰得他睡不好觉。他跟房东说了这事,房东说:你弄个蚊帐呀,夏天就是要用蚊帐的呀。他抱怨这里离农田近,太招蚊子。房东说:夏天怎么可能没有蚊子呢?夏天就是有蚊子的呀,夏天没有蚊子就不叫夏天了,没有夏天就种不出粮食来了,没有粮食人就活不下去了呀。这是个大循环,是没办法的事呀。你这么年轻,忍一忍吧。他从没弄过蚊帐这种东西,以前在家里,好像只要钉上绿纱门绿纱窗就好了,家里就凉悠悠的没蚊子了。他想退掉房子,重新去租个楼层高一点的房子,但房东说:还没到期呢,我们合同签了一年,提前退租你要负违约责任的。只能忍。有一天他跟一个同样没结婚的来自外地的同事聊起这事，问同事住在哪里。同事说：你真讲究，还去租房，我就没租。

他大吃一惊，原来同事只准备了一个睡袋，到了晚上，往睡袋里一钻就万事大吉，还省得第二天早上挤公交。除了吃饭，这栋楼里什么都可以解决。同事从某个隐蔽处拉开一只大袋子，里面装满了快餐面和各种零食。

还可以上网看片，这里的网速你是知道的，比任何一个家庭都好。

他如梦方醒：对呀，反正我们经常加班，为什么要跑出去花钱解决睡觉的问题呢？瞌睡来了，在哪里不是睡呢？

在同事的指点下，他也去买了个睡袋，准备合同一到期就回到办公室里来。

同事说，如果是我，我宁肯违约，大不了不要押金了，何况你可以跟他谈，至少可以要回一部分，毕竟他提前收回了房子。告诉你，没有哪个房东的房子有这里干净、高级，如果你不是拖家带口，真的没必要租房子。

他就这样过上了以办公室为家的生活，再也不用操心怎么样消灭蚊子了，工作效率也上来了，头儿几次赏给他赞许的眼神：不错呀！比我想象的快多了。半年考评的时候，他和睡袋同事一起得了五星，他们结伴来到饭馆庆祝。同事说：再过一个月，你就可以独霸十七楼了，我要退出了，我有了女朋友，人家不可能来跟我一起睡睡袋呀。

这消息让他始料未及，也让他陡添伤感，来上海这么长时间，一来工作忙，二来换了工作，他全身心都在适应新环境，竟把恋爱这回事给忘了，他不也正当年吗？他不也应该去谈个恋爱吗？他还比同事大一岁呢。

两人聊起这事，同事说，他的女朋友是别人介绍的，否则他绝对没有机会去认识女孩子。你知道的呀，一天二十四小时，我起码二十个小时跟你在一起，根本就没有机会去认识女生的。

他挠了挠头皮：我就更没机会了，除了同事，我在上海一个人也不认识。

要不，我让她去帮你看看有没有认识的朋友？

可以啊，反正你知道我的，一览无遗地站在你面前。

你放心，现在市场上缺的是适婚男生，而不是女生。

市场上？

同事面有得色：你别看我普普通通，多少个熟人和非熟人牵线都指向我，所以你就放心吧，就算你想独身都不可能。

那不一定，我可不愿被挑，我想让别人被挑。

被挑有什么不好，市场自有优胜劣汰的法则，自己出手，也不一定能有超越法则的交易。

市场？交易？

不要歧视这些词，我所理解的交易，就是匹配，拼内存的匹配，一个配置太高，一个配置太低，就是无效配置，市场法则就是帮你平衡配置，帮你规避无效配置。

跟我匹配的会是什么样的配置呢？他不禁期待起来了。

放心，现在市场对我们有利。我女朋友是陕西人，要不要帮你物色一个陕西姑娘？

为什么你不考虑本地女孩呢？

这就得看机缘了，我是不可能了，你说不定还可以。不过我提醒你，如果你想找本地女孩，那你的选择可不多，因为双方的诉求不匹配，你懂我意思吗？在本地姑娘眼里，我们的优势会在外地人这三个字面前打折。

没过多久，同事跟他说，好消息，我女朋友给你找了个本地姑娘。我就说吧，看个人机缘，没想到你还真碰上了本地姑娘。

那个姑娘就是星星。

四个人在一家餐馆见面，同事和陕西姑娘只在饭桌边喝了几口茶，就找借口溜了，留下何枫和星星。

何枫忍不住拿她去对比他第一次看到的午餐中的白领，总觉得有些不一样，星星个头是够的，也很苗条，但不知为什么，就是没有那些女孩的矜贵气质。他记得那些女孩都很白皙，而且细嫩，似乎从来没有经历过风吹日晒，也没有过坏心情和坏处境，星星也是白净的，但他这个外行都看得出来，她的白净有化妆品的痕迹。

他批评自己不应该用那个荒谬的尺度去衡量身边人，何况星星很有亲和力，当她跟他说话的时候，她的眼睛探究地望着他，他能感到它们先是专注地打量他的左眼，再转移到右眼，这让她看上去眼波流转，盈盈欲滴，令人怦然心动。

你能通过电脑掌控世界，这太神奇、太了不起了。

她的睫毛也让他大吃一惊，像两把小刷子，在脸上刷啊刷啊，刷得他心慌意乱。

她一个劲地缠着他讲他的电脑世界，要怎么才能学得会，要学多久，是不是要从小时候就开始学，是不是要英文特别好，是不是要数学特别好，是不是要有极强的抽象思维能力。他明知不可能三言两语跟她说清楚，但还是尽量朝那个方向努力。

当他讲完他能讲的，当他的震撼终于不那么强烈，他的心慌意乱也慢慢有所好转的时候，他发现了一个问题，她的普通话非常非常标准，那些平翘舌，那些前鼻音后鼻音，清清楚楚，像播音员一样一丝不苟。他假装内行地评价道：

你的普通话简直是教科书级别的，完全没有沪语痕迹。

为什么要有沪语痕迹？我老家是山东的。

他有点上当的感觉，但也不能因为人家不是本地人就拒绝继续了解下去，何况星星似乎很爽气，第一次吃饭结束，她居然抢着买单，这跟他以前的相亲对象完全不一样。

他借故上厕所，打电话给同事，问他为什么要说星星是本地人，她明明不是。同事说：你对本地人有误解，她虽然来自山东，但她的工作是体制内的，是吃财政饭的，从身份上来说，她就已经算是本地姑娘了。

他们的话题慢慢转向生活，这个转换让他渐渐处于劣势，他发现星星是个生活能力很强的人，无论工作还是生活，都有自己的长计划短安排，人生弄得井井有条。他说起他以前的经历，她一脸的痛心疾首：你就是被你爸爸的小农思想害了，你要是一毕业就来上海，绝对不是现在的状态。表面看你只是迟来了三年，实际上，你错过了上海最最需要人才的重要时期。那几年来的人，后来都是元老级别的人物。你要是早点认识我，哪怕是冒着被你爸爸打的风险，我也要劝你离开那里。幸亏你后来自我觉醒了，否则你真的要被那个小城埋葬了，不是说小地方的坏话，小地方真的很奇怪，那些所谓混得好的，所谓冒出头来的，都不一定是有真才实学的，有真才实学的人，他们反而看不惯。

他深有同感，感觉他们的距离再一次拉近，他甚至有了某种企望，如果跟她生活在一起，她说不定是个不错的帮手。

一开始他们进展很慢，仅仅维持每周见一次面，聊聊天，吃个饭。每次见面，星星都会很贴心地给他带点小东西，保护脖子的理疗颈托，增进睡眠质量的护眼罩，最新款的电脑包。他几次把话题往那方面引，都被她岔开了，给他的感觉是，她并不急着跟他定下关系，但她明显对他又是有兴趣的，她说她从小就喜欢学霸，特别是像他这种学起来毫不费力却能轻松达到别人达不到的境界的人。他跟她讲过，他高考前夕，因为突发疾病，休学了一个月，结果一发榜，他的分数仍然遥遥领先。

你一定要有自己的孩子，你的基因值得往下遗传。她说。

他以为她就要往那个方向走了，结果她转了个弯：我一个朋友刚刚跟她男朋友分手了，听说是因为一场电影。我的朋友一边看一边流泪，结果一回头，发现她男朋友张着嘴睡着了。一出电影院我朋友就宣布不再来往了。

这也值得分手？

我朋友说，这可能是个隐患，终有一天要爆发的。

只是可能，也可能一辈子不爆发，他们太草率了，认识一个人不容易。

如果是你，你会怎么选择？

第一，我不会在电影院里睡觉，实在不好看我可以吃东西，想别的事情。第二，没有第二了呀，没有第一就不可能有第二。

哪天如果我们也去看电影，你想睡就睡，我不仅不会介意，还会给你身上搭件衣服。

这次平平无奇的聊天，却让他们的关系神奇地进了一步，他说：你是个聪明的女人，我最讨厌那种愚蠢又自以为是的女人。

你在哪里见过那种女人？

我单位里的女同事，好多都是这种。

她笑起来：那是因为你没有爱上她们。

当然不能爱她们，否则就麻烦了。

不是那种爱，是大爱，一个人应该爱他自己周围的人，这样才可爱，才活得舒服。

她这么一说，他更坚定地确认，这个聪明的女人，他要定了。

他们果真去看电影了。影片平平无奇，但里面的爱情很动人，表面散淡内心热情的男主，爱上了一个单亲妈妈，经历了一些波折，三个人最终幸福地走到了一起。从电影院出来，星星问他：你怎么看待他们俩？

他说：他们让我想到我的一个亲戚，是我堂叔，他就是跟一个离了婚带孩子的女人结婚了。我堂叔是个性格极度内向的人，结婚以后性格变得好多了，他们都说是他老婆给他带来的变化。后来他们又生了一个孩子，一家四口。我去过很多亲戚家做客，感觉堂婶比其他女主人更会过日子，也更会招待客人。他们家过得比较节俭，但不知为什么就是让人感觉很舒服。

你是家中独子吧？

当然，现在谁不是家中独子？除非有两次婚姻，才可能有两个孩子。

他们没有急着去坐车，而是顺着马路步行。他去牵她的手，她缩了回来。我不能再耽误你了。星星说，我觉得你父母肯定不会接纳我。

关他们什么事？

你可能也不会接纳。好吧，我一定得告诉你了，我离过婚，还有个孩子，之所以事先没有告诉你，是因为我觉得我们走下去的可能性不大。现在我觉得情况不同了，我要是不告诉你，对你是不公平的。

他很意外：介绍我们认识的那个人不是这样说的啊？是你找的借口吧？

她根本不知道我结过婚。你可能不知道，现在除了人事部门的人看过履历表，知道一个人的婚姻状态，其他人都不大可能知道，除非当事人自己说出来。

他还是不相信：我觉得你根本不像结过婚还有孩子的人，你肯定是在找借口。

这么说来，你还是很在意我的这点经历的，对吗？

他有点急了，又不知该怎么说。还好，他的手无意中碰到了她的手，赶紧将它牢牢地拽住。

过了一会儿他说：如果一开始就知道，我可能会有犹豫，但现在情况不一样了，我不想放你走。不过，我有个要求，我想看看你的孩子，我想确认一下那个我要抚养他、要一辈子陪伴他的小孩。

他很可爱，你会爱上他的。

两个多月后，他们终于敲定了见孩子的时间，地点就选在迪士尼。他们想象，极度兴奋和欢乐中，孩子会张开手臂，扑进这个刚刚认识的叔叔的怀里。

他快要被自己感动了，他说不清那些感动他的东西是什么，似乎是牺牲，但又不是牺牲。他并没有牺牲什么，相反他是得到了，他的得到超出他的预期。但是，一定有什么不寻常，否则他不会被自己感动到双眼湿润的地步。他寻思见孩子第一面该怎么表现，给孩子买个礼物？太普通。星星提醒他，什么都不要买，千万不要买，因为她要营造出只是偶然遇上的效果。

没想到迪士尼就是他们的滑铁卢。他感到他的恋爱就像一只美丽的气球，他们俩使劲吹它，越吹越大，越大越美，他们精心呵护着它，把它运到迪士尼，孩子一出现，就像一棵边沿带刺的青草，轻轻一碰，气球啪的一声，爆了。

他不知道星星是不是真的相信他在闭关搞开发，星星很聪明，如果她相信，为什么不跟他保持通信联系，如果她不相信，为什么不向他问个一二三。默默接受分手的结局，好像不是她的风格。总之，他们之间沉默了。

与此同时，他跟衣泓之间也是一片沉默，他给她发了那么长的信息，她一个字都没回。

他只好悄悄行动起来，他不能坐等，总得做点什么。

几个小时的蹲守过后，他看到她们了，她们竟然像两个上学的小女生一样肩并肩走了过来。他赶紧躲了起来。

他远远地跟着她们进入地铁站，他相信她们总是要分开的，毕竟她们不在一个地方上班。

她们分乘了不同的地铁。他紧走几步，尾随在衣泓后面。

衣泓今天穿了件酱紫色的衬衣，配上她乌黑光亮的齐肩长发，很是醒目。她飞快地穿梭在早高峰人流中，他死死地盯着这枚黑色与酱紫色配合而成的登记小照的背面，内心无比激动。这还是他第一次不错眼珠地盯着她，放肆地跟着她。

她下车了，他也随她一起在另一个车门下车。正想着怎样接近她，冷不丁她一个回转身，又上车了。他愣了一下，赶紧随之返回，车门差点夹住了他的衣服。差一点就错过她了。

她为什么要这样做？难道她察觉到了他的跟踪，他心脏狂跳，嘴角却不由自主地往两边咧开去。真够机灵的！

这次他吸取教训，不再急于求成，离她远一点，时刻为自己找个人肉掩体。

她下车了，从她悠闲的步态来看，她根本没意识到自己在被人跟踪。

他不紧不慢地跟着，心里乐得像早上刚刚爬上来的太阳。

她要过马路了，等红灯的时候，她无聊地看起了手机。

他走过去，碰了碰她，她抬眼一看，吓得脸都变了。你、你、你是从哪儿冒出来的？

不找到你我不会罢休的。他得意地眨眨眼睛。

你要干吗？你不上班？

当然要上班，但我要得到回复才能去上班，我给你发了信息，你不回复，我只好跑一趟。

天哪！听我说，赶紧回去上班，千万别迟到，好好干，我们楚人可就指望你了。至于你给我发的消息，我看了，我很感动，但我的回复是，至少两年以内，我不需要男朋友，因为我还不知道我到底需要一个什么样的男朋友。

两年以后就可以了是吧？

对，也许。

那好，我记住了。他笑着点头，重新钻入地铁站。他知道两年只是个说法，只是脱口而出的救场，但她毕竟没有不分青红皂白地拒绝他，更没有糊里糊涂半推半就地接受他。她很冷静，而且有自己的逻辑。他尊重逻辑，也尊重有逻辑的人。

衣泓

得知衣泓一再搬家,最后搬到外环跟人合租一室一厅的房子,爸爸大为光火,立刻发出召开线上家庭会议的通知。

父亲和儿子在通会前电话。

你就这么一个妹妹哎,太说不过去了。你不认她,她也是你的妹妹,你不帮她,她也会活下来。你要是没能力,我也不说什么了,你有几套房子,你现在住的房子那么大,三代同堂都住得下,让你的妹妹进来住一段时间你能吃多大的亏?她又不会在你这里住一辈子,她必定会成家,会买自己的房子,到那时你求她来住,她都不一定会来。

儿子无法还嘴,无法说出衣泓最初其实是住在他家,"水漫金山"之后才搬出去。很早之前,他就和衣泓达成共识,那件事,最好别让爸爸知道。

爸爸喘息片刻,掀起第二波浪头。

是付洁的主意还是你的主意？我估计是付洁的主意，没想到你怕老婆怕到这个地步。你说实话，你们俩感情怎样？为什么她春节从来不跟你一起回来？连对方的家人都不能包容的人，必定是个刻薄之人。

不是你想的那么回事。既然说到付洁，他不得不开腔了：这事你真不能怪我，合租是个好主意，降低生活成本，还能交个朋友，现在的年轻人都是这么干的。还有好多家在本地的年轻人，也自己出来租房住，跟家里人生活习惯不一样，搬出去住，既获得自由，又能锻炼自己的处世能力。

跟自己的哥哥嫂子住在一起就不能锻炼处世能力？就不能结交朋友？别跟我提什么自由，正是怕她太自由了，才想让她住你家里，多点管束。你给我说实话，你是不是怕她不给你房租？

我觉得，你跟我讨论这事之前，最好先去问问她，到底是她不愿意住进来，还是我不让她住进来。

唉！父亲突然叹了一口气：当初鼓励她到上海来，就是想着她有哥哥在上海，可以关照她，帮助她，看来我想错了。

放心吧，她没你想的那么脆弱，她比你想象的强大得多，我去帮她，只会打乱她的节奏。

她一个小姑娘，能有多强大，工资低，没住房。

这不是一开始就该想到的吗？又不是现在才遇到的新问题。我如果收留她，只会让她回避问题，那是害了她，她最终还是绕不开这个问题。

好好好，你有道理，人越是自私，越是振振有词。工作工作帮不上，住房住房帮不上，我现在给你下个死命令，她的个人问题，你一定要给她帮忙，再不帮忙，你就对不起我。

话都说到这一步了，儿子只好答应，同时告诉爸爸，这其实是个比工作和住房更难解决的问题。

你什么意思？我女儿嫁不出去？

她哪里会嫁不出去哟，她是惜嫁，一般人她都看不起。

这就对了！她当然不能找个一般的人！

衣泓是最后一个进会议室的，她后悔教给爸爸这个本领，自从爸爸学会开启会议之后，一点点小事都会说：来来来，我们线上开个会。她一上来就取笑爸爸：爸爸你真是的，搞得跟公司一样。

爸爸大惊失色：衣泓你怎么瘦啦？你吃得怎样？是不是不会做饭，经常挨饿呀？

这你就别管啦，这是我的私人问题。

你跟人合租，谁做饭呢？家务谁做呢？你们俩处得好吗？那个人是干什么的？有正当工作吗？有没有什么不良嗜好？对了，你看过她的身份证没有？

爸我已经跟你说过啦，人家是正规事业单位职工，好人家的女孩，人家还是个好妈妈……她突然住了嘴。

她是个已婚人士？已婚人士没有自己的家？爸爸过了一阵才反应

过来。

这没什么稀奇的,她离婚了。

离婚了房子都没有?这是什么人,过的是什么生活?

哎呀爸爸你就别问啦,她有自己的房子,她把她的房子租出去了,然后自己在外面租房子住。你问哥哥呀,好多人都这么干。

哥哥说:我当年不也这么干过吗?把自己的房子租出去,自己到学校附近租了个学区房,可以让孩子早上多睡半个小时。

就为了孩子睡个懒觉就搬家?

哪敢睡懒觉哦,是没睡够,尽量让他多睡一会儿。

衣泓抢回发言权:所以爸你不能用你以前的标准来衡量现在的生活,很少有人像你一样,在一个单位干一辈子,在一栋房子里住一辈子。如果我听你的,住在哥哥家,那我每天上班得坐一个半小时的地铁,下了班再坐一个半小时,一天当中,我会有三个小时在地铁上。为了一份工作,为了养活自己,我要把自己困在交通工具上长达三个小时,这样做有什么意义呢?

爸爸顿时就没了会议主持人的底气:住在哥哥家,至少安全些嘛!

你所说的安全到底是什么呢?你以为我会碰上什么危险?打劫?你放心,我一看就没钱。劫色?我长得是不丑,但远远没有美到让人发疯发狂想要扑上来强奸的程度。骗子?就算我住在哥哥家,骗子也不会因为我住在哥哥家就吓得屁滚尿流地逃跑。所以爸爸你就不要替我操心了，我现在有吃有喝有住有工作，开开心心自由自在，你不如替自己操点心，你为什么不去练书画呢？练饿了就去找我妈要点吃的。真的，不要总想着我总想着哥哥了，想想你自己。好吧，我就说这么多。

她说到一半的时候，哥哥就咧嘴笑了起来，见儿子笑了，爸爸也跟着笑起来。儿了说：不用我说什么了吧？就她这样的，谁敢欺负她，这个阶段，你最好让她自由发展，找到一条最适合自己的路。

这个阶段也不能长，最多一两年，太长的话，也是浪费时间。

我觉得她还算比较成熟，知道自己的长项在哪里，知道自己喜欢什么。如果你不想她一直租房，不如帮她买房，靠她一个人的力量，有点渺茫。

好了，这个问题暂时不谈，谈谈她的个人问题，工作帮不上，住房也帮不上，成家的事你一定要出手。在识人方面，你肯定比她强得多，这件事你无论如何得帮她把关。

衣泓开始怪笑：爸爸你怎么像个老农一样，你不要这样好不好？自说自话，婆婆妈妈，这就是变老的标志，我不想看到你变老爸爸。

爸爸呵呵地笑：我说什么都不对，我说一句，被你鄙视十句，看来我真是老了，没用了，其实我知道我说了也是白说，你们也不会听，但我要是不说，就是我的失职。

爸爸，我向你保证，我过得很好，我现在的一切，正好是我向往的，我喜欢的，你把心妥妥地放进肚子里哈。

爸爸明明是揣着一腔火气来开会的，结果被衣泓三下两下弄得忘了初衷。他发现这个女儿看上去漫不经心，讲起话来，倒有条有理，不容反驳，还大包大揽，替哥哥挡了不少子弹。不得不说，愿意替人化解尴尬的人，起码情商不低。

会议刚刚结束，哥哥给她发来一条信息：我有一张健身卡，卡上还剩几次没用完，以前子航在那里练过一阵拳击，后来没时间去了，你去用掉吧，别浪费了，四百多一节课呢。

她高兴地答应下来，公司里经常有人提到健身房，一直以为那是自己不配享用的昂贵消费，没想到突然间就到手了。

她来到哥哥指定的健身房，在前台亮出卡号，服务员打了个电话，一会儿，一个全身运动装扮的帅小伙从侧门进来，跟衣泓点头打了个招呼。她觉得这人有点面熟，又想不起来在哪见过。帅小伙在档案夹里抽出一张卡片。啊！这张卡很久没来用了，现在持卡人换成你了是吗？

他退后一步，上下打量她。你体形蛮好的，比例也相当优秀，只是稍显无力，如果你真想跟我练，三个月到半年，我保证你能从头到脚焕然一新。

稍显无力是什么意思？没有朝气吗？

呃……我说实话你可不要不高兴，就是活力上有点欠缺，过于文弱，当然，这也很不错，很多女孩子都希望自己是你这种风格的，但我觉得如果能把自己往健康型转变是最好的。现在大家观念慢慢变了，都觉得跟一个面色红润、活力四射的人接触，是一件很吉祥的事儿。

但我不擅长运动，我在学校里体育从来只是及格水平。

没关系，跟着我练就对了，我连走路顺边的人都遇到过，最后也是大变样了。我叫吴敏昊，叫我小吴就可以了。

听你的，吴教练。

他带她去二楼，迎面就看见一个穿着迷彩运动背心的女孩子正在教练的指导下练拳击。吴教练在她耳边说：这个教练，她是从专业拳击队退役的，几年前在电视上参加过一个综艺节目，外号叫霸王花。

她想起她曾经看过的电影，《百万美元宝贝》《百元之恋》，不禁有点心动。

今天先给你一次体验课，你可以不用在卡上签到。

她去更衣室换好衣服，忐忑不安地上场。吴教练让她先来几个跳绳，适应过后，能跳多快跳多快。对她来说，跳绳还是小学时候做过的事情，虽然能跳，但跳得东倒西歪，吴教练忍不住笑了起来。又让她开背，双手举着一根弹性软绳，翻过头顶，缓慢向下，再原路返回。做一个回合，教练把绳子给她缩短一截，如此循环数次，她渐渐开始吃力，筋肉像生了锈一般不容易打开。然后就开始教她出拳的基本动作，胳膊怎样，身子怎样，腿怎样，反反复复做了几个示范之后，她基本上有了个样子。这时她已浑身是汗。吴教练停下来，喊了一声，旁边一个助手模样的人过来，把她带到拳台边，给她手上绑拳击带。转眼一看，吴教练不知何时已经把自己挂在了吊环上。天哪，那么高的吊环，她后悔没看见教练是怎么把自己挂上去的。

拳带绑好，手套戴好，吴教练轻捷如猫地落到地上。现在她要开始戴上拳击手套出拳了。

吴教练拿着手靶，提醒她用刚才学会的动作：打我，打这里，使劲打！连她自己都没想到，她的胳膊如此绵软无力，打出去的力道令她脸红。吴教练不停地喊着，示范着，不一会儿，她已汗如雨下。

不错！有点架势！

很久没有体会过汗水从每个毛孔里奔涌而出的感觉了，但并不觉得累，反而感到很兴奋，太奇特了，像是重新意识到了自己的身体，虽然每天都在洗澡、穿衣，都在往皮肤上涂抹东西，但都不曾像现在这样，强烈地意识到身体的存在。她开始喜欢这种感觉。

当她再也没有力气击出拳的时候，吴教练让她转入体能训练，腰腹、大腿、手臂，这时她已几乎睁不开眼睛，因为汗水不停流进眼睛里，流进嘴里，又疼又痒，还有种难以言喻的成就感。

体验课结束，她去冲了个澡，换回自己的衣服。吴教练说：正好我也下班，我们一起出去吧。

她心里嗵地跳了一下，他什么意思？马上又想起公司的同事们常说"我的教练"怎样怎样，就想，健身教练大概都这样，毕竟是一对一的近距离关系。

吴教练将她带到不远处的咖啡馆。今天我请你，算是对你的欢迎仪式！体验课下来感觉怎样？

她点头。刚才在镜子里已经看过了，她的脸红润得像最新鲜的桃子，她很少出现那么可爱的脸色。热爱运动的人士她看到过不少，没想到有一天自己会参与其中，而且感觉如此美妙，健身房环境也好，还有宽绰豪华的盥洗室，比她跟星星合租屋里的浴室大多了，还有那个威猛的水龙头，包括盥洗室的灯光，她统统都喜欢。她是真的有点喜欢那里了。

他盯着她的脸看：运动是会上瘾的，运动过的人和没运动过的人完全不一样，热爱运动的人，大脑更活跃，工作效率更高。日本作家村上春树跑马拉松几十年，还专门为他的跑步写了一本书。我也跑步，我很多工作上的点子都是在跑步中产生的，因为人在跑步的时候思想特别集中，完全屏蔽了外界的干扰。还听说，坚持运动的人，老了不容易患上阿尔茨海默病。

他把手机举到她眼前，他刚才给她拍了些训练时的照片。她喜欢那些照片，那是她从来不曾有过的，原来她也有飒爽的一面。

你动起来的样子很美！他望着她说话的样子，让她心里酥了一下。

她故意岔开：有些人选择不上健身房，在户外跑步。

是的，有很多路跑族，但我不喜欢路跑，因为我不喜欢因为天气不好就给自己放假，也不喜欢被别的事情分心。我喜欢尽量专业、专注地去做每一件事情。

你是对的。她答应他,她下次还要来。

太好了,我敢保证,运动会改变你的状态、你的生活。那么,下次还是周末过来吗?

也许吧,不加班的话。

我的秘诀是,把健身服放在随身携带的包包里,一旦有时间,就赶紧去健身房,以免把时间浪费在回家取衣服的路上。很多人正是贪恋交通方便,却把时间不知不觉浪费在路上了。

这正是她还没来得及说出口的体验,比如去某地很方便,一来一回一个小时,但这个出去和回来的过程中,人的心思不会像电插头一样,一插就通电,人的心思启动很慢,收回也很慢。如果把这个过程加起来,那路上的时间远远不止一个小时。

他也讲他的日常安排,下班之后,他要去健身房上两到三节课,还要上网听一听财经方面的课程,晚上回家再理理家务,就可以睡觉了。

哥哥突然发来信息:你去了健身房没有?见到吴敏昊教练没有?她回:见到了。

他就是我让你看过他朋友圈的那个人。

衣泓恍然大悟,难怪她觉得面熟呢。哥哥不提这事倒还好,这一提,就像兜头泼了一盆凉水,虽然一个人的朋友圈不一定代表他的全部精神世界,但至少那些东西是他认可的,至少是一种态度,而态度，有时比表现更能定义一个人。

她站起来，很突然地宣布她要回家了。

吴教练有点迷茫：那么，我们下周见？下周还是这个时间？

好的好的。她敷衍道。她不确定还会不会来。

回到家，星星正在接电话，声音很大，似乎正在发火。见她回来，轻轻掩上了房门。

过了一会儿，星星出来了。

父母到底只疼自己的孩子呀，公公婆婆要把他的儿子也接过来，两个孙子一起带。我得赶紧把儿子接出来，不能让他知道爸爸原来不仅仅是自己的爸爸，还是别人的爸爸，不能让他产生幻灭感。

衣泓听到幻灭感三个字，有点想笑，但还是忍住了：那你要怎么办？请保姆？你自己的爸妈能来帮你吗？

都不可能，我爸妈要是能来早就来了。不行，我得赶紧给儿子找个爸爸。

要不这样吧，我们俩去换个大点的房子，我来帮你带孩子，反正他也快要上幼儿园了，晚上和周末有我们两个肯定没问题。

谢谢你，但这是行不通的，谁知道你哪天就开始恋爱了，恋爱中的人最不靠谱，孩子的事可是一天都不能掉链子的。

起码两年内，我不会变成你说的那种人。我在我们那个公司没什么存在感，没有存在感就没有安全感，在我改变这种局面之前，我是不会进入恋爱的，那只会把自己弄得更可悲，所以你尽管放心好了，只要你不嫌弃我，我一定可以帮你带小宝。

没想到你小小年纪这么冷静，我当年要是有你十分之一的冷静，就不会有这个孩子。他去留学的时候，很多人都提醒我，要么我跟过去，要么先不要这个孩子，我怎么可能放弃自己的工作跟着他去呢？那是我十年寒窗苦读换来的。要我打掉孩子我也做不到，我都看过他的B超图了，他活得好好的，再说我那个时候迷恋基因这一说，我不舍得浪费哈佛爸爸的基因，而且我们那个时候相当甜蜜，每天都视频，害得我总是睡不好觉。结果你猜怎么样？他后来向我坦白，他正是在我们每天视频的日子里遇上了那个女的。有时我在想，这个世界上，大多数小孩都是骗来的，男人几句不值钱的情话，加上女人无边无际的想象力，一个孩子就给骗到这世上来了。

我妈妈跟我说过，将来如果有人抢你的男朋友，你不要去跟她争，因为在你男朋友心里，高下早就分出来了，如果你处于上风，根本就不会有那个人出现。

星星本来在整理她的衣柜，听到这话，突然不动了，转过脸来看着衣泓：你妈肯定没有遭遇过小三。任何一个女人，一旦你面对那种情况，第一反应就是不甘心，咬断牙齿都想赢回来，就算你赢回来了也不会再稀罕那个男人，你还是想赢。我算看透了，看起来是女人在挑男人，精挑细选，择良木而栖，但那都是阶段性的，最终还是男人挑到了自己中意的女人。

所以嘛，不谈恋爱最好，不谈恋爱就不会陷进这些鸡飞狗跳里。

那是不可能的，生命规律如此。我有预感，你可能会喜欢上文艺型的男人，别看何枫垂涎你，但他不知道他根本就没戏。

什么什么？瞎扯什么呀？她顿时心跳如鼓。

你以为我看不出来啊？失败的婚姻给了我一双火眼金睛，不过我知道你对他不感兴趣，他是自作多情。犀犀把手中的两件衣服往地上一扔：我发现我缺少一件像样的外套，鞋也不行了，等我弄齐这两样，就正式去启动备胎。

真的有备胎？

当然要有，除非我家庭康泰，无欲无求。

天哪！你是怎么做到的？

如果你有需要，你就一定能做到。

衣泓捡起地上两件衣服：这些你不要了吗？

不要了，已经有两年没穿过了。

可以给我吗？

你能穿就拿去穿吧，真的，我们完全可以内部调剂一下哈，这样还能避免浪费。

不穿的都给我吧，我不会嫌弃的，你的品味我很放心。

说到衣服，两个女人顿时开心起来。

别看被淘汰了，当时也是我千挑万选买回来的，我买衣服有个原则，必须在95分以上，低于这个分数，别想我会掏钱买下它。

两人在衣柜前折腾到十二点多，手机响了。星星说：这么晚了还有人找？难道是何枫？

去你的！衣泓冲她亮了一下手机：我同学，黎晓，女孩子。

这个时候找你，估计不是什么好事。

星星说得没错，黎晓有点不对劲，她从来没有像现在这样深情和伤感过。

亲爱的，知道你在上海打拼不易，一直都忍着不跟你联系，不打扰你，今天我实在忍不住了，我伤感得要命，我究竟是如何失去你的？我还能不能找回你？我好怀念我们以前在一起的日子，真的非常非常想念你。

你怎么啦？要不你过来一趟吧，我请假陪你出去玩，陪你去吃各种好吃的，我发现了好多好吃的！

这回我可能真的要来了，再不来我都活不下去了。

你到底怎么啦？

见面再说吧。

黎晓

她越来越频繁地照镜子，精心挑选衣着，用好几层脂粉掩盖脸上的孕气，用腹带修饰腰身。完了！她松开腹带，望着冬瓜般的腰身，必须离开这里了，这里是她长大的地方，是全家人寄存颜面的所在，她不能对它有丝毫破坏，唯一的办法就是她消失。

从她确认那个消息开始，她就知道这一天正在逼近。她相信人在每个阶段都有不同的使命，现阶段的任务就是像动物一样，找个秘密的地方，把孩子生下来。她从来没像现在这样，想起一个人，全身都会发热，会心跳加速，即使他现在吉凶难料，下落不明。正因为如此，她才需要躲起来，悄悄地生下这个孩子。打掉孩子很容易，很多种办法，神不知鬼不觉，只要她自己不说，没人知道，但她不能，打掉孩子，也就终结了她的爱情。没有人去爱，没有人思念，梦里也不见一个人，只有无边的混沌，她不想过那样的日子。

关于他乡，她只有一个线索，就是衣泓。她们曾经形影不离，但毕业前夕，为了不辜负妈妈（妈妈已经托人给她找好了工作），她回到了小城。很长一段时间里，她不适应，整天心慌意乱，无着无落，仿佛她不是待在她的出生地和成长地，而是在一个初来乍到的陌生之地，她不知道是什么让她和这个熟悉得不能再熟悉的地方深深地隔膜了。与此同时，妈妈开始托人给她介绍男朋友，有一次，她真的和一个男孩子见了面，见面的地方在一个饭馆，后来老板过来对他们说，他们需要换到楼上一个包间。老板在前面走，男孩紧随老板之后，她跟在男孩的后面。爬楼梯的时候，男孩灰蓝色的裤子包裹着的臀部近在她的鼻尖之下。男孩可真瘦啊，尖尖的小屁股几乎塞不满她的掌心。刹那间，她莫名地感到羞愧难当，脸颊发烫，只想掉头就走，但那实在太不礼貌了，只得硬着头皮往前走。可想而知，这次见面她有多心不在焉。那以后，她拒绝相亲，拒绝让一个完全不了解她的陌生人，把她带向另一个更不了解的男人。

该怎样告诉衣泓这个消息呢？像现在这样把自己死死缠成一只粽子，还是索性放弃乔装，原形毕露，用自己的可怜换取她的眼泪和拥抱？

看到了吧？满意了吧？都怪你，如果你不撇下我，如果我们还在一起，我不可能这样。没有你在身边，我就像个瞎子，像个聋子，没有方向也没有拐杖，只能靠运气，只能破罐破摔。她准备这样向衣泓撒娇，她甚至在脑子里默念过这一段，她知道衣泓会被这些话感动的。

大学毕业那阵她就有预感，走出校门，她们的差异会越来越大，正如上海和小城的差距一样大，她们将来会有截然不同的人生，虽然衣泓并不这么认为。她说：我先去探探虚实，如果还行，就当我去打了个前站，你随后就来，情况不好，我马上回来，开始我们的餐饮事业，我们两个好吃鬼在一起，说不定能弄出个米其林来呢。

她们的确讨论过关于餐饮的计划，如果找工作不顺，她们就回家开餐厅，而与此同时，家里已经在开始帮她找工作了，是个事业单位，费了很多心思托人找到某个大人物才拿下来的。家里叮嘱她千万不要声张，免得被人知道后想办法使坏。就算他们不叮嘱她，她也不会说出去，这不是什么光荣的事情，尤其在衣泓面前，她为家里不能同时也帮衣泓一把感到难过，也为自己不仅不敢把这事说出来，还装模作样跟她讨论想象中的餐饮事业而羞愧。所以后来，报应果然就来了，暗地里背叛朋友，朋友干脆一脚将你蹬开。

她怀着洗心革面的心情投入工作，什么活都抢着干，什么人都笑脸相迎，只一年，她就给所有人留下了好印象，并以全票收获了转正表决。

转正通过的那天，她一个人来到街头闲逛，小城这几年发展得挺快，老城区每天都在消失，城市建设像一张徐徐展开的图纸，今天多了一个商业中心，明天多了一条道路。只有当年的高中还没变，门前还是那两棵巨大的香樟树，左边还是衣泓妈妈的"苗苗早点"，可能是城市管理的需要，店铺的外墙被刷成了黄色。

她努力让自己尽量不要路过这里，因为一旦进入这条路，她就会被衣泓妈妈收进眼里，就会迫不及待地从店里跑出来，第一句话永远是：你看你多好！衣泓就是个犟乖乖。

然后就是各种数落：你不知道她在那边有多惨，挣的那点工资都在养房东。房东一家人都不做事，就指望着一个外地来的小姑娘养着。前辈子欠了人家的，在家里怎么会吃这个苦，在家里挣的每一分钱都归自己花。犟乖乖，叫她回来她不回来，现在连件新衣服都买不起。我想给她转点钱买衣服，她不肯要，给我退回来了。现在哪个小姑娘不是穿得漂漂亮亮的，真是急死我了。你帮我说说她吧，一个小姑娘，整天不是白衬衣就是黑衬衣，在那种地方是谈不到恋爱的。

每句话黎晓都听出了炫耀的意味，但她笑着，顺着阿姨说：这话千万不要让我妈听见，她会鄙视我的，你看看人家衣泓，多么自立，多么有本事，你就只知道窝边转。

你不知道，她这是在跟我赌气，毕业前她说要去上海，我不让她去，我说那个地方消费高，又欺生，你又没人家那么过硬的文凭，你去了绝对活不出来。她说我看不起她，发誓不要家里一分钱，饿死不向家里求援。说着把手机掏出来给黎晓看：你看看，我昨天给她的转账，她直接给我退回来了，之前也发过好多次红包，也是不收，统统给我退回来了。

你就别再替她操心了，真到了需要接受你的资助才能活下去的地步，她肯定早就回来了。

这样的对话来一两次还可以接受，每次都这样，就有点怕了。她有意绕开那条路，走了一条冷僻些的巷子。

这天她刚一绕过"苗苗早点"，就碰上一家新开的小超市，她决定去买瓶水。耷拉着眼皮在收银台前刷码，付账，正要走人，一个声音说：我就那么不好看吗？抬起眼皮看我一眼都不肯？

世界就在那一刻重新温暖起来，她发现，一个最最有趣的朋友，竟然一直藏在她看不见的地方。

高中的时候，她和陈越关系一般，不，应该说，那时她和所有同学关系都一般，进进出出身边只有衣泓，就连考试成绩，每次都像她俩的身影一样紧紧依偎在一起。幸亏她们俩坐得比较远，才不至于让人怀疑她俩会在考试中作弊。其实有一阵她们俩差点好不下去了，大家都知道她们俩好，就像某个位置有人占了座一样，别人就不敢来了。久而久之，她们俩都好得累了起来。可别人见她们无缝可钻，早就去跟另外的人交朋友去了，早就形成了相对固定的小圈子，她们要是不想变成孤家寡人，就只有继续好下去。所以她们审时度势之后，又很理智很平静地走到了一起。等到了大学，她们俩要是不做好朋友简直要招来非议。人家会说，那两个人都不是什么好人，你看她们一个学校出来的，却互不理睬！这个罪名她们担不起，于是她们继续做好朋友。

她把这个过程分析给陈越听，陈越笑到肚子疼：没想到你跟衣泓原来好得这么无奈。

也没有啦，好是真的好，我的意思是，我们的圈子本来可以更大一点的。

圈子不在乎大，在乎有没有生命力。

她心头懊悔，要是早点碰上陈越就好了。

小超市其实是陈越父母的，她那天回去蹭饭，顺便帮父母站一会儿岗。黎晓就一直在超市陪她聊天，陪她接待客人。三个多小时后，陈越的母亲来了，两人立刻从超市脱身。

路上，陈越问她男朋友出现没有，她摇头：我暂时不想考虑这事。陈越就笑：这事你根本无法掌控，不是你想考虑的时候它就来了，也不是你不想考虑的时候它就在某个地方冬眠，它有它自己的时刻表。

你的呢？出现了吗？

陈越一笑：也许吧，我还不能确定。

陈越先带她去找一个朋友，在一栋自建小别墅前，她叫出一个清瘦高挑的年轻人来，那人一脸的不耐烦：进来等我一会儿！都是朋友，进来坐坐不要紧的。

我才不喜欢看人打麻将。陈越脸上不太好看：有本事你回去跟他们说，不打了，下次再来。

你这不是故意让我为难嘛，我今天运气特别好，真的，我已经和了好几个大和了，这么好的运气不能糟蹋了。

那你还是回去享受今天的好运气吧。

哎你真走了？不要这样嘛。男人一副很矛盾的表情。

那你上来拉住我呀。

男人伸出手,看了看,又缩了回去。不行,我不能碰你,不能让你带走我这只手的好运气。男人看上去不像是在开玩笑。

陈越一跺脚,两大步走过去,偏要去拉男人的手。

不要不要,我的手!我的手!男人吓得举着两手直往屋里窜。

陈越翻着白眼回来,对黎晓说:你能相信吗?这还是个外科医生呢,中心医院的青年才俊,一到周末就是这副样子。

你管人家!周末,人家爱怎样就怎样。

但是,瘾症就是瘾症,不会只在周末发作,周一到周五就忘到脑后了。这人是别人给我介绍的对象,我本来挺满意的,观察了几次,发现他对麻将的兴趣比对我大,我就解除风险,把他降为好朋友了。

还能这么操作?佩服你。

佩服什么,人家也没看中咱呗,正好给彼此一个台阶。不过,我还有另外一个朋友,比刚才这人热情多了,但绝对是隐秘的热情,什么时候方便,给你过个目。她边走边摁起了手机。

黎晓有点不习惯她的说话方式,像个老油条,其实她跟自己一样,都是才毕业没多久。

她们走进一条庄严的小巷子,巷子底部就是政府,不过现在搬走了,搬到新区去了,还留了些未来得及搬走的,估计这条巷子迟早都要搬空,全部用作商业。

路过一栋三层楼时,一扇窗户吱的一声推开了,陈越应声抬起头,她也跟着看过去,窗口露出一张脸,严肃地望向她们。最多不过五秒工夫,窗户关上了。

两人转身往回走,陈越望着前面说:看到刚才那个男人了吗?他就是我说的另外一个朋友。

你们为什么不打个招呼?

打了呀,他推窗出来看一眼就是跟我打招呼。

一声不吭,特务呀。

他办公室里有人呀,就算没人,其他地方还有眼睛呀。

天哪!我懂了,这不是很危险吗?

告诉你,这就是我们的前景。我们既然回来了,就只能接受这种命运,要么选择那个酷爱麻将的小医生,要么做这种人的情妇。我才不要医生那种人,身后拖着整个乡村,好几个没有退休金的老人,全自费的病人,还有好几个父母不管的留守儿童,我一点都没有夸张,他们家族全是这种人。他也很无力,只能在麻将中找点自信和安慰。做情妇当然不太好,但你知道吗?他们其实才是最有绅士风度的人,起码出去吃饭他们不会让你买单,每次见面还能给你送个小礼物,我知道那些礼物很可能是他出席活动时人家送的纪念品,但毕竟他把它送给了你,它们现在归你了,收到东西总是令人开心的,对吗?陈越拍拍身上的斜挂式LV包包。看到没有,这个就是他送我的,自己去买的话,一年不吃不喝都不够。我不是说我喜欢物质,喜欢礼物,我就是喜欢那个氛围,被人惦记被人讨好,被人捧在手心里哄着爱着,我真的很喜欢那个感觉。

但是，你觉得这算谈恋爱吗？

那你说什么叫恋爱？拎着大包小包跟着麻将医生去他家看望那些没礼貌的老人？当然，我们还有第三种选择，顶住一切压力，保持独身，包括顶住随时可能被性侵的压力。我有个表姐就是这样，她三十八了，还没结婚，有一次她悄悄向我哭诉，说她再也不想去小镇出差了，办完事，回家路上，她差点被喝过酒的同事强奸。第二天，她把同事揪到没人的地方，威胁他要是再干那种蠢事，她就报案，同事竟大呼冤枉，说你是在做白日梦吧？谁想强奸你呀，你有那么好看吗？也许你不相信，越是下面的小地方，对我们女人越不友好，所以，衣泓去上海是对的，那里的人起码更尊重女人一点。

那你，想走吗？离开这里，想过吗？

走不了了，现在我手上已经有块鸡肋，不到万不得已不舍得丢了。我指的是工作。

她又何尝不是这样！走了一阵，她叹了口气，对陈越说：你说的三种选择我都不喜欢，还有没有别的选择。

那就是像衣泓那样一走了之呀，的确有很多人都在往外走，但真正有好结果的没几个人，虽然说树挪死人挪活，但也不是所有人都适合移栽的。

走了一阵，陈越的手机响了，她看了一眼，脸上立刻涌起一层压抑的喜悦：我要走了，他约我了。

哪个他？

刚才从窗户里面看我们一眼的那个。

那你要回到那栋三层小楼去了？

傻瓜！那里是他工作的地方，怎么能在工作地点约会呢？他刚刚已经出去了，我看到他的车了。

她们在前方的岔路口分了手，陈越叫住一辆出租车，关上车门走了。尽管天气晴朗，黎晓却感到一阵莫名的阴冷，就像全世界都从她面前消失了，只剩下她一个。

陈越给她发来信息：你会感谢遇见我的今天。等我的好消息！

她不知道这是什么意思。

两个多月后，正要下班的黎晓接到陈越的电话，让她到一个地方吃晚饭。

当她下班后匆匆赶到那里时，桌上已经坐了好几个人，看起来都很亢奋。陈越把她拉到身边，向那些人介绍她：我同学黎晓，当年的学霸，你们要对她好一点哦。

那天的晚饭，从头至尾充斥着轻松搞笑的氛围，先是围绕宠物狗讨论了很久，接着谈到主人性格和生活习惯对狗狗的影响，有些人说着说着就站起来做模仿表演，笑得人泪花滚滚。最后不知谁说了句：我发现，越是压抑的人，越是爱狗。陈越补充道：对的对的，越是缺爱的人，越容易溺爱他人。一个男人接着说：但愿我能遇上陈越说的那种人。

大家哄然一笑,笑声中,黎晓瞥见一个中年男子朝她瞟了一眼,他的外貌普通到无法描述,唯一让黎晓印象深刻的就是他的T恤,那天晚上他穿了一件全黑的长袖T恤,在一众带图案的短袖T恤男人中,矜持稳重,简单有力。

那天他们吃的是那一阵特别流行的小龙虾,服务员一盆一盆地往桌上端,他们一边闹哄哄地闲聊,一边就着龙虾喝啤酒。黎晓有点难堪,她并不喜欢龙虾,也不喜欢戴着手套边剥边吃,更不喜欢啤酒,但她喜欢餐桌上那个氛围,为了跟这气氛协调,她只好拿起一只龙虾装样子。

虽然饭桌上加微信已成习惯,黎晓却是最不主动的一个,通常都是有人加了她,她确认了,却一声招呼也没有,也不向别人公开她的朋友圈,同时她对陌生人的朋友圈也没有兴趣。生活中不善寒暄的毛病,拿到网络上也一样。

过了两天,有人在微信上跟她打招呼,她知道是从饭桌上来的,但她无法把五花八门的微信名与那天晚上的面孔对接起来,只能用些安全的字眼跟对方周旋。

你大概记不起来我是谁了。

她发了个难为情的表情。

那人发了张当晚的照片,原来他就是穿黑色长袖T恤的那个人。运气太好了,她刚好只对那人有点印象,那人就找了上来。她依稀记得他在某个金融部门工作,不是普通的柜面员工,而是系统派来的某种角色。

他说他想单独请她吃个饭,因为他发现她那天完全在滥竽充数,几乎什么都没吃,作为当晚的东道主,他想弥补一下。

她问他是怎么认识陈越的,他却说,他并不认识她,他们是第一次见面。这种情况也让她高兴,不管怎么说,她不希望他们的联系被陈越知道,她说不清楚原因。

他说了个餐馆的名字,她不太熟悉,他给了她一个地址,又说了时间。你会喜欢那个餐馆的。她喜欢他说这话时的甜腻与暧昧的语气。

餐馆在郊区,类似于家庭餐馆,首先迎出来的竟是主人家的狗,接着是主人家的小孩,叫一声"毛线",狗就开始冲他们摇尾巴。她开心地摸了两把前倨后恭叫毛线的狗狗。

他们进了最里面的一个小间,半只土鸡的小火锅,干煸小米虾,仔姜牛蛙,几样时蔬,一壶主人家自酿的米酒,温得刚刚好。

怎么样?比那天晚上的好吃多了吧。

那天真是太恐怖了,全是龙虾,那么大几盆,感觉都快成原始人了。实在消受不了。

我也不喜欢那样。但是,大家都喜欢的话,我也不好意思说不喜欢了。

是的,我也一样,不敢说不。

所以最好的办法就是悄悄跑出来吃自己喜欢吃的。

近距离之下，她发现他比那天晚上帅，五官虽然没什么特别，但搭配得很和谐，他仍然穿着黑色长袖T恤。她有点好奇，试探道：谢谢你还好心地穿着那天晚上的衣服，让我老远就认出了你。

他揪着衣服前襟抖了抖：这个季节的衣服，我就只有这一款。一款五件。

她惊叫起来，称赞他的做法省时省力还有个性。他却说：懒人总有懒办法。

她想继续问，是他自己买的黑色长袖T恤，还是别人（女人）帮他买的，想了想，决定还是别问了，他们还没到那么熟的地步，不该问这么轻佻的问题。

于是就说吃的，本地各种美食，外地各种美食，最后在《孤独的美食家》这里停了下来。他们都很喜欢那个片头，喜欢那个人物对待食物的虔诚与单纯的狂喜，人类捍卫和彰显个性与自由的地方，就只有吃了，其他什么都没有了。这样聊了一通以后，再来吃他们面前的菜肴，好像变得更加好吃更加意味深长了，米酒也更加清甜醇厚了。他们专注地品尝，再认真地向对方讲述舌头上的感觉，胃里的感觉，身体的感觉，脑子里的感觉。

这个米酒真的很不错，我连手指尖都有感觉了。她伸出一只手，打量自己的手指，那里麻酥酥的。

黑色长T认真地说：你不要喝醉了。

米酒不会醉人吧。我查下。她真的在手机上查了起来，很快就有了结论，原来米酒喝多了真的是会喝醉的，米酒的酒精含量竟为15%~25%。我发给你。

他收到她的消息，回了个手势，她的手机摆在桌面上，他看到了自己在她手机上的名字：黑色长T。

他笑了：给你提个建议可以吗？不要给我署名黑色长T，直接叫T吧，正好我的全名叫谭晓智。

她不好意思地大笑起来：好好好，这个名字好。T，我们今天吃得很开心。

T说：下一次会更开心。要不这样吧，我们结个吃货对子，一旦我发现哪里有好吃的，就通知你，你要是发现哪里有好吃的，也直接叫我，我们一定把这方圆百里的美食给它吃光，吃它个片甲不留。

事实上，他们吃到第三家的时候，事情就有了些变化。

那天下班时分，T发来消息：可以先不吃晚饭吗？留着肚子我们去吃消夜。

她当然愿意，她从没吃过消夜，早就想体验一下在沉沉夜幕里吃东西的感觉。

九点多钟，他发给她地址，让她赶过去。她看了一下，那地方在江对岸。

不好意思，因为要事先考察地点，评价厨师，确定食材，我八点钟就过来了，现在就不回来接你了，你得一个人坐轮渡过来。

她笑了，这个吃货搭子还真有心。与此同时，她提醒自己，不能再让他买单了，今天一定要抢先买单，他实在不让，两个人AA也可以。

这天他们吃的是用刚刚从江里打捞起来的新鲜白鲢鱼做的火锅，不像池塘里的鲢鱼，有股土腥味，江鲢的味道，是纯正的鱼的味道，配上白葡萄酒，还没吃完，两个人就都有点微醺了。随着轮渡一趟趟靠近又离开，热火朝天的江边渐渐安静下来，一些店家开始关掉炉火，一些店家正准备收起圆形帐篷。他们嘲笑那些走掉的人，江边火锅现在才显出它的独特况味来，而他们却走了。此时的江面，粼粼波涛闪耀着岸上的五彩灯火，汽笛像浑厚的男低音，昂然而过，他们找了很久，并没发现行走的船只，不知道那汽笛是怎么发出来的，难道泊在那里不动的船只也会鸣笛？

也许跟海市蜃楼一样，是别处的汽笛，或者是很久以前的汽笛。

也许这一切根本就是个梦。

听她这么说，他伸出手臂揉了下她的肩，很快就放下了。

再也不要这个时候来这里吃饭了，有种人去楼空的空虚感。他望着模糊不清的江面说。

看不到烟波，你也开始愁了。

是光线的原因吧，我在夜晚总是不如白天那么情绪高涨。

黎晓轻轻一笑：你有点严肃起来了，你不像活得很沉重的那种人呀，我觉得你悠然自得，游刃有余。

哪里哪里，那是我的理想状态，事实上我可能一辈子也达不到那种状态。我很笨拙，不善于处理复杂的局面。打个比方，如果我是个很谨慎很理智的人，就不会这样跟你吃饭，因为这对你对我都会产生一些负面影响，但我管不住自己。

我、我不想问你的工作，也不想问你的家庭，我猜这两块你都经营得很好，这也正是我不想问的原因，如果我让你有丝毫为难，我们可以立即终止两个美食家的活动。

你不要误会我的意思，我只是想告诉你，跟你吃饭的这个人，就快被你看穿了，一旦你看穿了我，不要嫌弃我。

这我就更不明白了。

好吧，让我们换个话题，平时你下了班之后做什么？

好像没什么固定要做的，上上网，看看电影什么的吧。

看电影很好，你跟家人住在一起吗？他们跟你一起看电影吗？

怎么可能？我喜欢看带字幕的电影，我家里人从来不看这种，幸亏我是独生女，有自己的房间，所以我的电影都是在几乎没有音效的情况下看的。

没有音效的电影多无趣啊！你是个好观众，应该有个好的观影环境。

我倒是喜欢上电影院去，可惜我要看的电影院里看不到。

关于电影的话题被礼貌的老板打断，要打烊了，他们不得不离开。他们来到江边，惊讶地发现轮渡已经停了，要想回市里，得穿过整个半岛，从另一个方向进城，他没有车，她更没有。他急得在岸边不住地走动，来回察看，她一点都不急，因为有他急就够了，这个半岛，她是第一次来，根本不知道它有多大，岛上是个什么情况。

她提议去问问刚才那个老板，他拦住了她：不能让他看出我们的困境，人心难测。你别管了，我来想办法。

他们装出若无其事的样子，沿着环岛马路边走边打量。

实在不行，我们只能在岛上住一晚，明天一早回去。

也只能如此了。她一边心跳如鼓，一边思考着如何跟家里撒谎。

最后他们看中了一栋似乎还不错的民宿，两盏八角形夜灯照着静谧的院子，透过玻璃门往里一看，前台坐着一个正在看书的帅小伙。他低下头来，在她耳边说：你什么都别管，一切看我的。

他登记房间的时候，她离他一步远，勇敢地挺立着，随时准备接受帅小伙审查，同时假装正在打量墙上的一幅画，但她发现小伙自始至终根本没朝她看。她渐渐自如起来。

他低声跟她解释：为了保护你，我只订了一间房，否则他肯定觉得好奇怪。

她想起那个专注地忙活着的帅小伙，觉得他说得很有道理。

房间里有电视，可以上网，而且信号很强的样子。他说：看来今天晚上我们可以尽情地看电影了。

她顿时兴奋起来。他说他下去买点喝的，边喝边看。

他下去了一趟，很快就拎着一大袋啤酒和零食上来。我把他的存货几乎都买空了，小伙子人很好，还是个名牌大学的研究生，这次是临时回来探亲，顺便帮父母看店。

原来是侦察环境去了，他到底还是谨慎的。她顿时明白过来。

他们把零食和啤酒摆满茶几，高跷着腿，惬意地吃着，喝着，聊着。她很快就发现，她根本看不进去，她不知道银幕上的人在说什么，在干什么，它变成了没有声音的默片，但她无力改变这一现状，他们俩一上来就把主次搞颠倒了，变成了就着电影喝啤酒，而不是想象中的就着啤酒看电影。他也发现了这一点。两个人都笑起来。

我说，我们干脆别装了，我们聊我们的，他们演他们的。

我们已经这么干了。

下一次，我们再去哪里开发美食呢？

这个任务交给你，你比较内行。她发自内心地说。

我快要技穷了，你知道的，有很多地方我不能带你去，那些地方有很多眼睛，他们会妨碍我们。

你真是个体贴的T！

你真是个聪明的黎晓！

他们俩都以自己的方式叫出了对方的名字，同时又被自己的举动恶心到了，一边喊着肉麻，一边狂笑起来。

明天早上从这里出去以后，我们就不再是以前的饭袋朋友了。

你不会是想跟我上床吧？仗着酒意，她索性捅破了那层纸。

除非你不愿意。

至少，此时此刻，我还不想。

那我等。

你很会跟女人打交道吧？

恰恰相反，我这方面最差了。当年在学校，我最不受女生欢迎。我那时个子很矮，高一的时候还不到一米五，那些女生在背后暗戳戳给我取外号，叫我根号2，但高三的时候，我突然一下长到了现在的高度，把她们都吓坏了。但那时候学习非常紧张，已经来不及产生任何别的坏心思了。到了大学，那里天南地北的人都有，有些人简直高得不像话，而我不过是一个个头中等的男生，人家也不知道我突然一下蹿了个子的传奇经历。总之，我在大学里平平无奇，这样的人在女生眼里近乎透明。

很好奇你那时候的梦中情人是什么样子的。她准备绝口不提他的妻子，她猜他肯定有妻子，还有孩子，他的衬衣很干净，皮鞋质地也很好，脱掉鞋后，脚也没有太大味道，这一切都说明有个人在背后打理他的一切，他肯定不希望她提到那个人。

我没有梦中情人，因为我从不做梦，很奇怪，我可能是世界上唯一没有做过梦的人。

也许你的梦发生在午夜，醒来后忘记了，听说能够回忆起来的梦，多数发生在睡醒前不久。

他们正讲着梦，外面突然响起两声悠远的汽笛，她做了个噤声的手势，几秒钟后她说：我一直觉得，轮船汽笛很像梦境里的声音，梦里的声音就是这样的,很笨重、很遥远的响亮,就是这种感觉。

T说:你不觉得我们已经在梦中了吗?

黎晓立刻一阵恍惚,他的脸在她面前摇晃起来,一切就都乘虚而入了。

事后,她不知为何突然讲到了她的朋友衣泓。

她要是知道我此时此刻做的事,大概会笑话我的。她是个理想主义者,所以她跑到上海去了。她觉得她喜欢的东西不可能在家乡,她不喜欢家乡,不喜欢土生土长的一切,她喜欢外面的东西,大城市里的东西,她觉得好东西都在大城市里。

上海未必真有她喜欢的东西,此地也未必就没有她喜欢的东西。我的老家就离上海不远,你看,我现在在这里不亦乐乎。

她为他透露出来的这个信息感到惊喜,但也有点不解:不是说人往高处走吗?你怎么反倒要往低处走?

要看你的目标是什么,确定了目标,就要认可通往目标的道路,但它不一定是一条直线,也许是迂回曲折以退为进的。话又说回来,目标道路之类的,看起来是我们的选择,但真的是这样吗?我觉得我们其实是被选择的,半空中一定有一只看不见的手,像下象棋一样把我们拨来拨去,否则,我实在难以理解我为什么不像你的朋友一样去上海,我小时候的朋友们基本都去了上海,我却走了一条相反的路。唯一的解释就是,半空中那只手说,让那个家伙到这里来,到这个叫黎晓的小不点儿这里来,你那时候肯定还是个小得不能再小的小不点儿。

她一边笑，一边缩紧身体，恨不得嵌进他身体里去。瞎说！半空中的手，才不知道有个小不点儿叫黎晓。

这你就错了，每个人从一出生就在他的簿子上，他什么都知道，就看他会不会时常想起某个小不点儿来。我觉得你很幸运，起码你得到了他的特别安排。

你是指你吗？

怎么？不想接受吗？不满意吗？

聊着笑着，他们渐渐累到极限，最后一句话还没说完就睡了过去。

早上五点多，他醒了过来，径直去了卫生间，隐约的水声惊醒了她，她费了很大劲才明白过来到底发生了什么，啤酒还是有点威力的，她感到头疼，胃里也有点不舒服，觉得应该是自己先醒过来，先去享用卫生间才对。

他出来了，她听到他在卫生间门口穿衣服。很快，他穿得整整齐齐过来了，站在离床一米远的地方。他说：我今天一上班有个会，必须去赶第一趟轮渡，你也是要上班的吧，那你也不能再睡了。我就不等你了，先走了。

他轻悄悄关上门，一切平静下来，只剩下她和散了一地的衣服。

这以后，她开始留意他的行踪，她在许多新闻上都看到了他的踪影，他总是跟一些金融部门的领导在一起，出现在一些经济开发类的会议上，不管他穿着什么样的外套，里面总是她最熟悉的黑色长袖T恤。

发现怀孕的时候，她给他打了电话，她觉得有些字眼不能出现在手机上，所以她选择语音。她想先搞清一件事。

我猜，你是有妻子的人，对吧？毕竟你之前有那么长的人生。

他犹豫了一下，说：嗯。

她很伤心，她的预感被证实了，他们注定没有前途，注定只是夜晚的秘密。

也有孩子？

她寄希望于最后的反转，也许他像某些男人一样，重视自己的子嗣。

哎！他的语气稍有改变。

他都有，老婆有，孩子也有。两种试探都落了空，她知道自己只有一条路可走：打掉这个孩子，从此跟他分手，因为他不重视她，他的人生规划中没有她。

然后她才告诉他，他们现在必须要面临的事情。我不会给你添麻烦的，你放心。

你别乱来，我会帮你安排好。他听上去竟然有点紧张。

一个星期后，他开车把她带到省城，逛了一通，吃了一通，还特别给她买了根分量十足的带圆牌子的金手链，他特别要求了订制款，圆牌子上刻了T和L两个字母,是他们两个的姓,交媾一样缠在一起。她有点遗憾,如果是戒指,她会更高兴。

订制好手链,他把她送到了三楼妇产科,叮嘱她去办公室找程医生。我表姐会帮你的。他说:我已经把一切都安排好了,我会在这一带守着你,你一出来就给我电话。他站在电梯口,向她飞吻,这是个前所未有的动作,多少抵消了一些她的恐惧。

她在门口喊了声程医生,一个中年女医生应声抬起头来,说:来了?然后示意她跟在自己后面,来到手术室,把她交给另一个年轻女医生,年轻医生对中年医生说:你表弟又来了?

嘘!中年医生做了个噤声的手势。

人缘这么好,却舍不得结婚,现在的人真是难以理解。年轻医生背过身,声音低了下去。

她被那些字眼击倒了:又来了!舍不得结婚?她两眼发花,耳朵里嗡嗡作响,她们说的是他吗?可她明明跟他确认过,他有妻子,有孩子,是她亲口问、他亲口答的。

别的男人都是假称自己没结婚,没孩子,单身汉,他是反着来的。她突然间很聪明地看透了他的意图,他要用虚拟的家室阻挡那些想要成为他家室的人,捍卫自己的单身身份,只为给他理想中的女性一个虚席以待的姿态。所以在他那里,她没什么特别,她只不过是另一个"又来了"。所以她的结局也是注定的,她注定是另一个"又走了"。天哪!这是碰上坏人了啊!

她想跑，但为时已晚，她已被人送到一条待宰流水线上。年轻医生把她交给了一个护士，护士递给她一件无纺布手术服，她抖开一看，竟然是连体开裆裤。手术服护士又将她交给另一个戴着长袖手套的护士，长袖手套护士将她带进了冷气森森的手术等候区。

不能坐以待毙！调动你的全部能量！使出你的洪荒之力！她脑子里轰轰作响。

她装出一副内急的可怜相，对护士说她急着上厕所。快去快回！快去快回！医生已经过来了。护士一边打开一只装满手术刀的无菌布套，一边火急火燎地催她。一进卫生间，她就冷静下来，不能让他得逞，她不能忍受欺骗，尤其不能忍受他红口白牙当着她的面撒谎。揭穿和指责都是后话，当务之急是从这里逃出去，从他给她架好的火笼里逃走。但这个卫生间是内部的，它唯一的出路是通向手术室。

她从卫生间出来，冷静地走到护士面前：不好意思，我的胃突然好痛好痛，我有条件反射性胃痛，我可以出去休息一下再来吗？

我们不能等太久哦，顶多给你五分钟，否则就只好跳过你叫下一个了。

她逃出来，门外休息室的长椅上，七八个女人坐在那里等着叫号，她知道她不能马上出去，出去太早他会怀疑。她找了个空处坐下来，她听见自己的心跳声像戴了扩音器，每个无意中向她扫过来的眼色都让她惊慌失措，以为人家是听到她扑通扑通的心跳才循声望过来的。

待会儿见了他,要直接揭穿他吗?要骂他吗?要报复他吗?她慢慢想起来,这是在省城,在她不熟悉的地方。不,不能在陌生的地方情绪失控,万一有不好的事发生,你将会不安全。她劝说自己,同时尝试深呼吸,一遍又一遍。她感到自己慢慢活了过来。

护士探出头来叫号了,她早已闪进茶水间,她听见护士叫了两遍她的名字,她背对着候诊区,一动不动。停了一会儿,护士又开始叫她的名字,这次只叫了一遍。又过了一会儿,护士再次拉开门,叫起了另一个名字。她不敢往后看,但她感觉到了,候诊区有人站了起来,然后是门拉开的声音,她往那边瞥了一眼,"下一个"在手术室门口消失了。

她问了一下正在排队的人,两个叫号之间的时间距离,差不多有三十分钟。四十多分钟后,她出现在一楼大厅,她打他电话,他有点意外:这么快就出来了?还好吧?快,扶着我,我们找个地方休息一下,吃点东西。

你对这一套很熟练呢。她故意弄出惨淡的表情和虚弱无力的声音。

这也不知道?你当我是儿童。

她没扶他递过来的胳膊,而是怕冷似的抱着自己。他们一起向停车场走去,中途,他几次回过脸来,问她:你还好吗?

还行。她看着自己的脚尖说。

她要求坐在后座,她说她想躺下睡觉。他殷勤地说:正好我车上有个小毛毯。他帮她安顿好，叫她好好睡，他会开慢一点。她忍不住说：太好了，正需要，这简直就是专门的产妇毛毯。他似乎愣了一下：毛毯还分用途？

到家了，他提议去某个饭馆吃饭，她说：我们找个安静的地方坐一会儿吧。

她裹在毛毯里想了一路，该说的话她都想好了。

他们来到一个僻静街角，那里有他们以前发掘出来的个性美食。

我猜你不想在这里成家，因为你觉得你前程远大，不想过早地在这个小地方被一个女人拖住自己吧？她尽量克制自己，一刀一刀地来。

我没说不想在这里成家，我成家不挑地点。

那就是挑人咯，既然我不是那个人，为什么又要来撩我？

你在说什么？我怎么听不懂，手术室里发生什么了？

原来你未婚啊！之所以不敢告诉我，是怕我会赖上你，这也太自作多情了，你未必就是我的理想丈夫人选。她不得不说得更直露一些。

是不是有什么误会？我跟你说过什么？

真的需要我重复吗？好，我重复给你听，我问你，你有妻子吗？你说嗯，我说有孩子吗？你说哎。

他居然如释重负地一笑：我直接回答了吗？我说了有或是没有吗？

她呆了一会儿：好，算你聪明！我认输。

哪有什么输啊赢的，又不是在比赛，我们是在搞智力比赛吗？我理解你，身体上的痛苦会带来情绪上的波动，但你相信我，我也不平静，我并非恶意让你怀孕，同样，我带你去医院也非恶意，现在的确不是公开的时候啊，我是替你着想，你还这么年轻，不该因为一时失误而搞得方寸大乱，我说得对吗？

她不敢看他，脑子飞快地转起来：身体上的痛苦？是的，站在他的立场，他肯定以为她已经做掉了，那个包袱已经彻底铲除了。忍住！先别告诉他真相。他既然耍了她，她也可以耍回去！

对了，你还没回答我呢，手术室里到底发生了什么，出来后你一直都不对。

没什么，就是觉得很羞耻，情绪波动很大而已。

他似乎松了一口气，笑着刮了一下她的鼻头：每个女人都会经历这种事。

两个月后，在他们约会的地方，她让他知道了真相。

他突然呆若木鸡，过了很久才去打量她明显鼓起的小腹，上一次见面，他还笑过她：你似乎长胖了一点点。

你可以去任何地方，做任何事，你可以对我不理不睬，但你得给我一个恰当的身份。这是她思考了很久的说法。

他的脸开始发红，她从没见他有过那种脸色。

这事对你们男人根本没有影响，你还是你，什么都不会变，你将永远是你，改变的只有我，真正对孩子负责的也只有我，你完全可以置身事外。

你不应该这样对我！你这是欺骗！

你不能说这个词，是你先骗我的，为了把我挡在你的生活之外，你骗我说你有妻子有孩子。

所以你就用这种方法报复我？真是太傻太傻了，我从没见过这么傻的女人，你害了你自己，也害了他，你害了我们大家。现在你想怎么办？要我马上跟你结婚？你很快就会知道，结婚只会让你变得更加不幸。我不属于这里，我跟这里土生土长的人不一样，将来的人生之路也不一样，唯一一样的只有眼前，眼前我们都是健壮的成年男女。

得了吧，你到底有什么不一样？你不工作？不拿工资？不食人间烟火？

我一下子跟你说不清。

那就慢慢说，多说一点，不存在交代不清的情况。

我可以用一句话来概括：我不会在这里停留很久。

我完全不介意有朝一日孩子的爸爸去外地工作，那只会让我们的生活更丰富，对孩子的成长只会更好。

我对我的前景一点都不乐观，我对我们每个人的前景都不乐观，我是个悲观的人，我这样的人不配当父亲。

配不配，只有你当了才知道。

人有旦夕祸福，万一我出点什么事……怎么办？

那不是更应该生下他吗？否则我们都没有机会了。

她看到他眼底红了一下，但很快就坚定起来。

我建议我们再去一次医院，可能你会受点苦，但跟今后漫长的苦刑相比，你会乐意忍受现在的苦。

我不要，就算你突然消失，永久消失，再也不理我，我也不要。我有这个权利。

真是好笑！如果我消失了，你留着他你们俩不是更痛苦吗？还有，你以为他愿意你留着他吗？你征求他意见了吗？

我不管，留下他，就是留住了你。

为什么一定要这样？往前看，你还有很多好机会，你会发现，很多人都比我好。

因为我爱你呀！我谁都不爱，只爱你。

他不再说话了，直直地望着她，眼里隐约闪过一抹亮晶晶的东西。

她知道她赢了。

接下来的一段时间，他们之间前所未有地好，她所有的消息他都第一时间不厌其烦地回复了，以前她没有这个荣幸。以前她每发一个消息，都要惴惴不安等很久，因为他很忙碌，而且很神秘，她永远搞不清他到底什么时候才能自由自在地看个信息、发送信息。这个变化让她高兴得仿佛要飞起来，幸亏她坚持下来，否则她不仅失去了孩子，可能也失去了他。

有天晚上，已经很晚了，她已经睡着了，他突然打来电话，问她，他还好吗？

在他们的假想中，那个孩子确定无疑是个男孩。

他很好，只是我越来越没力气，大概是他在抢夺我的营养。她躺在被子里瓮声瓮气地说。

手机提示她她收到了五万块钱，是他转来的，接着又是一笔，又是一笔，又是一笔，她吓得彻底醒过来。

好好调养自己，好好照顾他。

不用给我这么多钱吧。

不算多。你会用得着的。

然后又给她发来一个地址。这是我家里的地址，你保存好，省得你担心我是个来无影去无踪的骗子。看情况吧，有机会的话，你们最好见上一面，让他们知道，我们谭家有后了。

这样过了几天，有天早上，他没接她的电话，看看时间，离上班只有五分钟了，也许他正在步入会场，也许正在跟那些衣冠楚楚的人说话，她赶紧掐断了电话。

到了下午，她再次打他电话，仍然无人接听。这没什么，他们的会议通常很长，甚至一个接一个，说不定他把电话静音了，又说不定，他因为各种各样的事情人机分离。一直以来，他们的电话并不是很多，他们从来不是那种整天电话不断腻腻歪歪的情侣。

整整两天，他们没有通过话，她没得到他任何信息。

正在着急，他给她打了过来，说他突然接到出差的指示，走得很急，他现在在海南，可能要待一段时间才能回去。我会给你带个礼物回来的。他说。

她深感安慰，同时为自己的暗自焦急感到惭愧。

一个星期后，她焦虑再起，因为她整整一个星期没有收到他的只言片语，海南的事务有那么忙？打个电话的机会都没有？

她打电话给陈越，漫无边际聊了一会儿，话题突然转到T身上来。

你最近跟那个人有联系吗？她装出无意中想起那个人的样子。

陈越的回复让她慌了：你不说我都忘记这个人了。你找他？

是的，我有点事要问问他，记得他是金融部门的人。

陈越答应去帮她问问那天那个带他来吃饭的人。

陈越的回复很快就来了：那个人跟T也不是很熟，只是业务关系，T其实不是金融部门的人，是一个什么融资公司的人，他们已经很久没联系了。我让他马上联系一下，他刚刚回复我，说不知为什么，他联系不上那个人了，但他答应我，稍后会继续帮我联系。

还好陈越并没往下追问，而是随口说起了跟化妆品有关的事情。陈越似乎有经销某个品牌化妆品的打算：你想跟我一起干吗？

我不懂这个。她心烦意乱，想立刻结束跟陈越的电话。

不懂没关系呀，懂点流通，会计算成本就行。陈越仍然兴致勃勃：我现在对赚钱很感兴趣，赚到钱的感觉是最好的，比谈恋爱还要好，当然，一边赚钱一边恋爱就更好。实话告诉你，这个信息就是那天在三楼看了我们一眼的那个人告诉我的，他在一个饭局上碰到了那个化妆品的代理商。

她打断陈越，问了个愚蠢的问题：你说，海南那边的通信会不会有时候不畅通？比如说，有人去海南出差，会不会没有办法及时跟我们这边联系？

怎么可能？现在哪还有通信不畅的问题，你说的那种情况在手机刚兴起的时候才会有。来跟我一起做化妆品吧，就算赚不了太多钱，至少可以把自己用的化妆品赚回来。

我不用化妆品的。

废话！女人都要用的，化妆品能带来幸运，这是我的亲身体会，真的，我最近收获了一个小幸运，电话里不能说，哪天有机会当面告诉你。

黎晓假装掉线，掐断了电话。

又过了一个星期，她正在办公室里整理东西，陈越电话找她。

你要找的那个金融公司的人，我有他下落了，他被抓起来了，他那个融资公司，好像涉嫌违规还是诈骗，听说数额还挺大的，本地银行也有人牵扯进去了。你找他什么事？

她啊了一声，结巴起来，勉强说：只是想咨询一个问题，既然这样就算了。对了，你觉得这人多久会放出来？

那谁知道，要看有没有人捞他吧。我们怎么见面？我送点化妆品试用装给你，你用了就知道，你非拥有一套不可。

她本能地拒绝了，现在还是夏末，她已穿上宽松的初秋外套，她怕万一被陈越看出来。

她一路扶着各种东西往外走，努力不让自己倒下去。

当务之急是把肚子里的问题解决掉。她站在路口，寻思着要不要现在就去医院，但万一他只是暂时关押、接受问讯呢？万一他过不了多久就出来了呢？她听说过这种情况，都以为某人要坐牢去了，结果那人安然无恙出来了。要是能知道最新的、确切的进展就好了，虽然她帮不上他，但如果他出来那天，她给他送上一个肉嘟嘟的宝贝，他该有多么惊喜。有了这样的礼物，他们就是真正的患难夫妻了，就真的情比金坚了。她搜寻自己的通信簿，寻找跟公安系统有关的朋友，一个也没找到，她从来没有那方面的朋友。

她想到了衣泓，还在高中的时候，她们俩有一次出去逛街，路过公安局大门，她说：很奇怪，我看到这个白底黑字的招牌就害怕，一笔一画都在往外散发冷气似的。

衣泓说：害怕来自陌生，我就不怕，因为我有个亲戚在这里面工作。

那时她眼里的衣泓，是个时不时就会诞生格言的人，比如这句"害怕来自陌生"，她一直记得，也记住了两人在公安局门口的细节。

她打通衣泓的电话，她们很久没有通话了。通话的感觉跟互发微信是很不一样的。

怎么想起来给我打电话了？难道你已经到了上海？

没有，哪能啊，我是轻易走不出来了，不过我有事求你。

她仔细回忆了高中的那一幕，没想到衣泓完全没有印象，但她承认她有个亲戚在公安局，现在可能已经退休了，而且她跟那个亲戚从没单线联系过，她建议黎晓去找她妈妈。

还是不要去打扰你妈妈了，她忙得很。她还没听衣泓说完就绝望了，她不可能去找衣泓妈妈，妈妈们眼睛都很毒，肯定能从她身上看出什么来。

是你家人出什么事了吗？

没有，只是一个朋友。

你朋友叫什么？要不我让我妈妈有空的时候去打听一下，就当给她一个八卦的机会。

她把T的名字告诉了衣泓，到底是好朋友，贴心又主动，顿时浑身上下暖洋洋的。

只过了一天，衣泓就有回话了，说妈妈专门去找了那个亲戚，亲戚说，那个人现在在看守所里，坐牢是肯定的，目前还不能确定的只是坐多少年的问题。黎晓本来正在走路，突然一阵心跳加速，脸上身上冒出一层虚汗，不得不停下来，靠在路边的行道树上。

衣泓

火车晚点，见到黎晓的时候，已是晚上十一点多钟，车站灯光功率强大，照得四周如同白昼，光从头顶直射而下，让人显得矮小疲惫。黎晓看上去不像是坐了九个小时火车，而是坐了九十个小时。

她大叫着，直直地冲过去，撞向黎晓，像她们以前常做的那样。黎晓的反应让她惊讶，她似乎躲了一下，她们俩差点因此摔倒在地。

第一夜，她把黎晓安排在宾馆里。她和星星之前有约定，谁都不许带人回来借宿。

刚进房间，黎晓就直冲卫生间，片刻，她听见黎晓在卫生间大声抽泣。她吓坏了，要去抱她，黎晓伸出手来，把她挡在外面。

别碰我，我太倒霉了，不要把霉运传给你。

不管她如何追问，黎晓都只是哭，越哭越凶。她生气了，瞪着她：既然什么都不打算告诉我，为什么又要来见我呢？

终于平静下来后，黎晓说：就是那个人，我让你找公安局亲戚打听的那个人，我有了他的孩子。

衣泓霍地站起来，难怪黎晓在车站里看起来又苍白又疲惫，难怪她看上去又像胖了又像瘦了。

一般人碰到这种情况，首先想到的是撇清关系假装不认识吧，但我真的很倒霉，我非但不想撇清，反而比以前更沉溺其中，你知道我的，我不太容易喜欢上一个人。

但是……但是，你有没有想过，等他出来后再生孩子呢？

那是不可能的，那时候他年纪肯定大了，心情也变了，说不定也不想生了。这些都是后话，当务之急是我的腹带快绑不住孩子了，你帮我想想办法，我该怎么办？我不可能在老家生下他，一旦消息传开，我妈的老命绝对保不住。

你的意思是，你想来上海悄悄生下这个孩子，然后再回去上班？

黎晓声音低了下去，她显然考虑过这个问题：回去是不可能了，人家不可能给我那么长时间的假，我的工作肯定是要弄丢了。

天！这代价是不是太大了？国家事业单位呢，有编制的呢。

黎晓抬起头来：你不也没有编制吗？你一开始就没想要编制，但你一样活得挺好。

可我妈一直都在说，你看人家黎晓，穿着制服，不慌不忙，旱涝保收，再看看你，起早贪黑，像个扛长工的。

黎晓竟然笑了一下：我也没想到会有这一天。看来还真有命运一说。小时候我妈找人给我算过命，说我这一生很孤独，老了会独在异乡。去年我妈还在说，算命瞎子真的是瞎说，你回到了家乡，安居乐业，亲人朋友都离得不远，哪来的异乡。

你妈还不知道吧？

当然不能让她知道，骗她是容易的，就说我跳槽了，找你来了，她只会生气，但不会多想。

那你得准备一笔钱，租房，生孩子，还有你自己的生活。

有所准备，生他应该没问题，养他恐怕就得吃苦了。

真的应该过几年，等我们实力雄厚一些，再来养孩子，会从容很多。

到那个时候，我就碰不到他爸爸，也没有生下他的激情了。

父爱缺失，还有经济压力，还有……还有，将来孩子在学校里填信息表，爸爸的工作单位一栏，他要填什么？监狱？职务是犯人？他会被同学嘲笑和孤立的。

也许就直接告诉他，他父亲去世了，死于车祸。

那不是违背了你的初衷了吗？你是因为太爱他才给他生的孩子，却告诉孩子他已经死了。

等他成年了，我再告诉他一切。

对孩子来说，终归是有缺陷的人生。

谁没有缺陷？我们都是在完美无缺中长大的吗？也许完美本身也是一种缺陷。你再看那些动物，它们基本上是没有父亲的概念的，中国古代也有先例，孟母三迁的故事不就是这样吗？孟父去哪里了？为什么做搬迁决定的每次都是孟母？所以，我当好母亲应该就够了，太完美，说不定反而是种平庸。

当然，你执意这样做，也有一个可以预见的好处，等他出来后，他会非常非常感激你，他们全家都会对你感恩戴德。尽管如此，我还是劝你不要冲动，过几天，等你平静下来后，再做决定。

我已经平静很久了，刚得知这个消息的那几天，我简直要疯了，说出来你不要笑，我根本没法坐下来。我向单位请了假，一个人在外面暴走，走了整整十二个小时，鞋都走坏了。我甚至开始想劫狱的事，想着怎么样把他从里面抢出来。告诉你，这辈子，我都不可能像爱他那样去爱别人了，我前世肯定欠了他好多好多。

十二点多的时候，星星给衣泓发来消息，问她今天还要不要回来，否则她就锁门了。这是她们的惯例，安全起见，每天晚上她们必须从里面把门锁上，锁门之前，必须确认尚在外面的人是否要回家。

她告诉星星她今天不回去了，她的老同学、好朋友过来了，她得在宾馆陪她。其他的话，她没敢多讲。

第二天早上六点多，衣泓的闹钟响了，她得去上班。黎晓也跟着起来，她说她想去外面逛逛，让衣泓专心上班，不要管她。

黎晓的到来，彻底扰乱了衣泓的平静，她几乎没法集中注意力工作，眼前老是晃着黎晓的脸，还有她突然解开腹带露出来的圆滚滚的肚皮，像在里面藏了个小冬瓜。她们分开时，黎晓再三交代：

千万千万不能让你爸妈知道，他们知道了，就等于我妈知道了，就等于老家人都知道了。难道要眼看着黎晓陷入执迷不悟的爱情陷阱吗？万一错了呢？她不相信黎晓这个局中人的判断，对自己的判断更是没有信心，她迫切想要听听第三人的意见。

她决定跟星星说说这事，一来星星跟黎晓是陌生人，易于保守秘密，二来星星堪称自己的生活导师，自从跟星星合租以来，她觉得她一半的人生都挂在星星的肩膀上了。

午餐时分，她草草吃了几口，就来到大厅，坐在书吧外面。这个电话只能悄悄打。

话还没说完，星星就在那边冷笑，然后轻描淡写地来了句：你怎么会有这么糊涂的同学？她百分之一千要后悔的。

但是她……她很坚定呀，我越劝说她越坚定，弄得我都开始怀疑自己的人生观了。

对这种人，你没办法的，只有放她去撞南墙，撞得头破血流，她才会回头。

那不是晚了吗？不让她撞上去才对呀。

拦不住的！我遇到过这样的人，你去拦她，她还会瞧不起你，嫌你境界低。

星星，要不你帮帮她吧，你来说说她，肯定比我说管用。

我能怎么说呢？我找不到理论支撑呀，我就只有自己的人生经验，她不一定听得进去呀。

要不我们一起试试？今天晚上一起吃晚饭，然后你见机行事。我查过资料，她现在去医院勉强还来得及。

吃饭可以，但我真的没有信心说服她。还有一种可能，今天晚上我说服她了，明天早上她一觉醒来，一切又都回到原来的位置。

真要那样也没办法，我们尽力了就好。

我觉得与其费尽心机去说服她，不如向她展示另一种她向往的生活，看她能不能放下执念。

天哪！那样的生活在哪里？见面再说吧，你会对症下药的，我只相信你。

放下电话，她稍稍松了口气。跟星星说果然是正确的。

什么事还要对症下药啊？

背后响起一个声音，她吓了一跳，一个小立柜挡住了她的视线，导致她进来的时候没有发现丛老师就坐在后面。

不好意思，我被迫听完了你的电话。这不稀奇，古今中外，历朝历代，总是会有这样的事情发生，也许你是当事者，也许你是旁观者，但你终归要给出你的答案，因为这是一道属于女人的必答题。

正好，丛老师你教教我们吧，我朋友她该怎么办？不管怎么说，这孩子不能生下来对不对？但她现在就像着了魔一样，非要不计代价生下来。她会把自己逼上绝路的，对不对？

你所说的绝路是指什么？

她在老家本来有不错的工作，如果她决定生下来，她就得离开那里，工作肯定是丢了，然后妈妈肯定也要瞒着，没有工作，众叛亲离，这不就是绝境吗？

的确是很现实的问题，但也要想想她为什么坚持要生下这个孩子。如果生下这个孩子的代价是摧毁她整个的生活，如果在这种情况下她仍然执意要生，那我可能会说，我支持她！这点我跟你们的考虑不一样，一个带着深刻爱意出生的孩子，是会受到祝福的，你别不信，奇迹往往就是从普普通通的地缝里炸出来的。

啊？衣泓大感意外，她满以为丛老师会是反对最强烈的一个。

没想到吧？丛老师一笑：我知道你们有句话，恋爱中的女人智商会变低，但这是不对的，只能说，恋爱中的女人考虑事情没那么功利，她们只考虑了这件事情本身，那就是她爱他吗？他也爱她吗？如果两个人真的相爱，其他因素的权重就轻而又轻。我很欣赏你这个朋友，她的想法很单纯，很热烈，她爱他，她想生下他的孩子，那她就不顾一切地去做，这不正是爱情本来的样子吗？我倒觉得你朋友是个很纯粹很高尚的人呢。

真没想到丛老师原来是如此浪漫的一个人！我朋友真的应该跟你见一面呢。

这怎么是浪漫呢？尊重自己的内心，脚踏实地地生活，这恰恰是很现实主义的生活态度，我觉得我一点都不浪漫，而且我也不喜欢浪漫。

这么说也对吧，是很个人化的现实主义。我们继续讨论我的朋友吧，她接下来要怎么生活呢？要怎么养活她和孩子呢？

你见过有谁是饿死的？何况她是母亲，一个人只要做了母亲，她就不再是以前那个女人了，世界上最有力量的人，最有韧劲的人，不是男人，是母亲，孩子出世，她同时获得超乎想象的力量。历来如此，哺乳动物都是如此。

衣泓突然有了个想法，她要把丛老师拉到今晚的晚餐桌上去。

她刚一说出口，丛老师就答应了。可以，我喜欢跟年轻人混在一起，我的朋友大多都是忘年交，我不跟我的同龄人玩，我看不惯他们，整天不是养生就是旅游，要么就是栽花弄草，我一听到他们讲起这些，我就要躲出去。

餐厅最初是衣泓定下的，当她通知星星的时候，星星问她多少钱，她说了个数。星星马上说：你先等等。

片刻，星星打电话来，叫她赶紧退掉，她有一个更好的去处，江景包间，还比她之前订的便宜。衣泓大叫：你怎么做到的？

这还不简单，我用别人的VIP卡订的。

我已经铁了心要跟你混了姐。

别姐啊姐的，房产中介男才一口一个姐，讨厌！

星星和丛老师可以在约定时间自行过去，黎晓却必须由衣泓去接。她还没告诉黎晓今晚会有个聚餐呢。

衣泓上班的时候，黎晓也没闲着，隔一会儿，衣泓就会收到她发来的照片，一会儿在商场，一会儿在甜品店，一会儿又在公园。衣泓想，这么兴奋，会不会已经忘了肚子里的东西了。

听到要聚餐，黎晓立刻严肃起来：嗯，跟你合租房子的人，那就相当于你的家人，还有一个同事，也可以说是你的领导，两个人都挺重要的呢，我得准备一下，不能空手过去。

不用不用，你发个定位给我，我来接你。

当衣泓赶到的时候，黎晓已经拎着个小纸袋站在路边等她了。上了车，打开一看，是三盒巧克力。黎晓拿出一盒，递给衣泓：这是给你的。

衣泓坚决不要。你自己吃吧，你需要营养。

我不能吃，巧克力咖啡之类的对他都不好。

衣泓心里一震，随即忧心忡忡，黎晓是认真的，她是真的要生下这个孩子了。

衣泓决定先铺垫起来，告诉黎晓待会儿要见到的两位，都是过来人，也都尊重你的决定，万一她们说出什么比较尖锐的话，希望你不要在意，她们的出发点都是为你好。

我懂，这正是我所期望的，我就是想听听不同的看法，在我的环境里，别说讨论，我连提都不敢提，谢谢你，我对今天晚上的见面充满期待。

她们到达的时候，丛老师已经坐在那里了，看到黎晓，立刻老熟人似的将她揽到自己身边。我知道一点点你的事情，你知道自己在做什么，也知道自己要做什么，这很了不起，很多人都是不清楚的，也没想弄清楚，人家怎么过我也怎么过，糊里糊涂一辈子就过掉了。

黎晓盯着丛老师：丛老师，我是不是在哪里见过你啊？怎么觉得这么面熟呢？我想起来了，你特别像一个人，一个香港女导演。

丛老师会心一笑：之前也有人这么说过，许鞍华，很不错的导演。

对对对，就是她。哇！真的好像！

听她们这么一说，衣泓也想起来了，似乎真有点像，只是看上去比许鞍华老一点。接着就有点懊恼，为什么自己从没想过把它说出来呢？看着眼前越来越近的两个人，心想，如果早点说，估计跟丛老师的关系还要更亲密一点吧，看来黎晓比自己更会融入环境。

不知丛老师又说了句啥，黎晓马上低头垂目：之前其实是有点犹豫的，知道他出事以后，我就铁了心了，但我不敢说出来，我怕人家骂我是非不辨好坏不分。

犯了错误的人就不配得到爱情？不配拥有孩子？人犯了错误，爱情也跟着错了？连没出生的孩子都错了？混蛋逻辑！谁骂你谁就是没文化，没文化的人你根本不用理他。

衣泓看一眼黎晓，顿时觉得大势已去。黎晓两眼湿润，亮晶晶的，一看就是被丛老师彻底鼓动起来了，一只手不知不觉放到了肚子上。在此之前，衣泓还没见过她如此理直气壮地抚摸孕肚。

星星打来电话。

亲爱的，我要带个小嘉宾来哦，人家今天刚刚打了疫苗，想要跟妈妈多待一会儿。我不是说过吗？要向你的朋友展示另一种生活，我觉得有必要让她见识一下真正的单亲宝宝和单亲妈妈，没准儿一下子就把她吓回去了。

太好了，来得太及时了。

放下电话，衣泓对两位说：一会儿，星星要带她的儿子过来，可能我们说话要小心一些，她儿子还不知道爸爸妈妈离婚的事，她想以后再告诉他。衣泓注意到，黎晓的眼睛果然更亮了。

当星星牵着小宝进来的时候，三个人同时站起身来，夸张地惊呼：哇！衣泓心想：坏了，太热情了，会把小家伙吓坏的。果然，小宝嗖的一下藏到妈妈身后，怎么也不肯露脸。

经过星星和衣泓的再三努力，小宝总算不情不愿地回答了几次大人的问话，脸上仍然不好看，像憋着一股气。星星给他布菜，他皱着眉头，一脸嫌弃，似乎对每一道菜都没有兴趣。星星将一只虾仁切成两段，喂到他嘴边，他嘴唇紧闭不为所动，星星用虾仁碰碰他的嘴唇，他突然一摆头，虾仁掉进了汤碗里。

真羡慕你们大人，什么都吃。

见他实在不想吃，星星从包里掏出一本绘本，把他打发到旁边沙发上去看书。回头对着黎晓摇头：看到了吧？就是这么烦人，不是一天两天，而是每天每天，磨破嘴皮，吼破嗓子，总之，没有一件事情是顺利的。

没关系呀，他不吃就不要硬逼他。

所以他瘦啊，发育不良啊，你知道这会有什么后果吗？会导致他大脑发育滞后，这还没关系吗？

但是，不管怎样，真的好可爱，真的就是小天使的模样。黎晓痴痴地望着沙发上的小宝。

你只看到了他百分之一的部分，还有百分之九十九是不够天使的部分。

魔鬼！小宝在那边清清楚楚蹦出两个字。

大人们一愣，丛老师看着仍在淡定翻书的小宝，小声对星星说：他在抗议，你说他百分之九十九是不够天使的部分，他用魔鬼两个字在回应你。星星赶紧摇手：应该是书里的内容吧。

丛老师偏了偏头，念道：《史前动物大汇集》，这本书里应该没有魔鬼。

四个大人一起偷笑。黎晓一脸迷醉地问星星：身边有这么个人，什么烦恼都没有了吧？

看你怎么定义烦恼。星星瞥了一下小宝的方向，掩着嘴低声说：拜他所赐，花钱如流水、筋疲力尽、心力交瘁、心急如焚、一地鸡毛，真的，我一点都没有夸张，你会觉得你的生活突然变成了一锅沸水，而你正抓耳挠腮打算从里面捞出点什么。

但是，从你身上实在看不出来这些词，你看上去从容干练，游刃有余。

这正是我接下来要说的，你要把我刚才说的那些感觉全都打包，扎得紧紧的，藏在内心深处，让所有人都看不出来，然后假装没事一样去面对孩子，面对人生，等于说，你从此就要用假面生活，真的一面只能留给人群背后的自己。

黎晓求救般看向丛老师。丛老师说：我们那个时候跟现在不一样，我们那时候只担心孩子生病，别的任何焦虑都没有。我想这跟养宠物是一样的，我们当年养宠物，人吃什么，猫狗就跟着吃什么，现在的宠物，又是主食又是零食，主食还要根据营养成分来搭配，脂肪、蛋白质、维生素、矿物成分，一样都不能缺。宠物尚且如此，孩子就更不用说了，但这样养出来的孩子，果然就比我们当年养出来的孩子更强壮更聪慧吗？我看不见得。

黎晓点头：也许，不去跟别人比，家里什么条件，孩子就过什么生活吧，这样就不会焦虑了。

星星说：是可以咬着牙自欺欺人，但你知道会有什么后果吗？同学会歧视他，老师会另眼相看，他自己会不开心，会抑郁，很多青少年自杀都是抑郁导致的。

丛老师说：不会只有家境这一项比较吧，打个比方，假如我们的孩子经济上不如人家，但他成绩好，或者他运动好，为什么不拿自己的长项去比别人的短项呢？

丛老师，运动是要钱的，成绩好也是可遇而不可求的，都不是轻易能够达成的。

局势渐渐明了，基本上，星星是在表述有孩子的烦恼，丛老师则是在反驳星星。衣泓放心了，有了这两个人，今天晚上的座谈基本上没她什么事了，让黎晓从她们两个人的对话中去慢慢品味吧，到底要还是不要这个孩子，也许明天就得出结果来了。

不要让小孩子从小就有攀比的想法，这一点全靠大人影响他。

星星拿出了辩论的架势，她把座位移开一点，免得碰翻桌上的碗碟。

丛老师，比较是无处不在的，不管一个人有没有意识到，愿不愿意参与到这场大比较中，他从家里一出来，就已经置身于比较当中。当一群孩子坐在一起，表面上是没有任何比较，但仔细观察就能发现，有一种综合指数对比始终跟随着每个人，现在我们把那个综合指数叫作气场，想一想我们周围，什么样的人才有强大的气场？

有强大气场的人毕竟只是少数。

局面往往就控制在少数人手里。

那就做个普普通通的大多数吧。

少数人靠什么来体现权威呢？当然是欺负大多数里的个别特别没有气场的人，别看他们现在还小，已经无师自通地在搞斗争了。

天哪！你说的是幼儿园吗？

对呀，这就是如今的幼儿园风云。他们班就有一个特别有领袖气质的人，是幼儿园某老师的孩子，特别受大家的追捧。他可知道展示权威了，每天入园，都像在走红毯一样。

就算是这样也没关系吧，幼儿园的时光很短暂，长大的过程中，人会慢慢增强自己的实力。

乐观一点可能是这样，但是，有些伤害是无法逆转的。比如一个在童年经历过霸凌的孩子，长大了要么怯弱，要么走向反面。

小宝突然扔下书，跑到桌边来问：为什么你们要吃这么久？

黎晓摸摸他的后背问：小宝，喜欢你的幼儿园吗？

喜欢。

你看！黎晓惊喜地看一眼星星，继续问小宝：你有没有当班干部？

我是卫生委员，我负责管理鞋柜，还有水杯，我还要负责捡教室里的垃圾。

管这么多事情？真能干！对了，你的卫生委员，是小朋友选举出来的，还是老师任命的？

老师任命的，因为我爸爸是哈佛博士，因为我英语好，算术也好。

哇！爸爸是哈佛博士，好了不起！

我们班就我一个人有哈佛博士爸爸，我长大了也要成为哈佛博士。

好了好了小宝，你去看书吧，我这里还有一本你没看过的新书哦。星星及时打发走了小宝，掩着嘴巴轻声对黎晓说：这是因为，老师的弟弟是小宝爸爸的学生。

大家一起沉默下来。

丛老师说：给你们讲讲我儿子小时候的故事吧。我儿子小时候相当不自信，还有点孤僻，不管去哪里，永远坐角落，回答问题也是小声小气的，我很不喜欢男孩子这样。有一次我看到我们家附近有个网球训练基地，我在场外看了好久，我发现那些打球的孩子一个个都很阳光，四肢灵活，高声大嗓，活蹦乱跳，我就想，我儿子要是这样该多好啊。我就去问教练，我的孩子能不能学。一问才知道，那是个业余体校，那些打网球的孩子都是准备当专业运动员的。我就求那个教练，我说能不能让我的孩子也来学，我们没有当专业运动员的打算，我们只想强身健体，我可以出学费。教练开始不肯，说没有这个先例，经不住我再三恳求，教练说，让他先来帮我捡球吧。你们知道我儿子不自信到什么地步吗？他不敢一个人进去，他怕人，也怕球砸到他。我想我得做个表率出来，我就陪他一起在那里捡球，看人家练球，看了一个多星期，他捡球的动作终于自信起来了，敢跑着捡球了，也敢把球使劲扔给学员了。看了两个多星期后，那个教练终于朝我们走来，把球拍给他，说：挥一拍我看看。照他那个脾气，我以为他会扭头就走的，没想到他接了过来，学着那些球员的样子，奋力挥了一拍。虽然球并没有过网，教练还是笑了：在你这个年纪，这可能已经是最好的成绩了，这样吧，从明天开始，等他们下课了，我教你打五分钟，只有五分钟哦，因为我后面还有别的事情。回家后，我给他买了个练习发球的网球和球拍。我发现他兴趣慢慢上来了，在他小学三年级的时候，他成了全校网球打得最好的人，成功当上校体育委员,每天早操的时候,站在全校学生面前领操。再后来,他考上大学,又去了国外读研究生,不管他走到哪里,他总能找到一项运动,这些年,除了网球,他打过篮球,踢过足球,跑过马拉松,他的服装只有一种风格,全是运动装,随便走到哪,都能立即开始运动。至于最初的不自信、孤僻,早就不见了,他结识了很多喜欢运动的人,没事就凑到一起去运动,这么一来,哪里还有不自信?哪里还有孤僻?热爱运动的人,根本不担心他会害怕孤独,空虚的人、懒惰的人,才会害怕孤独。所以我想说的是,现在的人带小孩,都太功利了,小孩子不应该这样带。

星星的脸色慢慢变了:丛老师,你们那个时候是计划经济,没有竞争意识,加上你的地位摆在这里,小孩就算散养,也不愁前程,现在谁还敢散养?还在娘胎里,就开始竞争了,所以并不是大人功利,而是环境逼得我们别无选择。所以我是不赞成黎晓生下这个孩子的,以你现在的条件,在各个方面都已经落后于别的小孩一大截了,撇开父亲、家庭这些先天的缺陷不说,你开始早教了吗?幼儿园找好了吗?有些幼儿园是有入园考试的,你如何准备?

黎晓满脸疑惑:还没生呢,怎么早教?怎么准备幼儿园?

你几个月了?五个月?那好,我告诉你,胎儿四个多月就有了听力,如果你还没有每天把胎教资料放给他听,你就已经落后于其他妈妈了。

天哪,我还以为早教是指幼儿园阶段的教育呢。

你看，你根本就还没有进入角色，我劝你还是先过好自己的日子吧，你还这么年轻，应该先享受生活，享受爱情，孩子是曲终人散的时候，给自己的一个安慰和寄托，你还远远没到曲终人散的时候。

丛老师有点不耐烦了：堂而皇之，庸而俗之。

这就是现实我的丛老师，跟你们以前大不一样了。

星星的表情看上去不是在开玩笑，为了掩饰尴尬，衣泓带头笑了起来。笑声中，星星半真半假地说：我倒想听听丛老师有什么不俗的好建议。

我没有建议，我只有一个感觉，我庆幸我的孩子出生得早。

小宝又翻完了一本书，跑到妈妈身边，嚷嚷起来：你们为什么要吃这么多？这么久？

小孩子一闹，大人纷纷趁机撤退。丛老师最先走，临走前，特意对黎晓做了个加油的手势。

趁黎晓去卫生间，星星问衣泓：她还住在如家？这一天天的，能吃得消？

好像正准备找一家便宜点的。

大着个肚子，还要找便宜点？那不遭罪吗？而且不安全，要不就让她去我们那儿吧，我破个例，发个善心，允许她去我们那儿开个地铺，你睡地铺还是她睡地铺我就不管了。

衣泓狠狠拥抱了星星母子，算是感谢，也是告别。

星星走了两步，又回来交代：叫她别听丛老师的，丛老师那个年代的人，认不清我们的现实，她的智商仅够应付她的人生。

没想到黎晓拒绝住到合租屋去。

改天吧，明天一早我要去趟无锡，他父母家，火车票都已经买好了。我想跟他们见个面，告诉他们，我已经算是他们家的一员了。等我从无锡回来再决定要不要搬去你那里。

原来你下定决心了，早知道今晚就不叫她们两个来讨论了。那这个话题我们就不再提了，需要我陪你去无锡吗？

不用了，你好好上班，不要为这些事分心。

不要紧的，就请一天假，我还从来没有请过假呢。

还是不要吧，我去找他们，应该算是家事，万一他们不想让外人知道呢？我指的是他被抓的事。

黎晓告诉她，这几天她收获颇多。首先，她确认自己非常喜欢上海，她第一天就喜欢上了，后面几天越来越喜欢，根本没有人在意她的肚子（她取下了腹带，孕味明显），即使有人注意到，对她也是格外温和有礼，这跟在老家是不一样的。老家人看孕妇的肚子，有种见了不洁之物的眼神。其次，找工作的事已经启动，她考察过了，肯德基麦当劳有很多分店，也一直有招聘的海报出来。今天白天，她已经找值班经理填过一张表了，过几天就能得到消息。如果人家录用她，她打算就在上海待下来。

黎晓，你比我想象的厉害多了。

换作你是我，你也会这么做的。

你真的不害怕吗？他进去以后，你们见过面吗？

没有。说来不怕你笑话，他进去以后，我把《西伯利亚的理发师》重新找出来看了两遍，看到男主被发配到西伯利亚去的时候，我哭死了。然后我就想，我的结尾不可能像电影里那样，我的结尾一定是我带着我们的孩子，走了很远很远的路，一起去看他。

衣泓一脸震惊，如果黎晓是这么想的，那么任何人都不可能劝她回头了。

黎晓

八点多钟,黎晓出现在无锡高铁站。

他没有告诉她家里的电话,只有地址,所以她没法事先跟他们联系,只能当一回不速之客。

她在手机上检查自己的脸,拢了拢散乱的头发,上了网约车。

他的家就在城区,不一会儿,她就站在一栋陈旧的公寓前,家家户户封阳台的金属大网都生锈了,透过密集的栏杆,能看到里面放满了盆栽和各种杂物,以及五颜六色垂挂下来的衣物。

只敲了两下,门就开了,就像有人站在门边,专等着她敲门一样。

她一眼就认出了他爸爸,完全是他的老年版,她不禁眼眶一酸。老人点了点头,就像知道她是谁似的,侧身让她进了门。

伯父,我是谭晓智的……

我知道,你是黎晓,你看,我这里有你的照片。老人拿起放在桌上的手机，找出一张照片。她知道那张，是他们坐轮渡到江对面吃火锅的那天拍的。

一个头发全白的老太太慢腾腾从里屋走了出来，虽然还是秋天，却穿上了羽绒服。伯父上前介绍：这是谭晓智的妈妈。

老太太似乎身体不太好，需要老伴搀扶着才能慢慢坐稳。

我们猜到你可能会来，所以一直都不太敢出门。

屋里的气氛沉重得像铅块。她不知道该说什么才好，两个老人似乎也不知该如何开口。阳台上的小鸟短促地叫了一声，又自觉不合时宜地闭了嘴。

当时我就跟他说，那边去不得，穷山恶水的地方去不得。伯母虚弱地看向自己的脚尖，他不听，我说什么他都不听，觉得我没见识。

少说两句！伯父一脸疼惜地制止了她。

她觉得味儿有点不对，穷山恶水指的是T出事的地方吗？她的老家吗？难道他们家还存在地域歧视？

他妈妈，一直希望他留在无锡，起码留在长三角，他不听。年轻人嘛，看事情的角度跟我们不一样，他可能更看重公司的发展前景，自己的发展前景，而不是地理位置好不好。原则上讲，我是认同他的想法的，但他到底太年轻，太单纯，低估了社会的复杂性。任何地方的人都是欺生的，明明大家一起做的事，最后都让他一个人来背锅，就他一个是外地人嘛，就他一个年轻人嘛，没人替他出头，没人替他喊冤。可惜我们帮不上他，我们家祖祖辈辈在那边就没一个熟人，只能看他自己的造化了。

你相信他们说的吗？老太太突然抬起头来，逼视着老伴，我的儿子我了解，他从小就不是个贪心的人。他当年读书，当班长，管理班费，从没发生过一分钱差错。三岁看老，他不可能犯经济错误，肯定是那些人为了脱身，把他推出去，替他们顶包。肯定是这么回事，不信你去问他！你去问他呀！

我现在怎么去？我去了也见不着他。

所以你就只能眼睁睁看着他们害你的儿子！你算个什么父亲？从小到大你帮过他一次吗？老太太开始大声抽泣，完了，什么都完了，儿子这样了，我还活个什么劲？

越是这样越要好好活着，把这个家给他撑着，不然他出来找谁啊？

算我一个吧，我跟你们一起帮他撑起这个家，等他回来。她觉得她必须开口了，其实，不止我一个，而是两个人。

老头的表情顿时柔和起来：是的，他是说过，说他可能快要当爸爸了。我们还跟他说，那就赶紧结婚，把孩子生下来，千万别堕胎啥的。那是他最后一次给家里打电话，后来就出了事。这阵子我们家里有点乱，居然把这事忘了。你是个好人，我们本来以为，他都这样了，我们的孙子肯定保不住了。

老太太也朝她看过来，但她没说什么。

好孩子，我一看你就知道你是好人家的孩子，将心比心，我想提醒你一句，他不知道什么时候才能出来，如果你有难处，不想生下这个孩子，我们一点都不怪你，都是人生父母养的，我猜你的父母肯定不支持你的想法，他们有任何想法我都理解。总之，无论如何，我们希望你把自己的生活摆在第一位，我的意思你明白吗？

谢谢你们的好意，我不会因为他目前的处境就看低他的人品，我也不会选择让一个坏人当我孩子的爸爸，这就是我的态度。你们想得没错，我家里是不会支持我的决定的，所以我才决定辞职，离开老家。

你是想来无锡吗？哎呀，这个……

老太太咳嗽一声，老头硬生生咽下后面半句话。老太太提醒他：茶泡好了。

片刻，老头端着一杯茶出来，放在她旁边的小几上。

姑娘，你看这样好不好，你先回去跟你父母商量一下，如果他们都同意你来无锡，那我们没什么好说的，否则将来你父母问起来，我们担不起责任。另外，如果可能，我也希望能得到谭晓智的确认，他告诉我们这个消息时，他还是自由的，现在我不知道他改变了主意没有。如果他改变了主意，那我们最好也不要站在自己的立场上一意孤行，你说对不对？孩子的确是件大事，我们都要想得周全一点，希望你能理解。

她没想到老人会是这种态度，她还以为老人会感动得当场落泪呢。老人家接着说：在这种情况下，我们也不敢做出任何承诺，我已经七十五了,不知道还能活几天,他妈妈身体一直不太好,三天两头跑医院。虽然我们很想抱孙子,但我们真的不敢对你有任何承诺。你还这么年轻,前程远大,我说句对我儿子、对我们家不利的话,我很怕耽误你的前程。

她心里一急,眼泪掉了下来。

孩子已经五个多月了,晓智那里现在又不能见面,我只能自己做决定。你们帮不上忙也没关系,我不来无锡也没关系,我今天来找你们,只是想告诉你们一声,你们有孙子了。不管晓智什么时候出来,不管我会不会来无锡,我和孩子都会努力活着,一起等他出来。他失去了自由,不能再失去做爸爸的资格。

那你要去哪里?你刚刚说你辞了工作?以你现在的情况,可不好找工作。

她刚想说出上海两个字,又咽了回去,她还不确定,万一她在上海不顺利呢?岂不是给两个老人留下不可靠的印象?

我暂时还不知道。她只能这样说。

老人想说什么,他的嘴角一直在翕动,但他总在看老太太的脸色,老太太不给他指示,他不敢乱说。

黎晓起身往外走,老人说:我送送你。

老人紧随着她来到门外,在电梯口拉住她,小声说:实在不行,你还是来无锡吧。晓智妈妈不赞成你来无锡,是怕你父母怪罪我们,我们担不起这责任。相信这一阵过去了,大家都会心平气和一些。

她谢了老人，但她心里清楚，她根本不会考虑无锡，她不会让孩子生在一个不受欢迎的陌生的地方。

重新来到一个多小时前刚刚离开的高铁站，家是回不去了，无锡也不可能，现在只有一个可去的地方，就是虽然陌生，但对她最为宽容的上海。还在火车上，她就忍不住给衣泓发去了消息：我已决定，迁居上海，请帮我租房，要求干净、便宜。

片刻，衣泓的回复来了：放心，亲爱的，一切有我！

过了一会儿，又发来一条：鉴于今晚找房子已来不及，你就暂住在我和星星的家吧。

星星、衣泓和黎晓

衣泓本来不打算再去健身房了，没想到那天她无意中看到了吴敏昊一条朋友圈。

我就扶了！我没有被讹！配此文的有两张图，一张是老人摔倒在马路边，小布包和拐杖散落一地，一张是老人拿着布包，拄着拐杖，一脸感激地向着镜头挥手。

这让衣泓对他陡增好感，至少在对待老人这件事上，挺有男子气概。一时冲动，就决定还是不要中断健身，至少把哥哥的卡用完。

她先在微信上跟他约好时间，吴敏昊叮嘱她：带个空杯子，虽然健身房有纸杯……

她愉快地接受了他的建议。

一个小时拳击课下来，衣泓浑身湿透，像从游泳池里爬出来一样。她去更衣室那边冲澡，里边有个女孩刚刚吹干头发，正不慌不忙地化妆。看见衣泓，女孩犹豫了一下，问她来这里多久了。

衣泓笑着说：今天才第二次。

我们是同一个教练呢，方便加个微信吗？这样以后我们调课就很方便了。

好啊。衣泓开心地回答。女孩的微信名叫信子。她直觉这不是真名。

她最近越来越喜欢认识陌生人，她来到这里，丢失了所有原来的同学和朋友，必须从零做起，慢慢构筑她的友谊大厦，所以她从不放弃任何一个认识陌生人的机会。她也不担心会遇上坏人，那是妈妈才会有的想法，怎么可能有坏人呢？就算那个人是大家所说的坏人，你不参与坏人做的事，坏人的坏在你这里就无从发挥。再说，坏人也不是时时处处都坏，坏人有时候也是好人、普通人。

信子仅穿着黑色运动文胸、黑色底裤，大大方方在屋里走来走去，修长的双腿赏心悦目。衣泓忍不住说：你很完美，根本不用上健身房。

谢谢，你也一样！女孩说。

又是一次成功的尝试，她相信她们一定有机会在健身房再次相遇，她相信她的健身房时光会因为信子而变得更加快乐。

刚到门外，手机响了，是刚刚才认识的信子。

亲爱的，我可以问你个问题吗？你是怎么认识吴敏昊教练的？

她谨慎地回复道：熟人介绍的。

你有这家健身房的卡吗？

有啊。

是全价还是有折扣的？

衣泓心里一松，原来信子是为这个才加她微信的。

有点折扣。虽然是用哥哥的旧卡，但衣泓记得吴敏昊说过，如果她续费，他可以给她九折。

明白。我再问一句，既然是你的熟人介绍的，那你应该对教练有些了解吧。

你想打听什么？她觉得自己也许猜错了。

实在冒昧得很，我其实是有一个越来越大的疑惑，希望没有冒犯到你。我跟吴敏昊是相亲认识的，见面第一天，他就告诉我，他在一个健身房做兼职教练。你知道的，两个陌生人见面，总得找到一点可以聊的话题，我们就在这个话题上多聊了一会儿，他说，如果没急事的话可以去他的健身房看看。我真的跟着他去了，发现健身房里设备什么都挺高端挺专业，可见他这个教练不算是浑水摸鱼，他见我似乎有兴趣，当时就提议可以给我一节体验课。我答应了，因为我也想趁这个机会多了解他一点。那是我第一次上健身房，体验课结束以后，他问我下次还来不来，我答应了，否则我会不好意思，毕竟蹭了人家一节不花钱的体验课。第二次来的时候，我正式上了一节课，他上课很用心，指出我比上次进步在哪里，指出我的弱点在哪里，他口才很好，让我立马感觉到，如果我长年坚持下去，我一定可以把自己练成金刚芭比。下课以后，他说我给你一张健身卡吧。我说好啊。我刚一说完,他就说他可以给我八五折。我当时真是……我承认我很小气,我还以为他要送我一张卡呢,你都是我潜在男朋友了,送我一张健身卡不过分吧。就这样,没办法,我被迫买了一张健身卡,真的好心疼啊!我们都是自食其力的女孩子,你应该明白我的心情,除了买衣服,没有谁可以让我们如此大手笔地花钱。然后就只能一周一次、两周一次地上课,我发现他人其实也挺好的,就是太忙了,他有正经工作,下了班才能来这里做兼职,忙得我们见了面,都说不上什么话,上来就练,练完就走,因为后面的学员已经换好衣服等在旁边了。往往要等到晚上,很晚了,他才会给我发个消息来,问我今天吃了什么呀,发生了什么呀,谈得最多的还是吃了什么,因为健身要跟食物相搭配,才有最好效果。我心想,这人可能是个老实人,明明人家是介绍我们谈恋爱的,但他似乎从来不往那方面想,也可能他想了,但他不好意思说出来,看来我们是要谈一场古典式的恋爱。这么一想,我倒开心起来了。可是,接下来恐怖的事情发生了,来了几次健身房以后,我发现他的学生,除了几个中学生男孩子,其他都是我们这个年纪的女人,我怕自己想多了,想错了,壮起胆子在更衣间问了一个女孩子,她似乎有点不高兴,问我要不要买卡,她可以把她没用完的课卖给我。我问她为什么要卖,她说她不想再来了,还说当初也不是以健身为目的而来的,她对健身其实没兴趣。我问她是怎么认识吴敏昊教练的,是不是因为这个教练特别有名,她说不是,是有人介绍他们认识的。我当时就蒙了,这不跟我的情况一样吗?我怕自己误会了他，还特别问了那个女孩子，这个介绍，是以相亲为目的介绍吗？她一声冷笑：你说呢？我听了很难受，但又一想，他是不是对这个女孩并没有兴趣？他是不是对我更有兴趣一些？直到后来，你出现了，我意识到他对你似乎更有兴趣。前前后后结合起来想了又想，我似乎得出自己的判断了，我觉得他可能就是那种人，借着相亲的机会，用他特有的暧昧把我们带进健身房，让我们稀里糊涂买他的健身卡，却对其他的事情绝口不提。我不认为他是骗子流氓之类的人，事实上他也没对我做过什么，但我仍然很生气。我觉得，如果你对我没兴趣，那你就应该大大方方说出来，别让我在你这里浪费时间。

每一句话都在打击衣泓的信心，她感到难过，不是因为信子的话，信子根本没有改变她的立场，甚至相反，她从信子的阵营转身过来，站到吴敏昊这边来了，因为她从中看到了吴敏昊无奈的处境。就像她有段时间恨不得把所有认识的人、有过一面之缘的人都发展成公司的客户一样，对吴敏昊来说，只要是他能接触到的人，相亲对象也好，陌生人也好，他都想把人家发展成他的学员，因为他是健身教练，而且还是个急于求成的健身卡推销员，很可能他的收入就与这个卡相关。理解他吧，理解他，理解人人。不过，她是不会续费的，把哥哥这张卡用完为止。以她目前的收入水平，她支撑不起一张健身卡。

回到家，星星正跟黎晓气鼓鼓地说着什么，见她进来，星星立刻丢下黎晓，朝她扑上来。

今天可把我气死了，一个同事，一个死女人、丑女人、老女人，一个说话嗲里嗲气的老狐狸精，在办公桌上摆了一只小薰香瓶，大家都说她这是公开骚扰。她说我也是迫不得已。过了一会儿，我出去了，但中途我突然想起我落下了一个东西，马上返回，刚到门口，就听见她在说：我就是不喜欢有些人身上的地铁味！我气昏了，你知道吗？整个办公室就我一个人是坐地铁上下班的。我还不能当场去跟她吵，因为她并没有点我的名字，我只能像个忍气吞声的奴才一样，悄悄退了出去。我他妈的哪点比她差了，她以为她的财富真的都是她的吗？她无非是生在上海，继承了祖祖辈辈积攒下来的家产而已，占了政策的便宜而已，那都是死人的财富，跟她一点关系都没有。除此之外她还有什么本事？跟我单拼，她分分钟败在我的手里。死女人！臭女人！真恨我自己，为什么不当场给她骂回去！你知道她这话有多伤人吗？我一整天都没办法安心工作，一听到她的声音，我就浑身发抖。

衣泓夸张地笑出声来：你看，你已经知道你比她强了，何苦还跟她一般见识？话说回来，有些人说话就是不过脑子，只图嘴上快活。

都把薰香带到办公室去了，还叫不过脑子？根本就是深思熟虑过的，故意做给我看的。我知道她嫉妒我，去年评职称，我上了，她没上，还有很多别的，我比她高，身材比她好，我乒乓球比她打得好，午间休息跟一帮男同事聊得不亦乐乎，而她总是一个人待在一个角落里，这些她都嫉妒。没想到她终于朝我下手了。

你看，你知道她为什么气急败坏，就当是给她一个自我疗愈的机会吧。

我是真的很气愤、很伤心，我那么努力，但有什么用，一个老女人用"地铁味"三个字轻而易举就把我打倒了。并不是我买不起车你知道吧，而是车这个东西还没有成为我的生活必需品，但是被她这么一嘲笑、一欺负，就变成了我是一个买不起车，只能天天挤地铁的穷光蛋单亲妈妈，我怎么想怎么不服气。

那咋办？赶紧去买辆车，然后告诉她，我买得起，我只是不想买？太孩子气了吧，太肤浅了吧。

星星渐渐觉得好过一点了：你可能没体会过，毕竟你的公司外地人多，很少有这种死女人，我那边几乎都是这种人，只是有些人修养好，不说出来而已。不行，这一回，她做得太露骨了，我得想办法回敬她。

我总觉得是你误会了，她那种人，不至于这么没城府呀。

她就是心理不平衡，她还有半年就退休了，每次看我们这些比她年轻的女人，满眼的幽怨谁都看得出来，最近天天在微信上晒她当年的艺术照。

尽量理解吧，我们也会有这一天的。

我到她这一步，绝对不会这样，心甘情愿接受自己的处境，老天是公平的，每个人都只年轻一次，过了就不要回头。

黎晓过来叫她们俩吃晚饭。三个女人的晚饭相当素净，一大碗素拌凉菜，一小盘卤牛肉，三个煮鸡蛋，三杯牛奶，三根香蕉。黎晓说：我有好消息，我今天去过医院了，没有结婚证，也可以做产检，只是不能建产检卡，需要像看病那样，每次都去挂号登记做产检。

星星感慨，那家伙上辈子一定为人类做了什么了不得的贡献，否则这辈子不会如此有福气，得到你这么好的女人。

衣泓说：人家都进监狱了，还说什么有福气。对了黎晓，给我们讲讲你们的罗曼史吧，我总是在想，你能为他做到这一步，你们的爱情肯定惊心动魄。

星星说，这你就外行了，我只想知道，你们是谈了多久上床的。

黎晓没有扭捏，大大方方地说：我们第三次见面就上床了。

他是你的初恋对吗？

算吧，学校里虽然谈过，但没什么身体接触。

难怪！第一个男人会夺魂，你的魂魄一辈子都在他手里了。

衣泓和黎晓面面相觑，想笑又不敢笑。

但他的魂却不一定在你的手里。星星继续说。

这是什么意思？黎晓的脸色有点难看。

别理她，危言耸听。为了避免话题引向深入，衣泓主动提到自己，我也跟你们汇报一下，丛老师今天给了我一个提议。

她讲她在丛老师家里看过的片段，讲她当时的激动，她也讲了她的犹豫，丛老师已经退休，拍纪录片是个人行为，可能不会按月付给她工资。黎晓打断她：做兼职呀，现在很多人都做着几份工作。

衣泓一一列举不能做兼职的理由。星星又说：那要看她有没有把握做好，做得好的话，腾出两年来也没关系，很多人在你这个年纪还没有开始工作呢。

真的吗？你真的这么认为吗？

如果真的能做好，你应该感到庆幸，有丛老师这种内行带着你，当你的引路人，这么年轻就开始启动自己的事业，把你的同龄人不知甩了几条街。前提是你要搞清楚，丛老师是不是业内高手，圈内人脉如何，自身水平如何。

应该不错，她做了一辈子电视专题，获奖无数。

如果真的都不错，是可以去的，就当这两年还在学校里，还没有毕业。

衣泓给她说得激动起来，转身一把抱住星星：你真是我们的镇家之宝！

丛老师

她不喜欢在公司的餐厅吃午餐,她喜欢走出那栋大楼,买点东西到小公园里坐着吃。

她又想把那个小姑娘叫出来聊聊了。

小姑娘有点憨憨的,一望而知没什么心计,简单透明,这种秉性好是好,也有个毛病,翻起脸来,特别绝情。但她实在喜欢小姑娘身上天然的灵气,不是什么人都能随口吟出那些清新脱俗的广告词的,那些简单的词句,浑然天成的优美韵律,在小姑娘那里根本无须裁剪,轻轻松松,信手拈来。

这次仍然是在小公园吃饭团。

丛老师你行吗?这饭团是凉的,要不我们去找个小饭馆吧。

不用,这里更自由更节省时间。她停下来,指向对面:看到那边三个女孩了吗?有说有笑的那三个,肯定也是趁午休时间出来散步的。

衣泓不知她要说什么，漫无头绪地应了声。

上班只有八个钟头，加上中午休息一个小时，说是休息，实际上还是跟工作伙伴在一起，等于还是处于工作状态，也就是说，一天当中，我们用于工作的时间其实是九个小时，加上上下班路上的时间，可能就是十个小时，甚至十一个小时，再算上加班就更不止了，但我们得到了什么呢？温饱，衣食所安，也就是说，我们几乎付出了全部时间和精力，到头来一无所获，因为所有的付出，都像自己拉出去的屎一样无影无踪，没有什么东西能证明你活过。

衣泓点头，眼神游移，不太明白这场感慨要朝什么方向发展。

这样的一生，就像一个人举全身之力，拿着水瓢往大海里舀水，舀了一辈子，而大海对你的贡献毫无察觉。

这大概就是芸芸众生的命运吧。

如果你不是往大海里舀水呢？如果你把水舀进自己的桶里呢？很明显，你每舀一瓢，你桶里的水平面就会上升一次，你很快就能舀到满满一桶。

衣泓放下手里的饭团，认真地望着她。

知道你来求职的时候，我为什么力挺你吗？我看到了你的文笔，也看到了你那些视频，我觉得你应该待在更有用的地方。你应聘的那份工作什么都不能带给你，顶多只能回报你一个温饱，相对你的才能来说，太浪费了。那种好文笔好感觉，是上天对你的恩赐，不是人人都能得到这种恩赐的。

丛老师你太高估我了，你知道我现在面临的压力吗？尽管是跟人合租，每个月的房租也占去了我工资的大半，其他各项开支就不用说了，也就是说，我连温饱都还没能解决。我妈经常问我，为什么总穿旧衣服，实在挣不到钱就回来。她一直盼着我灰溜溜地回去，她希望我离她近一点。

人家都盼着自己的孩子在外面有出息，你妈妈怎么反倒要把你往回拉？

她有个小饭馆，经营了几十年了，这让她有一种轻微的优越感，觉得不管在哪里，有自己的事业才是好的，所以她对我一定要来上海的执念有点不屑一顾。

丛向阳眨巴两下眼睛：你妈妈的想法是对的呀，当然你的想法也是好的，就算是执念，也是值得鼓励的。如果把你和妈妈的想法糅在一起，那你就是人生赢家。

她开始提起那件事：上次就想跟你说，但你当时心思浮动，我就没提，这次一定得跟你说说了，我觉得我们可以合作一个项目，我们来做个纪录片怎么样？从你的文笔来看，我觉得我们可能兴趣品味比较接近，应该能够合作。

纪录片？我没听错吧？

是的，我退休前基本上一直在做社会新闻，其间有很多想法，可惜没有机会实施，那时我就想，等有一天，我退休了，行动自由了，时间自由了，我要去做我想做的纪录片。

当时为什么不能做？

因为那不是我工作范围内的事，我是个很听话的人，从不越雷池半步，上面说做什么我就做什么，说不能做什么我就不做什么，因为我是七七级的大学生，是从插队落户的地方考上来的，我非常非常珍惜自己获得的一切，不敢冒任何风险。

纪录片算是大制作吧，就我们两个人，能行？

当然行，还有一个人制作的呢，但一个人做也有个坏处，拿我来说，我很容易偷懒，所以我想找个伙伴，找个助手，彼此有个监督，有时也能讨论一下，长期一个人做，在什么地方走偏了都不知道。等你方便时先去我家里看一下吧，看完我做的那部分，你再决定要不要参与。

衣泓明显被吸引了。要不，就这个周末？

如果你方便，今天晚上都可以。

衣泓脱口而出：我没事，我很方便，我每天都很方便。

她意外地多看了女孩一眼：没有约会？下了班就回到你们那个合租屋？那你真该跟我一起做点事，这么好的时光，应该一个小时当成两个小时花，否则实在是浪费。

这样吧丛老师，如果你方便，今天一下班我就跟你走。

我不必等到下班，我随时随地都可以走。

当天下午四点不到，两人在微信上一碰头，就一前一后跑了出来。

丛向阳家在市中心，小区比较老旧，到处都是线缆和杂物。衣泓一脸的意外，没想到丛老师居然住在这种地方。

房子不大，进门的客厅变成了书房，或者说是工作室，书柜里的书籍摆放得很随意，茶几上堆满杂物，书桌是整个房间最显眼的，差不多有乒乓球桌那么大，款式简单，就四条金属腿上搁一块白木板。书桌后面是一个来自宜家的坐卧两用沙发，上面堆着毯子和靠垫，一看就是在上面睡过觉的。

有点乱，但如果弄得太整洁，我做起事来会找不到感觉。

她又领着衣泓到厨房，打开冰箱，拿出两片面包放进小烤箱，同时把香蕉和酸奶倒进料理机。一分钟后，两杯香蕉奶昔做好了，面包也烤好了。两人把挂在墙上的折叠餐桌支好，各抱一只盘子，就着奶昔吃面包。

我通常在这个时候吃晚饭，然后出去散步，再回来剪剪片子，不想剪就看个电影，然后就睡觉。你呢？会出去玩吗？在这里朋友多吗？

我暂时还没发现什么朋友，通常都是两点一线。

两点一线好，生活就是要简单，简单的生活利于思考，太繁杂了人就沉不下来。长期处于躁动不安的状态，那种状态下人是会变得灵活，但会失去思考的能力。

她们像吃食堂的学生一样，吃完了，各自拿着自己的盘子到水龙头下冲洗干净，放进滤盘，又回到客厅。

现在可以看看我的片子了。其实还只是一些原始素材。我想做个名叫《上海的人与房》的纪录片，工作量有点大。我准备分成几块来做，其中一块是上海的别墅，我想看看那些又大又漂亮的房子里都住着谁。知道我为什么会动这个念头吗？我还在电视台的时候，有一天我看到一个新闻，一栋别墅发生了火灾，烧死了一个人，当时就有同事猜测说，别是情杀哦。当天下午，新闻出来了，是一家外地人住在里面，夫妇两个开了一间水果行。那天男人一早出去工作了，女人送完上学的孩子就没回家，不知去哪办事了。家里还有个老人，因为是冬天嘛，老人夜里用了电热毯。也许是电路老化，也许是起床后忘了关上开关，着火的时候，老人正在一楼的厨房里，可能因为耳背，加上抽油烟机声音比较大，根本不知道屋里着火了。等她终于发现的时候，火势已经很大了，就没跑出来。悲伤之余，我特别震惊，我真的没想到，竟然是那样一家人住在外环边上的别墅里，我原来一直以为住别墅的人，都是些……丛老师做了个不言而喻的表情。可能这事给我印象太深了，我一直都在想啊想啊，然后就动了这个念头。先声明，目前看的这些还只是一堆原始素材，还没有经过剪辑。

画面出来了，一个穿着棒球衫的中年男人在接受采访。他身体微胖，满面红光，样子极其寻常。面对采访，推心置腹，滔滔不绝。

我是江苏宜兴人，九六年来的上海，宜兴一家针织品公司来上海开分公司，我是分公司的二把手。后来，公司因为经营得不是很好，撤回去了，但我没回去。熟悉上海之后，我就不想回去了。我辞了职，留下来开始进入餐饮行业。过了几年，我女儿考上了上海的大学，也到上海来了，紧接着，她妈妈也来了，我们全家从此就在上海定居了。根据政策，我的居住证上的积分也够了，我们就在浦东买了套小公寓，那时候浦东的房子并不贵，太贵了我们当时也买不起。没过几年，房子突然一下涨起来了，我赶紧把那套公寓卖了，买了这个二手别墅，当时这个别墅算是很偏远的，她们母女两个都嫌太远，说像住在农村里，还不如宜兴我们原来的家。也就过了三四年，忽然一下，这里成了重点开发区域，我们的房价猛的一下涨了将近八倍，这下她们都不怨我了，还夸我有眼光。其实不是我有眼光，是上海发展太快了，你随便从哪里上来，就能被这辆特快列车带出去很远很远，条件是你要上来。只要上来了，时时有机会，处处有机会。真的，在上海，没有什么东西可以被埋没，也没有什么人会被埋没，只要你想干，只要你立刻动手去干，总会有所收获。你知道后来怎么样了吗？有些沪漂知道了我的事情后，跑来向我讨教，怎么样才能在上海拥有一套自己的房子，怎样才能一步一步倒腾到最大最美的房子。问的人越来越多，我看到了商机，就开了个关于如何置业的工作室，不是中介，是购房顾问，类似于置业设计师，指导那些沪漂如何变成不漂。在上海这个地方，你只有拥有了自己的房产，才能去掉沪漂的帽子。这里面真的有窍门的，首先你要有欲望，有目标，然后你的第一个目标不能太大，买不起两居买一居，一居也买不起，那就买远一点，我还指导一个人，买过一户两居室人家的一间，真的，就是买了人家套间里面的一间，两家共有一个大门。不在乎什么样的房子，也不在乎多大的房子，在乎有没有房子，哪怕你的房子只有一张床那么大，也是房子。有了房子，你的心态就会不一样。

听到这里，衣泓笑了起来，她向丛老师请求暂停。

这是真的，我租过这样的房子，两居室中的一间，房东非常体贴地给我造了个刚刚好放进一只马桶的卫生间，以及只能放一只单灶的厨房，那是我最豪华的一次，居然在市区租到了带独立厨卫的房子，重要的是，价格并不是很贵。

有意思吧，市场就是这样，你有任何需求，都能得到恰如其分的满足。我再给你看个更有意思的。不过这个不属于别墅这个板块。

丛老师打开另一个视频文件，是一个瘦削的小伙子，看上去三十多岁，说起话来鼻音浓重。

我是个特例。严格地说，我并没有买房，但我有一间属于我的房子。我对买房没什么很强烈的欲望，我觉得有住的地方就行，管他是租的还是买的。我甚至觉得租房也很不错，想住哪就住哪，哪里方便就住哪里，我想用这种方式把上海的角角落落都住个遍，因为你只有在那住过，才敢说你真的了解了那个地方。换了五六个住处之后，我遇上了一个很特别的邻居，他是个单身老人，老工程师，当年支援"三线"建设去了内地，在一个山沟沟里工作了一辈子。后来"三线"工厂全部撤迁，他就回了上海，一个人住这套四十多平的老破小。他有个习惯，不喜欢关门，总是把门半掩着。他起得很早，每天我出发去上班，他都坐在门边，面无表情地看着我。出于礼貌，我得跟他打个招呼，我说大叔早，他不吭声。我以为他听力有问题，就想，他听不到，应该看得到吧，所以每天都跟他打招呼。过了几天，他不再面无表情地看着我了，我跟他说早上好，他会跟我点头。后来，我下班的时候也能看见他了，我们互相点头，但不说什么。再后来，我在外面买吃的回家，会给他也带一点，毕竟他年纪大了，出门不多。他没有拒绝，有一次他给我钱，十块钱，我没要，我说那点吃的不值什么钱，他也没有坚持。有一次，我突然意识到他有几天没在门口露面了，就去敲门，刚一敲，门开了，原来他根本就没关。我推门进去，他躺在床上，我叫了几声大叔，他没反应，我以为他死了，壮着胆子走过去，他突然睁开眼睛，吓了我一跳。我说明来意，他又是一笑，这次他说话了：我正等着呢，就看你会不会进来。这一次我们聊了很多，他体力很差，说话慢，声音也不高。我问他家人都在哪里，他点了下头，拒绝回答。但他说他会算命，他算到我会住到这里来，还说我马上会有贵人相助。我发现他厨房里什么都没有，就一点面条，几个鸡蛋，一瓶盐，就问他有没有手机，可以在手机上购物。他用力摇头，说他用不着太多东西。他还问我有没有啤酒。我马上下楼去买了几瓶，又买了点卤菜。从他喝啤酒的架势来看，他年轻的时候可没少喝。他喝完一杯，对我说：借个轮椅来，我们一起出去走走吧。

他的语气直截了当，似乎我们不是陌生人，而是朋友，是亲戚。

我也没想太多,一口答应下来。接着我开始借轮椅,安排路线,准备各种出行设备,包括为他准备一副墨镜、一顶帽子,当然都是我用过的。我从来没有护送轮椅老人外出的经验,我以为我们这样的组合走在马路上会非常抢眼,结果我发现,根本没有人朝我们多看一眼。他似乎很有目标,每到一个路口,就指给我方向。休息的时候,他问我家里都有什么人,干什么的,又问我有什么打算。我说我没有打算,就像现在这样一天一天往前走,有机会就结个婚,没机会,不结也无所谓。我没想过问大叔的家庭情况,我不是那种会聊天的人,我也不知道该聊什么,我只知道上海的家庭不像我们老家那边,非要一家人守在一起,吃在一起,住在一起。我单位有个同事,上海人,他说他大学一毕业,就从家里搬出来了,自己租房,请钟点工料理家务,必须得请,因为有时出差回不了家,家里的宠物得有人照料。我说你让你爸妈过来照料一下不行吗?他说不行,爸妈给你做了事,你就有义务听他们的话,钟点工就不一样了。鉴于同事的情况,我猜大叔肯定也有子女,只不过他们没有住在一起而已。

我们一起吃了顿午饭,咸菜饭,炸猪排,是大叔指给我的店,很小的店面,只有两张桌子,开在一个不容易发现的小弄堂里。我们走进去的时候,老板迎出来:哟!你今天怎么跑出来了?看来大叔跟老板是熟人。这是我吃过的最好吃的咸菜饭和炸猪排。老板没收我们饭钱,临走时还给我们灌了一瓶水。在路上,大叔说:我以前常来这里吃,一年三百六十五天,有三百天在这里吃。腿坏了之后就很少来了。我说：我们下次再来吧，他家东西挺好吃。大叔说：下次我们去另一个地方。就这样，大叔指点着我，我们利用周末，吃完了大叔以前吃过的所有小饭馆。吃完最后一家的时候，大叔说：我可以闭眼睛了。过了一段时间，大叔又让我借轮椅，还是他指路，我们来到公证处。在门口，大叔示意我留在那里等他，他自己摇着轮椅进去。过了很长时间，大叔出来了，我迎上去，他严肃地看了我一会儿，说：我们今天去吃点什么？我已经把我喜欢的店吃光了，我没什么好吃的了。我把他带进我常去的一家日式料理店，他吃得很开心，边吃边看价格：也不是很贵呀，没我想象的贵，好吃！还说：活到最后，你就会发现，你的终极满足，其实来自食物。他也问我，为什么不见我周末出去见朋友。我说我朋友本来就不多，他们多半都有家室，周末是没法跟他们见面的。他说所以你得成家呀，不然就很孤独。我说我已经习惯孤独了。有些事情我没法跟他讲，比如我说我习惯孤独，并不是因为我喜欢孤独，而是我能力有限，不得不踏上独自一人的旅程，时间一长，慢慢也就适应了。

长期孤独会让人能力低下，我的腿就是这么变瘫的。

我笑起来，觉得大叔真会开玩笑，孤独可能会让思维变钝，怎么可能让身体致瘫呢？

不信你就等着看。

就在这天，大叔告诉我，他在"三线"工厂工作时结过婚，还有个女儿。女儿长大后，进了当地县城一家棉纺厂，很快就被县城里一帮男孩子带坏了。有一天，厂里通知他去一趟，说他女儿出事了。他疯了一样往县城赶，却被眼前的事实惊呆了，女儿涉嫌卖淫，被厂里的保安抓了现行，三个男保安正在审问她。他把女儿领回来，关在屋里打，妻子上来替女儿求情，他就连她一起打，他觉得女儿变坏就是因为她这个母亲没有管好。打完了，他把女儿反锁在家里。妻子又来求情，说女儿并不知道那是在卖淫，她只知道那几个人喜欢她，而且他们对她都很大方，给她买漂亮衣服，买好吃的，她的工资太低了，根本买不起新衣服，更别说来自外面大城市的漂亮衣服。

去你妈的大城市！老子就是从大城市来的。他骂道。

你是从大城市来的，她呢？她就三岁那年回去过一次，你把她生在山沟沟里，养在山沟沟里，你把她养成了一个十足的乡巴佬。

他气极了：那么多乡巴佬，人家怎么没去做这种事？

人家没她漂亮！再说，你这个当爸爸的，难道不应该保护她吗？不分青红皂白就站到保安那一边，她这一辈子都跟你亲不起来了。人家是送她礼物，不是她向人家要，所以那不能叫卖。你不知道吗？保安也是会欺负人的，你女儿被那些臭保安欺负了，你还站在保安一边！

她是没吃还是没喝？干吗要收人家东西？收了东西就是交易，就是卖。他气得脑壳里嗡嗡作响。

既然你说收了东西就是交易，那你自己呢？你把工资交给我，你给我提供住房，我陪你睡觉，做家务，还给你生孩子，这算不算交易？如果算，那我是不是也在卖给你？

去你妈的！他用力挥起胳膊，狠狠扇在妻子脸上。

女儿在敲门，大概是听到妈妈在挨打，想出来干涉。他冲过去，隔着门喊：你还有脸敲门！老子这辈子都不会放你这个贱货出去丢人现眼了！

哐的一声巨响，是女儿房间的窗户发出来的声音。他愣了一下，猛地跳起来，拿钥匙打开房门，女儿房间的窗户大开着，人却不在里面。他探身往下一看，地上躺着一个人，是他刚刚打过的女儿。

三三两两的人围了过来。地上并没有血，但女儿胸前有点异样，一个尖尖的东西高高地支起来，像撑伞一样把衣服顶得高高的。有人轻声对他说：别碰她，千万别碰，会碰坏的。我们已经帮你叫了厂里的救护车了，马上就到。

他傻了一样望着女儿，她有一头浓密的黑发，她的眉毛像她的头发一样又浓又黑，她居然戴耳环了，一只金灿灿的螺旋状圆环，死死咬着女儿肉乎乎的耳垂。应该不是真的金子，那么大一块金子，她应该买不起。女儿的上衣卷了上去，露出一截腰，他想把衣服往下拉一点，又怕碰疼了女儿。他什么也做不了，唯一能做的就是看着女儿，不错眼珠，不漏过一分一秒。

救护车开过来了，几个人把女儿放到担架上，刚抬到车边，身后一声巨响，他回身一望，地上躺着他的妻子。

他在厂医院醒过来时，得知妻子已当场死去，女儿还活着，但相当危险。他守在急诊室外，里面有从县城请来的医生。一直守到晚上六点多钟，厂区的路灯都亮起来了，医生们才陆续出来，厂医院的领导跟他解释：来了三个专家，实在无力回天。

他目送那些最后放弃他女儿的人，早知如此，不如不请他们来，不如让他去陪着女儿，抱着女儿。那些人上了车，驶过昏暗的厂区公路，驶离黑暗的乡村，县城在二十里的公路之外，厂区与县城之间，此刻一团漆黑。

哎！他突然跳起来，冲了出去，他想叫住他们，让他们把女儿从这里带出去，带到光明的地方去，带到女儿喜欢的地方去。但那些人的车很快就没了影子。

你知道吗？正在讲述的年轻人湿润着眼睛，鼻音也更浓重了：当我听大叔给我讲那些事的时候，我真的、我简直、我完全不敢相信自己的耳朵，我以为他在向我讲述一部电影，但那真的就是发生在他身上的故事，他把照片给我看了，他们一家的合影，他女儿真的很漂亮，一点不比现在的电影明星差。他妻子也很漂亮。他从此一蹶不振，后来"三线"工厂撤迁，他就带着妻子和女儿的骨灰盒回来了。

我对大叔说：你不该告诉我的，听了你的故事后，我这一辈子都高兴不起来了。

大叔后来没有再婚，也拒绝跟家人来往，拒绝跟任何有家有室的人来往，所有的家庭，甚至是结伴而行的猫狗，都会刺激到他。我终于明白大叔为什么会接受我了，我也像他一样，孤独地活着，孤独地来去。有天晚上，大叔把我叫过去，拿出一份文件给我，那是一份经过公证的遗嘱，他把他的房子赠给了我，原来那天他让我送他去公证处就是办这事。他让我保管好这张纸，有了这张纸，我住在这里就是合法的。作为代价，他让我到时候给火葬场打个电话。我不接受，我说我当然会照顾你直到你最后一口气，但房子我是不会接受的，我可不想将来有人跟我打官司。大叔告诉我，不会有人跟我打官司，他有个弟弟，但他们一家在国外，他们活得很好，不会在乎这间不值钱的房子，而且他已经告诉了他们我跟他的事情。

现在，大叔已经去世两年了，我还住在这里，我没去办过户，也没去办任何相关手续，我决定就在这里等，我希望有一天，大叔的弟弟家会有人来这里看看，然后我们一起聊聊大叔在"三线"工厂的事情，聊聊那些毁了大叔一生的事情。

视频到这里就结束了，衣泓深受震撼，却说不出话来，她从没想到生活的背后竟是这样，那些普通的面孔背后，藏着那么多忧伤，以及深不见底的黑洞。如果没有丛老师的这些视频，她相信自己永远都注意不到这一点。

怎样？想跟我一起干吗？

衣泓转过脸来，重重地点了点头：我觉得这个工作很有意义。

如果你同意，恐怕你得辞职，我们一起辞职，专心一意来干这个事情，三天打鱼两天晒网是不行的，完全利用业余时间也不行，激情不能中断，而且，要想成事，必须有破釜沉舟的勇气。

那，我把丑话说在先，我辞职来做这个的话，您会付我多少工资？

丛老师愣了一下：严格地说，我们必须把片子卖出去才能有收入，在此之前，我们所做的一切都得自掏腰包做，当然，我尽量不让你掏。

好难过啊丛老师，我真的很想跟你一起做这个纪录片，但我要是不工作的话，就没有收入，没有收入的话，就付不起房租，也吃不上饭。

你一点积蓄都没有吗？

此时此刻，我卡上大概有五千块钱，这是我全部家当。

好，我知道了，你别急，先好好工作，我来想办法，等我想出一个万全之策来，我们再商量。

柒零捌

出发吧！丛老师给她发来信息：我已经帮你请了假，说我要带你去见客户。

两人前后脚从公司出来，丛老师对赶上来的衣泓说：我今天不开车，我们坐地铁过去，我想让你熟悉一下路线。

她们进了地铁，坐了很久，一直坐到底站，出来后骑了十五分钟共享单车，来到一片别墅区。这片别墅是这一带建得最早的，当年很便宜。丛老师说着带她进了大门。

原来丛老师也是富婆呢！

什么富婆呀，这只是最普通的水平。我告诉你啊，在上海人的财富面前，你千万不要自卑。随便一个工薪阶层至少四套房，爷爷奶奶一套，外公外婆一套，自己一套，再随便倒倒弄套新的，不要太容易，那不是他们挣来的，是他们继承来的，所以你不要跟他们比这些，你就跟他们比才华，比能力，只有才华和能力，能打败财富。

两人走了很久，才在一栋小楼前停下来。衣泓笑道：这里每栋房子几乎都一样，你不担心回家的时候走错门吗？

你看到门前那个小牌子了吗？那上面有我们的门牌号码。

衣泓跑去一看，门廊上果然有个不太起眼的小牌子，上面写着柒零捌，不禁大笑：是这样的柒零捌呀，这个好，比数字708好。

这里是小区的底部，房子后面有一片竹园，还有一棵高大的乌桕树。房子是四层独栋，地下一层，地上三层。衣泓在合租房里憋屈久了，突然来到这么宽敞的房间，兴奋得跑来跑去。

喜欢吧？喜欢就对了。我们的工作室就在这里，在这个项目期间，我们的工作和生活都在这里，我不收你房租，也不给你发工资，等项目结束的时候我会跟你结算。你赶紧把自己的生活用品搬过来，我们就算正式开始了。一到两年之内，我们一定可以完成这个项目。

这样好吗丛老师？听起来像是我白白住在你家里，我还是付点房租吧，这样我心安一点。

丛老师不耐烦地摇了摇手：年轻人，洒脱一点。我买这房子的初衷，也不是为了把它租出去赚钱。现在你什么都不要想，就想着怎么把我们的项目做到最好就行了。至于公司那边，我去跟李总谈，最好能给你争取到一个不必坐班的岗位，比如客户开发，你在外面联系好了，交给李总，李总再派人去接洽。

衣泓一听就嚷了起来：这恐怕不行，客户开发是我的弱项。

你以为我不知道？放心吧，这事就交给我了，一年能挖到一两个客户，吃饭就够了，就不用我养了，所以你完全可以一边靠李总给你的提成养活自己，一边在这里孵化自己的事业。

丛老师，你对我这么好，我……好怕我会让您失望。

我不仅仅是在对你好，也是在对我自己好。至于失望，你不会是在怀疑我的眼光吧？别忘了当时是我说服李总把你留下来的。相信我吧，相信我就是相信你自己。先给你打个预防针，我工作起来是很玩命的，我曾经创下过三天只睡八个小时的纪录。接下来，我要给你看很多我以前做过的节目，让你了解一下我的风格，同时我也要给你推荐一些我比较喜欢的纪录片，总之，你现在就可以一边学习，一边酝酿感觉了。

谈到她什么时候搬过来时，衣泓突然想到了黎晓。如果自己搬走，留下黎晓跟星星这两个刚认识不久的人单独相处，她们会不会觉得不自在？特别是星星，她会满意一个孕妇合租者吗？如果她不满意，黎晓就得搬走，她一个孕妇，一个人住是不是太恓惶了点？她请求丛老师给她一点时间，她需要先帮黎晓解决住房问题，毕竟她初来乍到。

黎晓，她有什么特长？丛老师望向远处，似乎在琢磨什么。

好像没什么特别的长处，她是学经济管理的。

我在想，如果她能马上去学一点我们所需要的技能，她也可以加入我们。

你是说，她也可以住到这里来？

当然，这里的房间足够多。我住一楼，你和黎晓住二楼，三楼暂时空着，没怎么装修，堆点杂物之类的。

我们还有些什么工作要做？

多着呢，制作方面，我现在能想到的，起码我们需要一个配字幕的，给每天拍回来的视频做好字幕，虽然不难，但很耗时。我想在尽量短的时间内完成这个项目，那样的话，我们俩就得把主要精力放到外面的拍摄上。

我去问问黎晓，如果她愿意马上去学，也是来得及的，上次她还在跟我说，工作时间太短了，想找份兼职来做。

但你跟她说清楚，我们是不发工资的。想了想又说：其实她学这个正好，不是吗？她的肚子会越来越大，有些工作是不能接受孕妇员工的，正好可以在家里帮我们做这个。其实也不能说完全没有工资，毕竟她不用掏钱付房租，也算省去了一部分生活开支。对于工薪族来讲，节省开支就是赚钱。

我现在就打电话问问她。

衣泓来到室外，打通了黎晓的电话，说了下这边的情形。因为之前已跟黎晓说过丛老师的想法，黎晓并不感到陌生，只是没想到自己会被邀请。

不收房租，还给我工作？不可能吧？她图个什么呢？

我也这样想过，你和我，我们有什么好图的，我们只是运气好，碰上了丛老师这种大格局的人。人家生来就不是个小市民，不会斤斤计较那些鸡毛蒜皮，人家眼里只有事业。

真的是刷新了我对上海的认识！但是，我对字幕完全不了解呀，你告诉我哪里可以学，我不信我学不会。

这才是你该操心的。衣泓突然有了主意，她让黎晓先挂掉电话，她先去联系一个人。

衣泓直接打了何枫电话，那个熟悉的压抑着惊喜的声音传来：衣泓，你找我呀？

你会给视频配字幕吗？

中文还是英文？

嗯，应该是中文。

那个不难，你要做这个？

我也想做，但我首先需要你教一个人。

衣泓把她跟丛老师正在创办工作室的事从头至尾说了一遍，她正好也想听听其他人的看法，目前，知道丛老师这个人的，就她和黎晓、星星三个人而已。

你是不是觉得我很草率，好不容易到手的工作，可能就这样丢了。

没想到何枫特别支持：我觉得这份工作很有意义，比你在那个公司打工有意义多了。这是一个作品，能有自己的作品，这是多么牛的事情啊，不管以后是继续干这个，还是去找别的工作，这绝对是一段不错的经历。

也别盲目乐观，也有可能不成功，白忙一场。

但你收获了经验！不是某项单一的工作经验，而是做成一件事情的全套经验，这是在任何地方都收获不到的。

他让衣泓放心，配字幕的事他会先备课，把一切准备好，尽快地教会黎晓，必要的话，他甚至可以亲自上阵。

兴冲冲挂掉电话，回到房间，丛老师正在拖动几张桌椅。

衣泓你看，这个客厅现在就不叫客厅了，它是我们的工作间，你和黎晓住楼上，我住一楼的客房，离工作间最近。我一旦忙起来，会很吓人的，床上也会摆满工作笔记。

我已经跟黎晓说好了，她非常愿意加入我们，我还给她找了个电脑专家来培训她，这个电脑专家也很愿意帮我们，表示到时候他甚至可以亲自上阵。

电脑专家？太好了，我们正好需要一个电脑专家。但这一切你都要有言在先，所有的支持都是义工，我暂时没有办法支付他们工资。等这个项目做完了，我还有酝酿已久的新项目要上马，如果我们合作顺利，那就原班人马继续往下。

如果不顺呢？

不顺？不存在这个可能，我做事向来全力以赴，不达目的不罢休。

两个星期后的周末，丛老师、衣泓、黎晓率先赶到柒零捌，过了个把小时，何枫也赶到了。在此之前，他们已经在市区见过一面，讨论过关于搬去柒零捌的一些具体事项。

何枫扛着一只大纸箱，打开一看，是打印机。

我猜你们应该用得上这个，估计还有其他需要，我来慢慢帮你们配齐。

大家一起凑上来，三下两下将打印机安装妥当。

这就算是工作室正式营运的第一天了，没什么仪式，何枫和黎晓即刻开始工作，丛老师和衣泓出了门，今天她们要去附近拍一个人。其实衣泓上个星期基本上就住过来了，丛老师手把手教她如何使用高清摄影机，如何保存素材。

后面我还会教你剪辑，我们俩必须都是全能型的。今天要见的这个人是我插队时的朋友，他们家今天卖房，我们去看看有没有什么故事。

我认识他的时候，他才二十岁出头，但我们都叫他老程，他的样子显老，叫着叫着就把他的名字给忘记了。丛老师边开车边说，因为路上堵，必须时刻关注路况，丛老师讲得断断续续。

老程当时很红的，他是第一个被抽调到县城工作的知青，后来还在县城成了家，生了孩子。就在他生孩子的那年，知青开始陆续返城。他也想回来，但老婆孩子动不了，如果非要回来，家就要散，留在那里嘛，也不甘心，非常挣扎。最终还是留在那里了，据说他想试试走另一条路，好好工作，慢慢升迁，慢慢往上海调。太难了这条路，最终也没走通。九十年代中期，我们这些插友组团，到当年插队的地方去怀旧，第一眼看到他，几乎认不出来了。他不仅没升迁，反而处于半失业状态，老婆生病了，孩子没考上大学，整个人萎靡不振。

丛老师，这事说明一个道理，千万不要太早结婚。衣泓咯咯咯笑。

碰上痴情的人没办法。他当时为了爱人，宁肯不回城也不离婚。

但你刚才说今天要卖房，意思是他最终还是回到上海了对吗？

不是他的房子，是处理老人留下来的房子。他们家有四兄弟，十年前母亲死了，去年，父亲又死了，市区一套老破小终于可以卖掉了，据说挂了大半年，这次终于遇上了一个买家。

她们把车停好，丛老师打了个电话，聊了几句，就挥起了手，衣泓抬头一看，一个头发花白、衣着暗淡的小老头边挥手边朝这边走了过来。

你还是老样子，还是那么年轻，那么漂亮。小老头对着丛老师盛赞道。

丛老师敷衍几句，指着衣泓对他说：我学生。

老头很有礼貌地跟衣泓打了个招呼，又对丛老师说：当年我就看出来了，你会有出息的，你是我们当中最有出息的，下地劳动那么累，我们回家都只知道玩，就你会捧本书看，也不知道你上哪搞来的书。

不说我了，说你吧，房子怎么分配呀你们几个？

怎么说呢，房子本来就不大，值不了多少钱，他们三个也都不差钱，最穷的就是我了。你知道我们下面工资比上海低得多，他们的工资都是我的几倍。我的意思是，把这个房子借给我住，我向他们三个付房租，反正现在这个房子也是借给别人的。结果他们不同意，老三是同意的，那两个不同意，有一个人不同意就不行。不行那就卖吧，但我有个条件，卖了之后我的那一部分要能让我买个安身之地，不管多小都行，只能放一张床都行。不管怎样我老了要回上海，生不能在上海，死也要死在上海。他们已经帮我打听好了，外环一个三十平的小房子，卖了房子我得的那份钱刚好够买下它。这回我什么都不管了，我爬也要爬回上海，爬进自己的房子里。

老程手机响了，他看了一眼，头也不回，边走边说：买主来了。

丛老师有点着急：要是我们能去现场就好了，可惜他们不同意我们拍。

衣泓自告奋勇：我去用手机偷拍怎么样？

不行！你想将来惹官司啊？千万别搞这种事情。

两人就在附近等着。

约莫过去了四十分钟，老程回来了，头发散乱，衣襟敞开，走近一点才发现，他的衣服不是自己解开的，好像是被人扯开的，纽扣掉了一只，上面还留着一簇线头。

他在喘气，拿着手机的右手索索发抖。

没卖成！

为什么呀？价格没谈拢？

本来都要签合同了，卖老房子，买小房子，一买一卖两个合同一起签，中介突然问我要户口，我说我的户口还在外地。中介说那不行，那你没资格买这个房子。如果说我不知道这个政策还情有可原，他们三个老本地市民也不知道吗？分明就是想哄着我赶紧把房子卖了，他们好分钱。他们又不缺房子，他们都有几套房子，太冷血了，对待一母所生的兄弟，就像对待没见过世面的乡下人。既然我不能买，那我也不同意卖，只要我不签字，他们就没办法卖那个房子，所以他们也是急了，恨不得上来捉住我的手，逼着我签字画押。我当然不会妥协，好不容易才扯脱他们三个人的手跑出来，太可怕了，亲人又怎样？一样只认钱。

你那边的房子怎样？家里的。

一般，勉强有个住的地方吧。跟那边的房子没有关系，那边就算是金窝银窝，我也要回来，叶落归根，天经地义。

三十平的小房子，你一家人也不够住啊。

你以为我不想住大房子？我只买得起那么小的呀，当年那么小把我赶出去，现在让我拿外地的血汗钱来买上海的房子，不可能呀！打个比方，外地工资是一毛一毛地挣，上海工资是一块一块地挣，你说我有那个能力吗？所以我一分钱都不会加，卖多少钱我就买多大房子，没有户口买不了，我就让他们都卖不成，这是他们欠我的，是上海欠我的，不还不行。

你的孩子呢？也许你应该在孩子身上下手，让孩子通过上大学这个办法，回到上海，然后你再跟着孩子回来，这种事得从长计议，急不得。

老程脸色马上变了：不能指望了。女儿读了个中专，刚一毕业就嫁人了，两年前就当妈妈了。她妈妈早就发过誓，望都不会朝上海这边望一眼，为什么呢？我们结婚后的第二年，回过一次上海，那时父母都还在，三兄弟也都来了，大家一起聚餐。我妈的糖醋排骨烧得特别好，大家都在称赞。我妈也是想跟她聊一聊吧，就问她：听说你们那里都不喜欢吃新鲜肉，只喜欢吃腊肉，也不切，大块煮了，抓起来用手拿着啃，筷子都不要？她是个很敏感的人，当时就变了脸：谁说的？我们又不是野蛮人。我哥站出来打圆场：什么野蛮人不野蛮人的，那叫民风淳朴自然。她更不高兴了，回敬我哥：我们没有特别的民风，我们跟全国人民是一样的，都是中国人。大家都不吭声了，嘴上扯平了她还不满足，还想赢一把，指指桌上对我说：什么都是甜的，炒青菜都放糖，难怪你嘴那么甜，早知道是吃出来的，我就不会上你的当了。没有一个人接她的话，从那以后，不到非说不可的时候，没人跟她说话。她气呼呼地憋了三四天，回来以后指着上海的方向发誓：直到我死，我都不会再朝上海的方向望一眼。她连带着也恨上了我，她现在跟女儿一家关系搞得非常好，女儿要她帮忙带孩子嘛，我的事情她一概不管，我就跟死了老婆的人没两样。

你想多了，等小孩大了，你女儿就不需要她了，她自然就回来了。终归是一家人,互相体谅。

老程摇头:你不知道,女人一旦绝情……总之,她不许我在上海买房,叫我把钱带回去。我呢,也不想回去,但现实又不允许我留在上海。没想到我一个土生土长的上海人,回到上海却无处安身。我是真的想回上海啊,我在火车站,一下火车,一闻到上海的空气,我的眼泪都掉下来了。

你真是的!一个大男人,我当年都没这样。

我也没想到,现在回头想想,最幸福的其实还是刚到农村那几年,什么想法也没有,什么负担也没有,条件那么差,但每天开开心心,干活就是干活,不操心挣钱,不操心买房,有吃的就多吃点,没吃的就少吃点,从来没有隔夜的烦恼。

没烦恼就好吗?没烦恼证明你跟这个世界不相干,还是有点烦恼好,说明你还有事没办完,心里还惦记着某人。

老程笑起来:不说我了,说说你吧,看你样子就知道你过得不错。老程掏出一根烟,正要塞进嘴里,丛老师伸出手去:给我一根。

丛老师抽烟的时候,老程夹着一根没点燃的烟,愣愣地看着丛老师。直到丛老师一根烟抽完,老程才说:这些年没少抽吧?

丛老师微微一笑:谁说的?我一年也抽不完几包,今天是想陪你呀,走,我们去商场,我给你买件衣服,把这件没扣子的换下来。

老程倒也没推辞,跟着丛老师来到商场。

只要丛老师没给她手势,衣泓就一直扛着摄像机跟在后面拍。丛老师帮老程挑好衣服，问他愿不愿意把三个兄弟的电话号码给她，她来帮他说服他们，让他们别卖房子，留给他住，或租给他住。老程猛烈摇头：他们不会同意的，我了解他们。

不管怎样，我要试一次。

有你这句话，我就感恩不尽了。老程目光柔和地望着丛老师，好久才说：小丛，当年我们要是成了，如今会是什么样子？

这是什么傻话？我们当年又没怎么样。人啊，不管自己怎么倔，不管别人怎么劝，也不管跟谁结婚，最终还是会走在自己的道路上，其他都是小插曲。

你是叫我认命？不，我不认，命运把我赶出了上海，我现在偏要回来，我死也要死在上海。

你还不明白吗？这正是你的命啊，你正在朝你命中注定的结局跑过去。

她们离开的时候，老程还沉浸在刚才的谈话氛围中，他向她们挥手：再见！再见！满脸的不舍。

在车上，衣泓说：他很想跟你多聊一会儿的样子。

不能再聊了，这种氛围就像浓硫酸，会腐蚀人的意志。

我猜你年轻的时候不大看得上他。

你说错了，当时只有那个环境，发情期的人总是在自己目力所及的范围内挑选一个可以寄托的对象，即使那个范围内的人她全都看不上，也会从中择优录取一个。

衣泓笑得东倒西歪：丛老师，你太犀利太有趣了，我要做你的终身粉丝。

想想下次怎么样才能采访到他的三个兄弟吧，不是所有人都愿意接受采访的，尤其这种涉及家产纠纷的。

衣泓想了想说：我觉得不一定非要采访那三个人的，有他的讲述就够了，我们又不是法庭，也不是什么仲裁机构，我们可以只是站在老程的角度。还可以多采访老程几次，从中自然可以看到这事的进展，以及他们三个人的态度。

丛老师嗯了一声：我想想。

还有。衣泓鼓起勇气说，丛老师，我有个非常幼稚的想法，我觉得《上海的人与房》这个题目似乎有点太大了，我们的记录方式只是一种私人的交流，是民间的、极其个人化的购房经历和经验。

那你想出另外的题目了吗？

我是想过一个，可能不是太好，有点说不出口。

说来听听。

"沪居博物馆"，怎么样？

丛老师目视前方，专注开车。衣泓屏住呼吸，等着她的鄙视与嘲弄，她不会喜欢这个标题的，她肯定觉得它太学生气了，正如衣泓在广告公司得到的评价一样，她的草案交上去，十有八九会得到学生气十足的评价。奇怪得很，她在学校里从来不是严格意义上的好学生，她很早就向往着冲向社会，开始职业生涯，结果，当她真正来到社上时，得到的评价却是学生气太浓。

汽车转过一个弯，缓缓靠近路边。

我专门把车停到路边来告诉你，我非常喜欢你的题目，我觉得比我之前的好。《沪居博物馆》做完了，我们还可以继续往下做别的，我曾经有过关于旗袍的想法，你的"沪居博物馆"启发了我，说不定接下来我们可以做一个《旗袍博物馆》，我们可以做一个博物馆系列。

衣泓听得心花怒放，却什么也说不出来，就望着丛老师傻笑。

丛老师愉快地将车重新开了出去。

丛老师，幸亏你当年跟那个老程没成，否则我今天就遇不上丛老师了。

什么成不成的，我们根本就没开始。他那个时候非常红，是我们知青组的组长，我是个落后分子，有人就派他这个大红人来做我的思想工作，乱七八糟说了好多，我根本就不想听，那些话，大会小会听得太多了。有一次，为了报复他，我心生一计，大声问他：你刚才是在跟我说话吗？我听不见，今天山上放炮，把我耳朵震聋了。他一副很震惊的表情，然后，他拉出挂在口袋上的钢笔，在烟盒上给我写：赶紧写假条，我签字，回去治耳朵。就这样，我意外地得到了一个探亲机会。我回来的那天，他来村口接我，还给了我一包草药，是我回家后，他走了很远的路，找一个草药医生弄来的。我想我这时要是把实话告诉他，肯定挺伤人的，只好接过他的草药，同时把我妈妈给我准备的几只咸鸭蛋给了他。那以后，我就跟他越走越近了。后来，当地的小学在知青当中招代课老师，我当然要报名，因为可以显示我比他们都有文化。老程得知我报名后，跑来劝我：你要想好，当了代课老师，回城的机会就会更小。我说我管不了那么多了，我讨厌蛇，讨厌蚂蟥，让我离这两样东西远一点，哪怕一天也行。他说，既然你这么想，那我也去参加招工吧。我猜他的意思是，他估计我将来是回不了城了，所以他也不回去了，留下来陪我。我那时是个很羞涩的人，我心想，你不明说，我也不会明说，万一我会错了意呢？岂不是被人笑话自作多情？后来我真的去当了代课老师，他也进了县城里的钢窗厂，我们开始通信。这样过了半年，突然有一天传来消息，我们这些往届生，也可以参加高考了，我就报了名，后来得知他也报了，但我们之间没通气。后来我考上了，当地就我一个人考上了。那以后我们就没怎么联系了。就这么个故事，我从来不认为我们开始过，继续待下去的话，说不定有可能。你在拍我吗？算了，这些就不要拍了，这既不是《沪居博物馆》的故事，也不是老程的故事。

这当然是老程的故事。我先拍在这里，到时候你不喜欢就剪掉。

九十年代中期，我们知青组团故地重游的时候跟他见了一面，那时候他已经是个小老头了，一个人过来见我们，没带家属，态度过分谦虚，面带微笑，举止拘谨，完全没了当知青时的霸气。他的双手，他的眼睛，他的语气，甚至他的着装，无一处不让人心疼，到底是什么改变了他？大家感叹了一阵，也就走了，还能怎样呢？然后就是前段时间，他突然联系上我，说到房子的事，我就告诉他，我在做一个节目，我想关注他和他的房子，他说可以，你想怎么做都可以。我到今天才知道，他跟他的家庭，还有自己的弟兄们闹得这么僵，还想一个人回上海，还想在那么小的房子里死去，这不是一个正常的老年人的状态呀，他身上到底发生了什么呢？

你为什么不当面问他？

不能问不能问，一旦我知道了结果，就不想袖手旁观，但我现在又能做什么呢？一个退了休的人，只能同情一下罢了。

但你内心是不会平静的，我看得出来。

看到他我总是很伤感，我在想，其实我们是一样的人，我们差不多在同样的年纪，离开家，离开上海，去到那个完全陌生的地方，毫无准备地成为一个农民。如果不是一场突如其来的高考，如果我没有考上，我一定会跟他一样，嫁给一个当地人，老了开始疯狂想回上海。

你不会的，你都已经开始做代课老师了。

几年以后，这种模式就不存在了，代课老师统统回到了原岗位。

晚上九点多，两人才回到柒零捌。黎晓一个人在家，说何枫已经回去了，这里离他上班的地方太远，几乎要斜穿整个上海，走太晚会影响明天上班。

衣泓开始用文字创作白天拍下来的部分。老程这个人物让她心潮难平，光是老程和丛老师的故事，就够写一本书了，但她不能，必须克制、压缩，把他们的故事扭转到《沪居博物馆》里来。她对县城生活比较熟悉，几乎能想象老程老婆的样子，她肯定反对老程死在上海的计划，上海是老程的，不是她的。即使她跟老程结了婚，生了孩子，她仍然是那个"大口啃腊肉连筷子都不用"的地方的人，跟上海没有任何关系。她哪里知道，在上海人眼里，甚至在老程的三个兄弟眼里，她的上海人丈夫已经不属于上海，他成了外地人，他在上海连买房子的资格都没有。他的最后一搏更是悲怆可笑，他也许还能实现死在上海的梦想，但别想死在自己的房子里，只能暴尸大街，因为他不可能在上海拥有一张寿终正寝的床，最终他只能以外地人的身份，在上海"客死他乡"。

她现在有点理解丛老师的伤感了。

星期一晚上，新一周的第一个工作日，大家都以为何枫不会来了，没想到都九点了，何枫背着一个巨大的背包出现在门口。

他告诉丛老师，他把睡袋带过来了，因为他不想坐两个小时地铁，过来教黎晓一个小时，再坐两个小时地铁回去，所以他打算上完课就在这里将就一晚，明天早上再赶回去上班，他问丛老师：你不反对我在你家睡一晚帐篷吧？

丛老师夸张地喊起来：热烈欢迎热烈欢迎！我看你干脆兼职做我们的制作成员好了，除了字幕，将来肯定还有好多电脑方面的问题会向你求援，如果把你拉进来，就不是向你求援，而是要求你履行职责了。这样吧，你也不用睡你的睡袋了，我在这里给你安排一个房间，准备好床上用品，你就跟她们两个一样，把这里当成你的第二个家。

就这样，何枫也正式加入柒零捌，成为《沪居博物馆》的一员。他住在二楼最小的一间房，两间大一点的房子已经给了衣泓和黎晓。

深夜，字幕教学工作结束，何枫把衣泓叫到了客厅。衣泓心里有点忐忑：他还会提起以前那个让她为难的话题吗？但愿他能意识到在柒零捌再提那件事有多么不合时宜。

何枫伸展胳膊靠在沙发上，惬意地叹了一口气。

太舒服了！我好久没像这样伸展过身体了。

你们那儿可是大公司，听说大公司的办公室都很宽敞，还听说你们的免费午餐有三文鱼。

办公室大小对我没有意义，我的睡袋永远小得像个花生壳，至于三文鱼，的确有，但我对那个东西没什么兴趣。

星星知道你一直在办公室睡睡袋吗？

她没问过我，我也就没有告诉她，我们在一起，永远是向前看，向远看，所以我去迪士尼前两周才知道她原来有过一次婚姻，还有个儿子。

现在很多人都不在乎继子继女的。

我也不在乎，我在乎的是女朋友本人，而不是女朋友的家人。

两人正说着，黎晓一脸紧张地过来：衣泓你过来一下！

衣泓刚一过去，黎晓就在她耳边说：怎么办？我妈说要来上海看我。

我爸也说过好多次要来上海看我，都被我找各种理由挡了回去。别太当真，他们有时说这种话，只是想告诉你，他有点想你了。

你不一样，你有哥哥在这里，你爸很放心，我妈隔几天就一惊一乍：我昨晚做了个梦，梦见你没吃没住，在街边乱走，像个神经病。

看来你妈第六感觉还挺灵验的，今天晚上她不会再做一个关于你怀孕的梦吧。

黎晓紧张得直顿脚：你还开玩笑，我都急死了。千万不能让她知道这个啊。

看看我是怎么应付这种事情的，我爸有次说要来，都已经问我要买几点的火车票了，我就跟他说：哎呀，我正准备下个月回家一趟的，既然你来，那我就不回了，本来我还蛮想回去吃火锅的，全世界的火锅都没有我们家附近那个火锅店里的好吃。他一听就高兴了：好好好，你回来你回来。到了下个月，我再找个理由，说我回不成了，突然接到了大单，又要忙活一阵了。他就没话说了。

我跟你不一样，我妈刚刚从我的辞职带来的重大创伤中苏醒过来，她一定要来看看我现在工作的地方，如果她看到我在麦当劳卖汉堡，肯定当场就气晕过去了，然后我出来扶她，她一看到我的肚子，立马再次倒地，人事不省。绝对就是这样。

要不，拍一些你的工作照给她。

你不会是要我拍一张跟麦大叔的合影给她吧。

衣泓眼睛一亮：有了，我们让何枫拍几张他公司的照片，然后拍一张你戴着工号牌的照片。跟何枫约好，哪天他办公室人不太多的时候去。

工号牌怎么办？我只有麦当劳的工号牌。

很简单，网上图片店做一张。

如果她要去公司看看呢？她没你爸爸那么好糊弄，她不会轻易死心的。

放心，那种公司，外人根本进不去。

黎晓沉默了一会儿说：好像也只能这样了。

话说回来，你的下一份工作已经在打算了吗？你不会真的要在麦当劳一直干下去吧？

看情况吧，我现在还没有很明确的方向。麦当劳也不差的，它的员工有很多层级。我觉得在上海只要你不懒，活下来很容易。在我们店，每个周末早上八点到九点，都有一个老叔叔在店里给两个小朋友上英语口语课，一老两小，全程英语，不说一句中文。后来我才知道，那个老叔叔有过一段国外工作的经历，退休以后，就开始给小孩子教英语口语。他也没有课本，就是日常对话。从早餐开始，吃完饭又换成一帮在公园练轮滑的小朋友，他自己也是个很棒的轮滑爱好者，一边玩轮滑一边教口语。一天两次课，双休日就是四次课，一个周末轻轻松松两千元到手，他还有退休工资，你想想他过得多有趣多滋润。我们以前把工作看得太死板了，好像只有早出晚归进门打卡的工作才叫工作，实际上工作有很多种。最近我还发现一个有趣的店，它的名字叫"夜包子",它只在下午五点以后才营业,而且只卖包子,各种各样的包子,据说生意好得很,永远在排队,还限购,每人每次不能超过十只。我猜那个店主应该白天另有别的事情要做。我们身边的丛老师更是个绝好的例子,她可不单单是在挣钱,而是在追求自己的事业,她都这个年纪了,丛老师真是我最敬重的人之一。

衣泓点头,目光不经意间滑向黎晓的肚子,也许是睡衣太软的原因,看上去比白天更有孕相。

你有他的消息吗?还需要我妈妈去找那个亲戚帮你打听吗?

当然不能了,那会被你妈妈发现的,你妈妈发现了,我妈妈知道的日子也就不远了。这就是为什么我上次一定要去无锡,他有什么进展,他们总会通知他家里人的。我前几天刚给他爸爸打了电话,已经判了,八年,很快就要送到劳改农场去。

也就是说,他现在要去当农民了?

开始几年肯定是要吃点苦的,他爸爸已经在考虑想办法帮他减刑了。

他会不会像《肖申克的救赎》里那个人一样,凭自己的特长找个轻松点的活干?

还是让他在劳动中去完成救赎吧。我的计划是,等他出来的时候,就到上海来找我,然后从零开始。

你准备去探监吗?劳改农场是监狱吗?

我想等孩子出生以后去看他,给他一个惊喜。

把孩子带到那种地方去不太好吧。

很小的时候无所谓吧，三岁以前没有记忆，我准备在他几个月的时候去，肯定不会给他留下任何记忆。

这个男人一定会非常非常感激你，如果我是男人，看到一个女人如此待我，我一定幸福得每天都在发抖。所以说，虽然你现在会吃点苦，但你的后半生一定会过得非常幸福。

我可不是为了所谓幸福的后半生而做的这个决定。说实在的，有时我都忘了到底为什么要做这个决定，也许我只是想把这段感情固定下来，也许我那段时间脑子里一片混沌，糊里糊涂。

何枫的脚步声由远而近。衣泓说：不如现在就跟他说说拍照的事吧。

不等黎晓同意，衣泓跳起来拉开了门。

衣泓比比画画说了一通，何枫慢悠悠地说：这有何难？我还可以把我的工作服借给你。

于是当场试穿何枫的工作服，虽然有点大，但别上几个别针就可以完美解决。何枫坐在一旁，并不像她们那么兴奋。

你难道想一直对家里隐瞒下去？他问黎晓。

至少不能让我妈看到我大肚子的样子，我的想法是，几个月以后，等孩子生出来，等我的身体完全恢复过来，再考虑怎样告诉她。

他到底是个什么样的人啊？如此有魅力，实在是超出了我的想象。

我也不理解，据说猫一闻到薄荷就会失控，对我来说，他可能就是猫薄荷吧。

何枫转头对衣泓说：你看看人家，再看看你，你多谨慎啊，瞻前顾后，小心翼翼，你永远都不会像黎晓这样。

你怎么知道？也许我只是还没遇上我的猫薄荷而已。

不过黎晓，话说回来，你也不可能就靠闻着猫薄荷的味道过一生吧，这样过一生你肯定会后悔的。

黎晓顿时变了脸，衣泓赶紧把何枫往外推：好了好了，谢谢你的帮忙，现在你可以回你的男生寝室去了。

何枫一走，黎晓就变了一个人，一副快要崩溃的样子。

他的话是有道理的。前几天，在麦当劳，有个女的让我给她做杯咖啡，当我递给她的时候，她突然问我，几个月了？我就站在她旁边跟她聊了几句。她说她对麦当劳特别有好感，因为她怀孕的时候，特别特别喜欢吃麦当劳的炸薯条，最好是炸得稍稍老一点，表皮脆脆的，早上一睁眼，她就想要吃到它。多亏了老公，她怀孕期间，他几乎没睡过懒觉，不管是工作日还是节假日，从床上一坐起来，就拉开门往外冲，把她想要的东西买回来。她特别叮嘱我，怀孕的时候要充分使唤老公，这个时候他对大肚婆是百般呵护，激情满满，孩子一旦生出来，就不会再有那样的好日子了。听她这样说，我心里就像突然裂开了一样，我也有想吃的东西呀，我特别特别想吃酸辣粉，我也是一睁眼就想吃，原来怀孕的女人还有这种特权啊，我居然什么都不知道。从那天起，我就变得特别容易多愁善感，所以他刚才是真的击中我了。

你得了吧，这种话他不说你自己还不清楚？你是因为不清楚这种话才走到今天的？胡思乱想只会徒增烦恼，认准了就往下走，不要一边走一边多愁善感。

星星与吴敏昊

深夜，星星跟衣泓在电话中闲聊。

你们突然一下都走了，我一个人好寂寞，又寂寞又昂贵，偏偏这么昂贵的觉我还睡得不好，凌晨三点多还没睡着，早上起来头昏眼花，浑身无力。唉，我说你还是回来吧。

你赶紧再招一个合租的呗，至少目前我是回不来了，我这边赶时间，晚上都要工作的。

你看看，个人比公司的剥削更厉害！

也不是啦。如果你睡眠不好，我有个主意，我这里有张健身卡，正好我最近太忙，住得又远，不方便过去，你去玩一次吧，保证你累一身臭汗之后，睡得特别香。

你还有健身卡？看不出来呢。

衣泓把自己的健身卡发到星星的手机上。

两人聊到工作室，聊到丛老师，星星问她：丛老师好相处吗？感觉她个性很强的样子。

她是个很自律的人，当然，对别人的要求也不低，但我觉得这不是坏事，我这种慢吞吞的人就需要有人逼着、拖着往前走。我啊，这辈子就是个奴才命，人家越给我派活，我越踏实越幸福。

你这是在控诉她还是在庆幸自己遇到了一个满意的老板？

是庆幸吧，真的，看到她这么大年纪还这么拼命，我都忍不住积极起来了。我原来只想随便找份工作，挣点工资求个温饱，现在都快变成工作狂了。就连大肚子黎晓，现在下了班都在家里研究怎样给视频配字幕。

她还会干这个？

不好意思，我没打招呼就把你的前男友何枫引荐给她当老师了。其实是这样，是我先把黎晓拉进了丛老师的队伍，因为丛老师只对工作人员提供免费住宿，黎晓要想进工作室，就必须为工作室承担一份工作。丛老师说，我们还缺个做字幕的，黎晓肯定不会。情急之下我就去问了何枫，懂电脑的我就认识他一个呀，不好意思我都没经你许可。没想到后来丛老师也看中了何枫，把他也拉进工作室，做起了技术顾问，所以现在何枫只要有空也会出现在工作室里。

别说什么前男友、什么许可不许可的，凡是没有通过小宝测试的，都不能算我男朋友，所以他现在跟我没关系，你怎么用他我无所谓。我问你，这个丛老师，她为什么要招募这样一支奇怪的队伍？孕妇也要，现学现卖的也要，我怎么感觉你们就像一组老弱病残？

你怎么能这样想呢？黎晓是被我拖进来的，是对她的特别照顾，毕竟她是因为我而来的，我不能丢下她不管。

她以前在电视台是干什么的？出过什么作品？你查过没有？

她以前是一名高级后台人员，没有选择，也没有机会做自己想做的作品，早就期待着退休以后搞个工作室。

真正想干的人，早就辞职出来了，哪会等到退休？退休以后还有战斗力吗？

每代人的想法都不一样，她是当过知青的人，跟你们这种人的想法很不一样。我看过她以前做的作品，包括现在正在做的，我觉得蛮有现实意义的。

你自己把握吧，只是这个不发工资我觉得有点苛刻，虽然她给你提供住的地方，但你吃饭穿衣、零花怎么办？

诺贝那边，丛老师帮我做了点工作，允许我作为居家办公的员工，停发基本工资，只拿业务提成，丛老师说她会帮我开发几个客户过去。

等于说你现在就是完全依赖她了，要是跟她闹翻，你得回到大街上去。

呃……不至于吧。

今天先不说了，哪天有空我要到你们那边去看一下。我现在先去健身房看看，我还没进过健身房呢。

去吧，记得报出教练的名字，他叫吴敏昊。

唉！你走了之后，我感觉自己突然变懒了，也不想再招室友了，就想一个人像个傻子一样躺在家里，欢迎你哪天有空回来重温你的旧窝，你没带走的东西我都替你留着。

给你这么一说，我真的想回去一次了，明天吧，明天我回老家。

明天不行，明天我要相亲。在这件事上我可勤奋了，上个星期我相了三个，一个是保险公司的，那家伙，一看就是卖保险的。还有一个中年警察，不笑的时候，紧绷绷的，一身的铁锈味，我害怕。第三个是个居委会干部，西装革履，告诉我他在炒股票，给我讲了好多股票知识，还教我看K线，我真想K他的头哦！你别笑，我还没说完呢。在我回绝他们之前，这三个人居然都抢在我前面拒了我，我好感慨啊，老娘现在真的是白菜价了。

星星，咱不嫁了不行吗？听你这么说我好心疼，那些人算什么呀，居然拒你！真是有眼无珠。

不，有眼无珠的是我，你知道吗？被人家拒了之后，我居然又有点后悔，万一那些人跟我儿子特别有缘呢？我是不是错过了？

你不要这样想了，小宝又不是没有爸爸，无论你前夫后来是谁的丈夫谁的爸爸，他都是小宝的生父，这一点无法改变。

生父！是啊，生父，不就是陌生的父亲吗？我的小宝，他需要一个饭桌边的爸爸，可以给他开家长会的爸爸，周末可以带他出去玩的爸爸。

这些事情你都可以自己做。

我是可以做，我也正在做，可每当我这样做的时候，他总是会问我：我爸爸为什么不来？为此我已经撒了不下三千个谎了。

直接说给他听算了，这种家庭又不止你们一家。

不可以，我表姐就是像你这样想的，她儿子后来动不动就骂她：你这个讨厌的死女人，就是你赶走了我爸爸，你害得我从小就没有爸爸。

既然这样，我倒有个主意，你别想双管齐下，指望一个人既是你的丈夫又是孩子的继父，在一个人身上同时解决两个问题可能难度有点大。你不如把这两个人分开来，你找你的丈夫，孩子找孩子的爸爸，不一定要在同一个人身上强求两个身份。

这不是更难吗？假设甲是我的丈夫，乙是孩子的爸爸，那乙要住在我家里吗？我可不会同意乙把小宝弄到他家里去，那这么一来，正常的三口之家，就变成四口之家啦？

衣泓也没想到会是这样的结果，嘿嘿嘿笑：看来小宝只能要一个"走读制"的爸爸。

什么"走读制"爸爸！不就是我们老家所说的干爸爸吗？

对呀，给他找一个干爸爸，是不是聊胜于无？

不行不行，你这是个馊主意，只会把事情搞得更加复杂，还是得坚持我的原则，必须既是我的也是他的，否则不予考虑。

还没聊完，星星听到了接收消息的声音，立刻紧张起来。一般来说，如果公公婆婆打不通她的语音电话，就会给她发微信。

果然是婆婆发来的，说小宝想跟妈妈说话。

电话交给了小宝，小宝的声音带着哭腔：妈妈，我想跟你睡。

星星费了很大劲才把小宝安抚好，放下电话，立刻振作起来，为了儿子，必须豁出去。

她冲进卫生间，洗脸，敷面膜，再打开衣柜，仔细搭配明天要穿的衣服，检查明天要用的化妆品。在男人眼里，颜值永远是第一位的，谁知道明天会碰上什么人，必须时刻保持最佳容颜。

她早已暗暗降低标准了，再想找个哈佛博士丈夫几乎不可能，那种人除了骨子里的骄傲，别的还有什么？除了给自己带来深深的、致命的伤害，除了给孩子形成"被父亲抛弃"的终生伤痕，哈佛博士丈夫又给她带来过什么呢？她算是彻底弄明白了，学霸都是自私的，因为他们从小在呵护和赞美声中长大，身边所见无一不是心甘情愿为他付出的人，久而久之，他得出一个结论，这个世界上的人都应该为他付出，他命中注定只能是笑纳他人付出的一方，他不可能去为任何人付出，因为他的生命比那些人的更有意义。他去美国不到一年，她就感受到了他的冷落，也洞悉了他为什么会产生这种冷落。他们开始为她的感觉而吵架，越吵越凶，每次都闹到歇斯底里的地步，她一遍遍地数落远在美国的他：我给你生儿子，替你陪伴你父母，一个人支撑起这个庞大的家。他的回应差点没把她气疯，他说：儿子又不是为我一个人生的，他只会跟你感情更深。至于替我陪伴父母，难道我父母没有帮你带孩子？更不存在你一个人支撑起这个家的事情，我跟你通话，就是在帮你支撑这个家。不管怎么说，你在那边有孩子有父母，你什么都有，我在这边就我一个人，我的痛苦和压力你根本不懂。

她自认不算那种口拙的人，但她就是吵不过他，因为他拥有奇异的逻辑，振振有词，不准反驳。她除了气得发疯，大叫大嚷，全身冒烟，没有别的办法。末了，他还会无限遗憾地来一句：你变了，你以前不是这样的，你以前没有丁点儿市井妇女脾气。她真想扑过去抽他几个大耳光，咬他，踢他，可惜她能做的只是把手机狠狠摔在床上，她都不敢痛痛快快地摔到地上，摔坏了，还得自己买，他是不可能承担这个损失的。直到有一天，他们再次大吵起来，她突然听到他那边有女人的声音，这下好了，她把战火烧到了公婆那里，她向他们投诉。公婆当着她的面，狠狠批评了他，扬言绝对不会容纳除了星星以外的任何儿媳。那段时间里，婆婆简直变成了她的闺密，指导她如何吵架，如何打击那个女人，公公更加勤勉地烧饭，老两口把她当公主一样地宠着。就在她以为她已完全赢得他的后方时，他回来了，目的只有一个，他要离婚，非离不可，否则他宁肯不活了。一听说他不想活了，公婆马上不再帮她了，他们显然更希望他活着，他们一边骂他，一边安慰她，发誓要把她当作他们的女儿。局势已经明了，她全盘皆输，无论怎样都赢不回来了。婆婆说得好：你就当他死了。他天生就是个没良心的，人家小朋友吃东西，很乐意跟父母分享，他就不，怎么要都要不来，果真是三岁看老。与其跟这个没良心的耗下去，你不如及早抽身，为自己打算。婆婆让她去找个有良心的好人，在她料理好自己的生活以前，她负责孙子的一切。

他们离婚的第二个月，他结婚了，女方就是那个在哈佛跟他搞上的博士。不到一年，他又一次当了爸爸，他跟她终于有了一次平心静气的谈话。他知道自己对不起她，但他并不是有意的，更不是蓄意已久，他只是没想到，只是防不胜防，有些冲击远远超出他的防御能力，他完全无力抵挡。她这时已经丧失了愤怒的能力，只是无力地笑了一下：你就是个天生的王八蛋，学位帽就是王八蛋的包装纸盒。但她有个条件，她叫他不要告诉儿子真相，她会对儿子撒谎，说爸爸工作特别忙，只能周末的时候来爷爷奶奶家看他。一旦她发现他没有坚守这个谎言，她会冲进他的新家里，把他的家杀得个人仰马翻。他答应了。

很快，她也搬了出去，总不能三天两头往外跑，然后告诉公婆，我今天又去相亲了。她做不到，她相信公婆也接受不了。

现在，新的难题又出现了，他也想把双哈佛博士生的孩子交给父母，这当然不行，绝对不能让小宝知道他的爸爸已经成了别人的爸爸。虽然她大吵一架之后，他暂时中止了这个计划，但她相信，这事很快又会逼近，因为他的新妻子那边没人可以帮他们带小孩。

她没有选择周末去健身房，因为周末属于孩子，她的所有外事活动均避开周末。

前台人员带她去找她指定的吴教练。

吴教练正在给学员上课。他穿一身黑色点缀荧光绿的运动套装，虽然只是教练，模样却比学员更加投入，加上不停地发出各种指令，声音在八十多平的健身大厅内发出轰轰烈烈的回响。她渐渐有了点血液在升温的感觉。

他安顿好学员，过来接待她。

隔着一米远，她感到一股热力源源不断地朝她传送过来。

衣泓的朋友是吧？衣泓好久没来了，这样吧，你今天先不用她的卡，我们给她节约一次，我先送给你二十分钟的体验课，让你感受一下，看你能不能接受这个强度。

他让她先等一等，前一个学员的课还没上完。她正好想要观摩一下拳击课到底是怎么回事。

那个学员也是个女生，身体瘦瘦的，随着教练的指令，每次出拳，嘴里蟒蛇一样发出呲呲的声音。

女学员下课了。吴教练说：今天不错哦，腰背的力量上来了。

女学员经过她身边的时候，扫了她一眼，边走边扒下头上的绑发带，去了更衣室。

他朝她走过来，像个刚刚下场的运动员。

现在是我们俩的时间啦！

他笑起来的时候，牙齿闪闪发亮，眼里闪着噼里啪啦的电波。怎么会有如此活力四射的人哪！她定了定神，提醒自己不要想多了，不要流露自己的感情饥渴症状，她知道她饥渴着。

他拎起她的胳膊，打量她的身形，用手指头检验她的肌肉，充满信心地说：给我半年时间，我可以把你打造成霸王花。

不要霸王花，我只想减减肥，增加点活力。

别误会了霸王花，霸王花并不意味着孔武有力，它指的是气场。气场十足的人，终归都是不可小觑之人，生活中也不会被人踩。

那行，把我练成霸王花吧。

他先帮助她做热身运动，五分钟下来，她已气喘吁吁。他不想让她停，马上扔给她一根弹力绳，让她做一些拉伸，她没想到自己的筋骨如此僵硬，龇牙咧嘴怎么拉都拉不开。

他站到她身后，两手分别卡在她的肩胛处，说：你的问题不是出在身体上，你这么年轻，身体不可能有问题，你压力大吗？别不好意思承认，我见过很多像你这样的美女，表面上光鲜亮丽，内心一片焦土。如果你把情绪出口给它关闭了，它会主动找到另一个出口，比如你的筋骨僵硬症，就是它的另一个出口。你这种僵硬度，是五十岁以上才能达到的水平。

星星警觉地问：衣泓跟你说过我吗？

没有，她没跟我说过她的任何朋友，你进来之前，我对你一无所知，我是凭着自己的手感，对你做出的初步测评。

她笑了一下，略带讽刺地问：你的意思是，拳击课可以帮我缓解内心焦虑？

当然不能，但是运动能刺激多巴胺的分泌，多巴胺能让你产生积极情绪，放松心情，放松神经，还能提高大脑的反应能力。当你拥有了这些能力，你的压力理所当然也就变轻了，因为你内心的驱动力运作起来了，没有什么可以形成你的压力了。

　　如果我的压力是担心环境变坏，世界失去和平呢？多巴胺也能帮我消解这种压力？

　　这个嘛，不需要多巴胺，我都可以帮你解决。我会对你说，很遗憾，上帝没有选中你去执行那个任务，他另有任务分配给你，那就是活得健康一点，为人类贡献你的美，为家人奉献你的力所能及。

　　她有点被打动了：听说你并不是专职教练。

　　不是，我另有工作，健身房教练只是我的兼职。

　　做你同事挺倒霉的，我刚进来的时候，一眼看到你，别人就都不存在了。星星也不知道今天是怎么了，说话如此大胆，这在以前是没有过的。

　　我知道。他一点都不谦虚。

　　别的女学员也对你说过同样的话吗？她想起刚刚离开的那个女学员，她还记得那个女学员的眼神，她说不清，总觉得那不是一个陌生人该有的眼神。

　　从来没人对我说过这样的话，你是第一个。

　　她们都比我有城府，不像我，心里有什么，嘴上就说什么。

　　我喜欢你这样的。

　　哈哈哈，帅哥人真好，刚刚赞美过你，马上回报我一个。

　　不是，是我们一见面就互相喜欢上了。

星星使劲忍住笑，好久没这么开心了。与此同时，她想起了小宝，要是能把小宝带过来，让他看看健身房里的妈妈，他肯定也开心的。

想到这里，她问他：小朋友可以进健身房吗？

我有个学员就是小学生，他太瘦了，他妈妈想让他长得壮一点。他可喜欢来了，每次上完课，还要到器械上玩一玩，性格都变了，原来文文静静像个女孩子，他妈妈说他现在活泼多了，在学校里也特别自信。

星星停下来：小朋友的健身卡比成人便宜，对吗？

不会，小朋友的运动方案跟成年人是不一样的，对小朋友，我们会更用心，毕竟还要考虑到儿童自身的成长规律。

如果是我带来的小朋友呢？

你的亲戚吗？是你带他来吗？

是我儿子，当然是我带他来。

天哪！我以为你还没有结婚。这样吧，我给你一个最划算的建议，你给小朋友办张卡，你和孩子爸爸同时免费享用我们的健身房，相当于一张卡三个人用，也就是花一张卡的钱办了三张卡，你觉得怎样？

打个折吧，因为只有我一个人来享用你们的健身房。

他爸爸不爱运动吗？

反正他不会来。

教练深深地看了她一眼，说：这样吧，我给你九折，但你千万不要说出去。

试练结束的时候，他问她：你儿子有什么特别的喜好？他玩游戏吗？喜欢巧克力吗？

你说的这些，对小朋友来说，都是被禁止的东西。

他做了个尴尬的鬼脸。最后，当他知道孩子才五岁时，刚才讨论的一切都作废了。

天哪太小了，这里不适合他，过两三年再来吧。

好吧，我本来是想，给他一些适当的运动，让他可以快乐起来，强壮起来。

虽然我不赞成给他办卡，但我会给他设计一些适合他的运动方案，最好是户外运动，呼吸呼吸新鲜空气，晒晒太阳，适合他这个年龄段的运动很多，放风筝、跳绳、轮滑、滑板。

唉，可惜我从小就是个体育渣渣，你说的这些，我就只会跳绳，我也带他跳过，但他总是跳几下就没兴趣了。

也许你应该叫上几个小朋友一起，人多了就容易进入状态。

好吧，但是，这可不容易。算了，我们今天不讨论这些。

临走前，他问她要不要办卡。她说：过段时间吧，等我儿子能办卡的时候，我给他办张卡，我就作为附属持卡人陪他来玩玩。

这样啊，也好，那我留下你电话吧，到时候提醒你。

三天后，吴敏昊打电话给她。

我要向你推荐一个特别适合你儿子的项目。

原来，吴敏昊刚刚组建了一个星期天"阳光宝宝"班，目前已经有三个学龄前男女宝贝报名了。他是他们的教练叔叔，他将带着孩子在公园里开展室外游乐活动，共有十二项适合这个年龄段孩子的运动。陪送的家长可以在一旁为孩子加油打气，也可把孩子交给他，自己去附近找个地方喝咖啡，时间到了过来接孩子。

她立刻嚷嚷着报了名。一直以来，她觉得她和小宝缺少的就是这个。虽然她一个人也可以带着小宝去公园，去树林，但到了那些地方一看，每个小朋友身边都蜂拥着一大群人，爷爷奶奶，爸爸妈妈，大狗小狗，笑语喧哗，吃喝不断。他们母子两个就像初登舞台的人一样，首先自己就怯了场，只想躲着那些声音，避开那些人流，而那些人，他们一看到这无声的母子俩，也会不由自主地投来一瞥，就像他们是一对怪人一样。小宝照例会问她：爸爸为什么不来？她照例回答：爸爸开会去了。上一次，小宝这样问她，她说的是，爸爸出差去了。

到了那天，她准备好一只大背包，里面装着孩子的替换衣服，各种吃的喝的洗的，带着小宝赶到公园。吴教练早已候在那里，他身边摆着一大堆红的绿的蓝的东西，两个大人大声招呼的时候，小宝早已自作主张朝那堆鲜艳的东西冲了过去，原来全是小型运动器械，呼啦圈、皮球、气球、风筝、纸飞机、跳绳，还有一些东西她看不出门道。小宝不知怎么摸了把大刀在手里，吴教练走向小宝：想玩刀吗？

叔叔教你好不好？

小宝乖乖地把刀递给他，急切地看着他。

看好啦！看叔叔怎么玩的啊。

吴教练起了个范儿，唰唰唰，虽然只有四五个动作，星星却看得呆了，没想到人运动起来是如此好看，那线条，那节奏，那速度，包括最后收回时的亮相，韵律感扑面而来。她发现人无论站姿还是坐姿，都不如运动起来好看。

紧接着，她再次被惊呆了，她看到胆怯软弱的小宝，阳光下一步一步向教练靠近，一只小手搭上了教练的大手，另一只小手跟过来，扳起了教练的手指。他想要从教练手上拿回那把大刀。

告诉我，你想不想学，想学，这把刀就给你。

小宝点点头。教练站到小宝身后，弯下腰来，握着小宝拿刀的小手，一个动作一个动作地教起来。

另外几个小朋友陆陆续续到了，他们的反应都跟小宝差不多，一来就跑向那堆鲜艳的器材，再也不肯朝大人回头看一眼。

陪同其他小朋友过来的，也都是妈妈，大家很快就聊了起来。原来她们都是吴教练的熟人，都知道吴教练是某中学的体育老师，周末出没在健身房里，现在又新办了个"阳光宝宝"班。她们都觉得这个班太好了，解决了她们的一大难题，因为她们都不擅长运动，现在有了个专业人士带着孩子们，又是在户外，又是有小伙伴，一举多得。

正聊得热烈，小宝一脸要哭地跑过来，因为其他小伙伴抢走了他心爱的大刀。

小宝，你可以跟小朋友换着玩呀，你不能总玩一种东西，你可以试试玩点别的，等你玩够了别的东西，再回来玩你的大刀，好吗？

玩不了了，他们都要玩大刀，我要不回来了。

我记得你还喜欢滑板，对吗？你可以让吴叔叔教你玩滑板，等你学会了滑板，将来可以踩着滑板去上学，那才酷呢。

我不要，我今天只想玩大刀。

吴教练也过来了。小宝，快过来，我们要去放风筝了，我把这里最好的风筝留给你了，你看，一条超大的蜈蚣，飞上天绝对第一名。

小宝不动，但心里已经有点向往了。

快点，再不过来蜈蚣要被别的小朋友抢走了。

小宝一听就哭了起来：他们会把我的蜈蚣抢走的，他们什么都抢。

星星扶着他的小肩膀说：你也去抢啊，你不抢，你就什么都得不到。

吴教练过来牵小宝的手。

不用抢不用抢，小宝来吧，我刚刚已经宣布好纪律了，所有东西大家轮流玩，每个人玩五分钟，时间一到，就要让给别人。你看，他们现在再也不抢别人正在玩的东西了。

小宝抹了一把眼泪，跟着教练走了。

很快，孩子们那边就传来愉快的笑闹声。刚刚还在抹眼泪的小宝，正在教练的指导下，有模有样地耍大刀。真想不到平时安静羞涩的小宝，会喜欢玩大刀。星星一直盯着他，眼睛都舍不得眨。教练接过了大刀，向小宝演示一个动作。小宝双眼死死地跟着教练的手和脚，比小时候吃奶还专心。教练停下来，把刀还给小宝，小宝毫不犹豫地开始了他可爱的模仿。

一旁的妈妈们说：将来吴教练要是结了婚有了小孩，大概是不需要像我们这样出来报班的。

我儿子刚才跟我说，哇！妈妈，我们的教练好帅啊！连小孩子都喜欢长得好看的人。你们说，像吴教练这样的英俊和帅气，到底是运动塑造而成的，还是天生的？

各一半吧，运动跟不运动，区别很大的，长年运动的人，阳气十足，鬼见了都躲着走。

关键我们这个吴教练看起来情商还挺高啊，看他多会挣钱，健身房的私教只能一对一，我们这可是一拖四，效率多高啊。

也是他赶上了好时候，我们读书的时候，体育老师是最落魄的，又不能像其他的老师那样去办辅导班，在学校也不受重视，看看他现在！我敢说，他这个"阳光宝宝"班马上就要火起来了，说不定比他那个健身房私教还赚钱。

那也是他应得的，体育老师那么多，并不是每个人都像他这样利用业余时间出来挣钱。他就属于有脑子又有行动力的那种人，将来谁嫁给这种人，可有福享了。

远处，孩子们一起大叫起来，他们的风筝飞起来了，妈妈们也停止聊天，一起冲了过去。有教练就是不一样，从没成功放飞过风筝的小宝，此时他的蜈蚣风筝飞得最高。小宝仰着头，不停地跑着，两眼只顾盯着风筝，全不管脚下。教练弯着腰，全程紧紧跟随，伸出双手松松地护着他。星星知道这种姿势有多累人，不禁有点感动。

四只风筝，小宝的风筝得了第一名。小宝不要命地朝她跑过来。

我第一名！第一名！声音都喊哑了。

星星蹲下去，张开两臂，小宝湿热的小身体像一发炮弹狠狠砸进她的怀里。开心吧？她使劲揉着他头发湿答答的后脑勺。

开心！今天最开心！小宝响亮地回答。

吴教练过来了。他专程过来叮嘱她，赶紧给小宝换衣服，运动停止后，湿衣服在身上超过五分钟，就会诱发感冒。

这是体育科学吗？

是我的教训。我小时候特别好动，因此经常感冒。

星星拿出早就备好的毛巾，为小宝擦汗。小宝突然转身，抱住星星亲了一口：妈妈，我还要玩。

好呀，我们休息一下，吃点东西，接着玩。

我不要吃东西，我要跟教练叔叔玩。

教练叔叔下课了，要回家了，我们也该回家了，我们下个星期再来好吗？

我不要，我要玩一天。

那会把我的小宝累坏的，累坏了会生病的。

我不累我不累，我还要玩，我要跟教练叔叔玩。

星星看看正在走向自己行李的吴教练，突然动起一个念头，对小宝说：你自己去跟教练说好吗？如果教练叔叔同意，你就接着玩，如果教练叔叔说下课了，要回家了，我们也回家，好吗？

小宝低着头犹豫了一会儿，迈着细碎的步子朝教练走过去。

吴教练正在起劲地收拾他带来的那一大堆东西，根本没注意小宝就站在他斜后方。

星星兴奋地注视着这边，她根本不在乎教练会不会陪小宝玩，她只看到她的小宝此时此刻正在创下人生第一个纪录，第一次主动靠近一个家人以外的人，去跟他说话，去向他请求一件事情。她不在乎这件事情的结果，他能走出这一步，她已经感到了一种难以形容的幸福。

教练终于注意到小宝了，他停下来，蹲在小宝面前，说着什么。

她以为教练会回过头来看她，征询她的意见，或者请她过去帮忙解决这个小麻烦，但他根本就没有回头的意思。不仅如此，他还转了个方向，背对着星星这边了。

她不知道他们在说什么，也看不到他们两个人的表情，教练是背影，正好又挡住了小宝。

过了两三分钟，教练站起来，跟小宝并排往某个方向走。

星星不紧不慢地跟在他们后面。

他们去了公园里的儿童游乐场，小宝站在双杠架下，跳了一下，身体不够高，没抓住。教练把小宝举起来，让小宝双手抓住其中一根，他在说什么她听不清，就看见小宝荡起身子，猛的一下将双脚架在了两手之间，教练轻轻搭了一把手，小宝的身体就轻轻松松在自己的两条胳膊间转了一个圈，稳稳地跳了下来。小宝似乎愣了一下，不相信自己完成了这么高难度的动作似的，接着，他再次伸出两只手，向教练投去求助的眼神。

教练这次没有帮他，只在一旁发号施令。

她看到小宝的双腿先是荡到另一根杠上，待放稳了，再往怀里收，两腿穿过自己的双手，不等她看清楚，这个刚刚团起来的小球，已经变成了稳稳站在地上的小宝。

小宝突然获得了一项新技能，乐此不疲。玩了七八次以后，教练让他两手分别撑在两条杠上，尝试前后摆荡，再借势翻一个跟头，落到地上。小宝很快又掌握了这一玩法，兴奋得停不下来。

星星不得不走过去，一定要在教练嫌烦之前把小宝弄走，不是每个成年人都喜欢孩子的，尤其是别人的孩子。

感谢教练，小宝今天玩得好开心，他很少像今天这样开心。

他跟我玩得挺好。教练对她说：他运动能力很强的，你应该让他多玩玩，运动对大脑的发育很有好处，比关在家里背唐诗好。

小宝对教练还是有点依依不舍，如果不是教练坚定而果断地跟他告别，小宝估计还会缠着教练。

回家路上，小宝突然说：妈妈，我今天真幸福！

嗯。星星摸着小宝温热的后脑勺，差点就要掉泪了。

教练真厉害！只要他在我身边，我什么动作都能完成。

真的吗？我怎么觉得是小宝厉害呢？

不是的，他一走开，我就不行了，他不在我什么都做不好。

把小宝送回公婆家后，她把婆婆叫到一边。

妈，小宝爸爸周一到周五回来过吗？

基本上一周会回来一次，他工作很忙，家里现在也很多事，你知道的。

基本上是吧？就是说他并不是每周都会回来至少一次？

唉……我也不好特别要求他，你知道我嘴笨，我根本说不过他。

可我们当时讲好的，小宝放在你们这里，就是为了让他在爸爸身边多待一些时间，让孩子尽量多享受一点父爱，看来他没有守信，真是可怜了我的小宝，早知道我就把他带在身边，也不至于弄得像个无父无母的孤儿。

你不能这么说话，你带在身边，你要上班你怎么照顾他？请个保姆未必比我们对小宝还好，小宝跟着我们至少吃得好喝得好，照顾得也好，多少小孩三天两头跑医院，你看他去过几次医院？不管你们两口子怎么样，小宝总是我们的亲孙子，我们不疼他谁疼他？

不是说你们不疼他，而是说他缺少运动，缺少户外活动。

谁说的？我们每天都带他去外面散步，一直走到他走不动为止。

散步不是运动。他需要真正的运动，最好是有他爸爸在一起的运动。

你可以直接跟他讲呀，让他得带小宝去运动。婆婆说着说着有点不高兴了，我不懂运动，我也没有时间运动。别看家里就这么两三个人，我忙还忙不过来呢，打扫、做饭、洗衣，经常是这顿的碗还没洗，下一顿的菜又要洗起来了。

妈，我知道您很辛苦，所以我才想说，请让他多回来陪陪小宝，也给您减轻一点负担。只能您跟他说，我不敢跟他联系呀，万一被他老婆知道，要闹矛盾的，既然他这么忙，我何必添乱呢？

婆婆长长地叹出一口气，脸都灰了：不听话的东西！你也看到了，我骂了他多少次，哪一次不是骂得狗血淋头，根本不管用！好好的家庭，搞得这么复杂。我再说句不怕得罪你的话，我现在还不敢骂他了，给那个听到了，我也不好做人，说到底，他们才是主人，我只是个旁观者，没我说话的地方。

我理解，我只是想提醒妈，您方便的时候悄悄跟他说一说，小宝也是他的儿子，他这辈子都是小宝的爸爸，跑不掉的，所以还是要认认真真做好自己的本分。

放心，我会找机会说的。小宝其实很亲他爸，每次他爸爸来了，他就追着问他，爸爸你工作很忙吗？你在忙些什么呀？那你很辛苦吧，那你要我帮你吗？

我现在就是迫切希望他能多带小宝出去玩玩，并且是在不带那个小孩的情况下，小宝很敏感的。您就跟他说是我说的，他是过错方，孩子这样都是他害的，他应该弥补孩子，最起码要把该给的父爱尽量给他，不要因为他的原因，让孩子心里带上终生的伤痕。他没资格这样伤害孩子。

婆婆开始流泪：从小就不是个好弄的孩子，脾气大，要求高，没想到把他养大了，还要帮他操这种心，我无能为力了，快要跟不上了。有时我想，我宁肯早点死了算了，省得我在一旁看着揪心。

流泪代表她的语言终于触及了婆婆的内心，只有看到眼泪，她才觉得谈话基本达到了效果，否则就不叫谈话，而叫寒暄。只有谈到这个程度，婆婆才会把她的意思传达到儿子那里去。她不想当面去跟小宝爸爸吵，虽然她很想吵，她内心的愤恨从来没有消失过，但她害怕自己会失控，她想她这一辈子都将无法平静地面对他的那张脸，她一见到那张脸，血压就会呼地上升，脑袋里就会发出噼里啪啦着火的声音。点燃自己对她没好处，吵架导致皱纹横生，眼眸无光，口角歪斜，还导致表情凶狠，脚步滞重，总之，吵一架，她满抽屉的化妆品都白抹了，细致的裸妆也白费了。不仅如此，她甚至会把怒气传染出去。小宝小小年纪就学会了观察她的脸色，他曾经好几次问过她：妈妈，你心情还好吗？

眼泪是个巅峰，巅峰处不可久留，否则事情容易走向反面。她站起来，照例很正式地给公公婆婆深深鞠了一躬：爸、妈，小宝就拜托了，等他长大了，我会告诉他，你小时候是爷爷奶奶一手一脚带大的。

不知是不是这句话带来的效果，婆婆叫住她，从厨房里端出一盒生饺子，让她带回去煮了吃。

出了小区门，她陡地放慢速度，就像卖力完成一项重要工作，非得停下来喘息一会儿不可。

她一直都在很用心地维护这一处重要的联络点，除了这里，这么大个城市，她没有可以助她一臂之力的人，何况她名正言顺，在这里的是小宝的爷爷奶奶和爸爸，她再委屈、心里再不舒服，都要忽略不计，她一定要给小宝稳住这个大后方，这是多少钱都买不来的。从这个大家庭里搬出去了才知道，有个温暖的窝是多么好，即便在窝里吵架，也是热腾腾的，而一个人在外面，呼出去吸进来，每一口都是冷冰冰的。

刚一到家，她就接到个电话，是"阳光宝宝"群里的一个妈妈。

小宝妈妈，有件事想征求你的意见，你觉得今天的"阳光宝宝"班怎么样？是的，孩子很喜欢，但是，两个小时五百块，四个孩子就是两千块，他这个钱也太好赚了。我们的意思是，如果他能降到四百块，那么我们就报这个班，你觉得怎样？那好，那我们就统一口径啦。

没过多久，刚才那个妈妈又打电话来，语带怒气地宣布：哦哟那个教练居然不同意，说他的方案是相当专业的，值那个价。

放下电话，星星却很平静，不知为什么，她是站在吴教练一方的，价格是专业的吊牌，更是人的尊严，你嫌贵，你可以不选择他。虽然她也嫌贵，但她觉得吴教练做得对，宁肯不赚这个钱，也不要自降身价。

转眼就是星期五了，她正要问吴教练明天的"阳光宝宝"班是否依旧，吴教练打电话来了。他问她，如果这个班只剩下小宝一个人，她还愿不愿继续。

她能想象那个妈妈跟他有过一番怎样的交流，她突然有点同情吴教练，当然，她做出如下决定并不完全是因为同情，而是真正出于自己的考虑，小宝喜欢"阳光宝宝"班，喜欢吴教练，喜欢在太阳底下跟着一个善于启发他调动他的教练活动，才那么小，就知道什么是令自己愉悦和幸福的事情，实在是难得。所以她果断地说：吴教练，我家小宝喜欢你，认定了你，那还有什么好说的呢？是他的事情，当然要听他的。我不管别人要不要参加，我们是要参加的。

小宝妈，你真是个好妈妈！吴教练的声音听起来有点奇怪，星星突然意识到，自己的决定可能让他有点为难，如果这个班只有小宝一个人，对他而言，就不是一个划算的项目，难道，他不是来征求她的意见的，而是来宣布取消这个班的？

这样吧，回头我好好想想我们怎么安排这个时间，毕竟一个人是一个人的教法，四个人是四个人的教法。总之，你放心好了，既然你们信任我，我一定会为小宝量身定制一个最适合他的方案。

她斗胆提出学费的问题，他说你放心，我不会提高课时费的，课时费就是课时费，不跟学员人数挂钩。

她正感动不已，吴教练又打来电话。

你看这样好吗？我们把小宝的课时拆分成三次，每次一小时，以足球训练为主，偶尔也加进一点别的运动，这样等于把他的课时从两小时延长到了三小时,然后这三次我们分别放在周一、周三、周五的傍晚,也就是我下班以后。小宝有了足球这个基础,将来在学校里肯定非常受欢迎,对提升他的个人自信相当有用。这一点你完全可以相信我。

吴教练,小宝的幼儿园离你这里有点远哎,再说我也不可能为了接他而提前下班。

你听我说完,我知道他在哪里上幼儿园,他幼儿园附近有个足球公园,你们可以把小宝接出来,送到足球公园门口。我四点十分放学,赶过去大概四点半的样子,那么我们的训练时间大概是在四点半到五点半之间。如果路上有堵车,时间就顺延。总之,要扎扎实实地保证他一个小时的运动量。等我们训练完了,你们再把小宝接回家。

完全没想到会有这样一个结果,星星激动得语无伦次,支吾之间,竟连声说道:太好了太好了!我们小宝怎么会有这么好的运气,怎么会遇上这么好的教练。

她想跟他见个面,请他吃个饭什么的,但吴教练说他时间不多了,他得马上赶到健身房那边去了。

吴教练,你把生活安排得好充实。

我的确不喜欢无所事事地待着。

他告诉她,可以提前为小宝准备一些运动必需品,调整日常饮食,为接下来的训练做准备。

让他拥有一项擅长的运动,会让他受益终身。他将来会感激你的。

如果真有那一天，我们母子首先要感谢你。

小宝的训练开始了。爷爷对吴教练特别满意，问她：你在哪里找的教练？这一个小时太扎实了，从头至尾，就没见他们停过，运动量好大！小宝的饭量也跟着变大了，觉也睡得香了，不到九点就主动上床。奶奶说：过两年，等小的大些了，我们让吴教练教两个。

这话星星不爱听，绝对不能让小宝知道爸爸已经不独属于他，宁肯小宝有个"忙得回不了家"的爸爸，也不要一个分给别人一半的爸爸。不过，话说回来，等她前夫的小儿子长到能踢足球，小宝已经大了，早就离开吴教练了。这么一想，星星又对婆婆笑了：还不知道他的儿子喜不喜欢足球呢。

就算他不喜欢，大人也可以引导他喜欢。

小宝可没有人引导，他就是喜欢户外运动，也喜欢这个教练。

你说小宝没人引导我也是不相信的，小宝怎么可能认得吴教练呢？大人不带他去，难道他会自己找过去，拜人家为师？

星星这才明白婆婆的心思，笑了一下：妈你知道妈妈群吗？妈妈群里什么样的课程都有，什么样的老师都有，就像个大杂货店。我们这个"阳光宝宝"班，本来是四个孩子，后来他们因为时间不合适，都退出了，就小宝留了下来。

话说回来，星星你也该考虑考虑自己的终身大事，我是真的拿你当女儿，你这件大事不解决好，我死了都不能闭眼睛。

很难了妈,那么多未婚女孩都嫁不出去,更不用说我这个既不年轻又不漂亮还带着个孩子的人了。

姻缘天定,跟那些没关系,很多人都四五十岁了,才遇到自己的正缘。不过我也要提醒你,有些人来到上海,啥都没有,见到你这种有工作有房子人也不错的,就想打你的主意。这种人要警惕。

星星立刻明白婆婆指的是什么,心里冷笑一声:这点您放心,我那个老破小房子,那份勉强饿不死人的工作,不会有人打我主意的。我倒想去傍大款呢,可惜人家瞧不上我,早些年,不被小宝爸爸拿去耽误几年,说不定还行,现在不行了哈哈哈。

婆婆脸上就灰灰的,半晌才说:我也不知道我怎么生了这么个儿子,你知道我当时是怎么劝他的,他不听啊,事情坏就坏在不应该让他出去留学,都说夫妻不好分开太长时间。

还是看人的,留学的人那么多,出轨的没有几个。我也想通了,人品方面的问题,越早暴露越好,可惜还是迟了,要是更早一点,我是绝对不会跟他结婚的。

婆婆脸上更灰了。

妈你也不要自责,他是他,你是你,我为有你这样的婆婆而自豪,真的,我朋友同事当中,没一个婆婆有你这么好。

她不知道自己何时轻而易举地掌握了这一套,一方面,把心里的怨恨通过这种零敲碎打的方式时不时地发泄出来,另一方面,又保持一个讨好甚至亲昵的姿态,以求从婆婆这里得到些好处,比如帮她带儿子。婆婆如果不是太老实，就是过分精明，有时竟真的以母亲自居，就像星星真的从儿媳变成了她的女儿似的。

但婆婆到底还是说出了心里话：这个吴教练，他是不是想打你的主意？

妈，人家还是个未婚小伙子呢，我一个离过婚的中年妇女，还带个拖油瓶，人家怎么会看上我？

小宝算什么拖油瓶啊，小宝基因好，聪明，不是谁都能当我们小宝继父的，有福气的人才遇得上我们小宝。

有了这次对话，星星就不大去训练场了，她不想听婆婆那些旁敲侧击，除非是周五，周五是她接小宝的日子。

这个周五，她带了一些食物，来到训练场边。训练结束后，她把大汗淋漓的小宝擦干，换了衣服，三个人席地而坐，吃了起来。

小宝突然抬起头来，对星星说：妈妈你知道我有个弟弟吗？

什么弟弟？星星心中一炸，但强作镇定：是上次我们见过的张阿姨家的弟弟吗？

不是，是我的弟弟，爸爸的儿子。奶奶说，他是我弟弟，我是他哥哥。

他到奶奶家来了？谁带他来的？

不知道，我从幼儿园放学回家，看到家里有个小朋友，他才只有四颗牙，总在流口水。后来，我睡着了，早上醒来，弟弟不见了。

星星很生气，又不便于当着两个无辜的人发泄出来，但又实在忍不住，便找了个机会，跑到小树林边，给婆婆打了个电话。

早就讲好的，怎么可以出尔反尔不守信用呢？他伤害了我还不够，还想接着伤害我儿子吗？妈你怎么能允许他这么做呢？他的儿子是你的孙子，我的小宝就不是你孙子了？

星星连来龙去脉都不想交代，直接冲婆婆开了火。

下次要是被我看到，我不会再忍了，毁了我的人生还不算，还想继续伤害我的儿子！

婆婆这才慢悠悠地说：我没有办法阻止他呀，他是我儿子，我老了不能动了还得指望他来把我送到医院去，我死了还得由他把我送到火葬场去，他既然来看我，带着自己的孩子来看爷爷奶奶，我能堵着门不让他进吗？我觉得小宝也到了可以理解这种事的年龄了，你不妨慢慢跟他讲，他总要面对这个现状的，与其大一些再来受打击，不如一开始就让他知道，慢慢习惯。

别人可以，小宝不行，他本来就比别人敏感，我不想让他知道自己是不受欢迎的，被冷落的，我不想他长大了自卑。

星星啊，是不是你想得太多了，你这样想，对你、对小宝一点好处都没有。

那是因为没人设身处地替我着想，替小宝着想，你们的温馨和幸福是建立在我和小宝的眼泪之上的，你们不顾一切地伤害我们……

星星你听我说，谁都不是故意走到这一步的，说实话，事到如今，我不可能为了你们，跟他们一家断绝来往。

但我跟他有约在先呀，忍一忍，别在自己幼小的、可怜的、被他抛弃的儿子面前秀幸福，就那么难吗？不秀出来他们一家三口会死吗？行了，我也不想说得太难听，这样吧，妈，最后麻烦你一件事，请你现在就动手，把小宝的东西一样一样收拾好，我一个小时内过来取。既然嫌我们碍事，那我们就走，我们不戳你们眼睛。

你这是何苦呢？小宝跟我们过得蛮好。

你已经有了真正的亲孙子，小宝不算什么！

这是你的想法，对我来说，小宝是我的第一个孙子，是我的大孙子。

算了，妈，小的才是最新鲜最珍贵的，你还是去陪小的，小的多好，可可爱爱，父母双全。行了妈，麻烦你赶紧把小宝的东西帮我收拾一下，我一会儿来拿。

婆婆还在努力说着劝慰的话，星星听到公公突然在那头嚷了起来。

要走让她走，不要强留。人家都是父母自己带孩子，帮她带了还说这么多，你的脾气呢？老人也是人，也有人的脾气！

她立刻觉得，是时候彻底离开这个家了，曾经作为一家人的情谊，拖拖拉拉耗到现在，终于消耗光了。

甚至都没必要再去一趟婆婆家，小宝的那点衣服玩具，丢了也不可惜，她可以重新去买。这个年龄的孩子本来就长得快，为什么要在意那点注定丢弃的东西呢？为什么要拖拖拉拉不肯放手必须放手的东西呢？

她把自己妥妥地说服了，才回到野餐席上。吴教练深深地看了她一眼，她怀疑他可能听到了一点刚才的对话。

吴教练说：时间过得很快，小宝很快就长大了，到那时，你会为自己没有缺失今天的陪伴而感到欣慰。

她几乎可以确信，他听完了她刚才跟奶奶的对话。可是，大话说得爽，小宝怎么办？把小宝接到她现在住的地方，他的幼儿园、足球公园怎么办？周末的两天里能搞定小宝转学的事吗？能重新规划小宝的户外训练，还有她在上班而小宝已经从幼儿园放学的那一段时间吗？

她不得不告诉吴教练，因为某个突发事件，小宝今天不能回爷爷奶奶家了，他得跟她在一起，回她的家，这意味着小宝的活动范围要大转移，他将不能在这一带上幼儿园，也不能再在这里训练了。

是刚才接了个电话带来的变故？吴教练问她。

是的。她老老实实回答，她无心去想任何托词，反正教练只是无心之问，也不会追问太多。

他问了她的住址，略一思忖，说：要不我来帮你打听打听看吧，给我两天时间，有结果了我告诉你。其实主要就是小宝幼儿园转园的事，至于训练场地，很好解决，我基本上熟悉所有的运动场地，这一块你完全不用考虑，交给我来搞定。

声音不大，语气却十分肯定。星星听得浑身一软，她从来没有过这种体会，以前跟星星爸爸在一起，凡事都是她拿主意，她设计一切，规划一切，从谈恋爱到结婚，大到婚礼现场和宾客人数，小到在哪里过周末吃什么喝什么玩什么，样样都是如此。他总是说：你决定呗！我都听你的！那时她还喜滋滋的，以为在未来的家庭里，会是女王一般的角色，他信任她，依赖她，这样的感情是最最牢固的，谁能想到，结婚不到两年，孩子生下来才五个多月，他就理直气壮地跟同学好了，还说：人家是物理高才生，我跟她在一起有聊不完的东西，跟你在一起，我就像个弱智，什么都说不出来，什么都不想说。她提到孩子，问他将来怎么面对孩子，他却说：孩子长大以后肯定会理解我的。那段时间，她连把他杀了的心都有，他背叛了她，还振振有词，红口白牙，厚颜无耻。

过程当中如果有什么开销请一定告诉我，要不要我先给你一点活动资金。

暂时不需要。他盯着小宝，语调冷静，既没有讨好她的意思，也没有类似施恩的优越感。

事情解决得出乎意料地顺利，小宝转到了家附近的幼儿园，这帮她避免了很多额外支出，她也不必找保姆，因为吴教练放学后会去幼儿园直接把小宝接到附近的市民广场，遗憾的是，市民广场没有足球训练场，他准备让小宝暂时改学网球，问星星同不同意。

她哪有不同意的，她原本的意思只是让小宝多一些户外运动时间，根本不计较运动是什么内容。只是这么一来，小宝的课程就变成一周五次，每次一小时了。星星主动跟教练提出，要不要我再找一个小朋友给你？一个学生有点浪费你时间了。

没想到吴教练拒绝了。

这个时间段，又是户外，我怕人多了我顾不过来，万一出点什么事我可负不起责任。

教练说得句句在理，她惭愧万分，感谢的话已经说不出口，这样的恩德，根本不是感谢两个字承载得起的。她总算想到了一点得体的回报，每天下班后，冲过去接小宝时，她都会拎两杯咖啡过去，吴教练一杯，她一杯。中间有一次，她因为有急事，晚到了一会儿，没来得及带咖啡，小宝一看就变了脸：你为什么没买咖啡？此后一直不高兴地嘟着嘴，路过一个自动贩卖机时，小宝停下来，没好气地说：你给教练买点矿泉水或者雪碧也可以呀。她愣了一下，哈哈大笑起来：你就这么护着你的教练呀！

教练笑眯眯地接过她买的矿泉水，摸了摸小宝的头。

我跟小宝，前世一定有了不起的缘分，我们一见面就莫名其妙地互有好感，对不对？

小宝重重地点头。

跟教练分手后，小宝就像一个有了漏洞的气球，情绪以肉眼可见的速度消沉下去。

小宝，喜欢你的新幼儿园吗？

我喜欢上吴教练的课。

也不能只上吴教练的课呀，幼儿园对你来说才是最重要的。

妈妈，能不能让吴教练住到我们家来？

啊？不能哦，只有一家人才可以住在一起。

反正爸爸已经跟你离婚了，我们家缺一个爸爸，让吴教练来当我爸爸不正好吗？

谁告诉你我们离婚了？

我早就知道了，我们班的壮壮他爸妈也离婚了，离婚就是爸爸妈妈不住在一起，也不说话。

她让小宝停下来，蹲在小宝面前严肃地说：以后不可以再说让吴教练来当爸爸这种话了，这会让吴教练难堪的，知道吗？

为什么？他不愿意当我爸爸吗？

因为这是个很复杂的问题，是需要大人去解决的问题，你一个小朋友是没有决定权的。

但是，叫爸爸的人是我啊，为什么我没有决定权？

总之，你听我的，这话你只能跟我一个人说，外面跟谁也不许说，听到没有？

星期六上午，星星正在准备午饭，小宝在画画，小宝爸爸敲开了房门，手上拎着一只红蓝相间的大蛇皮袋。

不是说那些东西都不要了吗？赶紧拿回去吧。星星厌恶地扭过头去。

好好的东西为什么不要？不管怎样还是节约点过吧。

爸爸喊小宝，小宝画笔画得唰唰响，既不喊爸爸，也不朝爸爸看。

小宝，为什么不理爸爸？让我看看你在画什么。

小宝一听，左手立刻捂住画纸，右手继续在指缝间画着。

小宝，想爸爸吗？

小宝不吱声。

小宝，跟爸爸回爷爷奶奶家吧，奶奶今天过生日，我们准备了一个超大的蛋糕，我们一起去给奶奶唱生日歌吧。

爸爸在小宝身边纠缠了很久，小宝始终不吭声，也不看他。爸爸来到厨房，对星星说：妈今天过生日，我专门过来接你们的，一起去吃顿饭。

你的新妻子和新儿子也在？

话不要说得那么难听嘛。

是你做得难看。你是在向我们炫耀你如今有多么幸福吗？是想反衬我和小宝有多灰头土脸有多可怜吗？对不起，我们不准备配合你的表演。

我就知道会这样。最后问你一句：去不去？

不去。

一直以来，我妈妈对你不薄吧？你就这样回报她的？

她只是在替你赎罪。

还没完没了！那我把小宝带走。转身喊小宝，小宝却不见了，小桌边只有打开来的画笔。

房间里都找了，到处都不见小宝。星星说：你还不明白吗？他不想跟你走，躲起来了。

爸爸走后，小宝轻悄悄从卫生间的储物柜里爬出来。星星扫了他一眼：小宝你过来，妈妈有话问你。

小宝乖乖地来到厨房，站在她旁边。

爸爸叫你，跟你说话，你不回应，这是不礼貌的，无论怎样，不能不讲礼貌。

哦。小宝乖乖地应了一声。

你还没告诉我呢，刚才为什么要躲起来？星星把小宝扒拉到自己后边，怕油星溅到他身上。

我只是想试试，没有这个爸爸行不行。小宝小声嘟囔。

星星啪地关了火，蹲下来，拉着儿子两只手：傻瓜！爸爸就是爸爸，你可以不跟他生活在一起，但他永远都是你的爸爸。

我更喜欢跟吴教练在一起，我跟他在一起最开心。

吴教练对你好，所以你喜欢他，但他对你好，是因为妈妈出钱买了他的课程。爸爸对你的好，是天然的、无条件的，是你与生俱来的，是你人生中的巨大财富，这样的人，除了妈妈，就只有爸爸了。

那你可以一直出钱买吴教练的课吗？

星星慢慢站起来：如果你喜欢，我当然可以考虑。

她真正想说的是，你以为买吴教练的课像买一盒蜡笔那么简单吗？是凭着多年来的面部表情修炼，再加上对小宝的无止境疼爱，才促使她没有在吴教练报出的课程费前吓得大惊失色。

柒零捌

早上五点半,衣泓就被丛老师发来的信息吵醒了,这比平时早了半个小时。

你快下来,昨天约好的那个人,刚刚给我发消息,她想提前。

衣泓的生物钟还没到点,眼皮睁不开,听到这话陡地清醒过来,换上昨晚就配好的衣服(也是按照丛老师的微信命令做的),径直冲到卫生间,匆匆洗了把脸就往下跑。

丛老师正在啃一个小圆面包,她也打开冰箱抓了一个在手里,这是昨天回家路上,她们看到一家面包店买一送一,顺便买回来的。丛老师把面包咬在嘴里,两把就把车倒了出来。衣泓摇下车窗,清晨的空气扑面而来,忍不住惊呼了一声。

你得学会开车!丛老师边吃边说:我一个六十多岁的老太婆,一边啃着面包一边开车,载着一个两手空空的年轻人满世界跑,你觉得像话吗?

好，等这个片子一做完，我就去学。

根本不用专门去学，我当年都是坐在人家驾驶员旁边偷学的，考驾照对我来说就是个形式，一考即过。你在我旁边坐了这么久，一点都没找到感觉？

衣泓更加不好意思了：是稍微学了点，我还以为偷学你开车是不礼貌的，还故意不让你发现呢。

我不反对任何形式的学习，我年轻的时候还偷过书店里的书呢，有些图书馆里借出来的书，我就扛着不去还，结果人家也没拿我怎么样。

那好，我会尽快学会，尽快去考驾照。

在城市里，尤其干我们这一行，车是很重要的工具，不要什么好车，能跑起来就行。

知道了，我会计划起来。

我如果是你们这种年轻人，我就不要买房，我先买车，车代表你的速度，你的节奏，有车和没车的人，思维是两样的。

这天她们去拍一个外地来的女人，衣泓看过一小段她的视频，其貌不扬，乡音浓重，一头仿佛出自五元店的短发，但就是她，却在来到上海的第六年，就买下了一幢前滩的别墅。丛老师联系她的时候，衣泓听见她在电话里一个劲地笑：丛老师啊，又涨了！我刚才看了下，值三千多万了，我买的时候才八百多万。

那个口音，衣泓听不出它属于哪里，但每个字都洋溢着欢乐和骄傲。丛老师一边说着祝贺的话，一边朝衣泓撇嘴：这个女人，看上去其貌不扬，绝对精刮刮。

丛老师，精刮刮也是一种天赋对吗？

绝对是，教是教不会的。

我在想，如果真有这门课，它该叫个什么名字呢？

如果叫精刮刮的人来取这堂课的名字，她可能会叫它"热爱生活"。这种人是不会留下什么把柄让人去琢磨的。

说话间，她们到了目的地，一个小个子女人笑眯眯地走了过来，她就是那个叫乐小琴的女人，她们今天将在这个女人家里拍摄。

女人上了车，指挥丛老师直接开进了她家的车库。

也许是房龄比较短的缘故，这里比丛老师那个别墅显得更高级，总共是五层，地上三层，地下两层。车库在地下二层，进入电梯，女人先带领她们自下而上参观她的房子，地下一层是她家的健身房，里面有一台跑步机、一张台球桌，以及一个飞镖盘，如果这也算健身设施的话。

地上一层是起居室，客厅较大，枝形吊灯，大沙发，大电视，不知为什么，总觉得一切都没什么生气，卫生状况也不太好的样子。其他房间看上去也都缺乏料理。

乐小琴解释，她实在太忙了，老公更是很少在家，此刻正在外地出差。楼上主要是女儿的房间，女儿还在上大学，房间主要用来过周末。女儿的房间什么都是红粉粉的颜色，连墙上的镜框都是粉红色，可见这对夫妇对女儿的宠爱。第三层她决定不带她们看了，因为第三层很少有人进去，她把它做了贮藏室。

见丛老师盯着窗外的花园，乐小琴就问：要不要去看看我的菜园？丛老师满口答应。其实衣泓一进客厅就看见了窗外的那个大花园，顺便隔着玻璃把它拍了下来。这是她见过的最有特色的花园，除了边上有几盆不知是玫瑰还是月季的寻常花草，其他全是一垄一垄的蔬菜。甘蓝、韭菜、大葱小葱、鸡毛菜，还有各种叫不出名字的菜，整个花园弄得挤挤挨挨，无处下脚。因为头天刚下过雨，园子里还有点湿，三个人的鞋很快就踩满了泥巴。

衣泓一只脚陷进了泥巴里，拔出来的时候鞋却没有带出来，因为扛着摄像机，衣泓来不及找鞋，就光着一只脚跟在她们后面拍。

丛老师问：种这么多菜，吃得完吗？

当然吃不完，我都拿来送人了，每次出门办事，我的车里都要放好多菜，分成一份一份的，起码有十几户人家，他们就指望吃我种的小菜，说我的菜比外面买的好吃太多了，每次还顺便送出几只蜗牛。也不知道哪里来的那么多蜗牛。

说到正题，乐小琴说她正打算把这房子卖出去。

从八百多万到三千万，我做了这么多年人力中介，都没赚到这么多钱，有钱赚为什么不赚？我老公不同意，他是个保守派，觉得好不容易安定下来，应该牢牢守着这个窝。我跟他的想法不一样，我觉得就应该继续滚雪球，既然八百多万能变成三千万，翻了将近五倍，为什么不想想如何把这三千万再翻五倍呢？他一听吓死了，千万别，万一一脚踩虚了，前功尽弃就完了。那我就想，不就是倒腾个房子吗？实实在在的东西，实实在在的买卖，怎么会踩虚呢？怎么会前功尽弃呢？除非我是傻子。

三千万乘以五，那就是一点五个亿呀。

所以我老公吓坏了嘛，他认真工作了一辈子，现在每月工资一万不到。

说说你要把他吓坏的方案。

我打算把这个房卖了，再去市区买套别墅，我已经看好了，中心城区，一九二三年的房子，环境优雅得不得了，国家保护建筑，两百多平，独立车库，一个月光租金就是二十五万。我一看到那个房子，我就走不动路了，那才叫房子，那才叫体面，跟它比起来，我现在这个房子一点气质都没有。但我老公死活不同意，因为要四千多万，把这房子卖了还要贷款近千万，他说他年纪大了，不想再折腾了，他甚至想把这个房子卖了，去买两套公寓，一套给女儿，一套给我们，从此躺平，啥也不干。我跟他想法不一样，除非我不能动了，我才会躺平。能吃能睡的，干吗要躺平呢？活蹦乱跳的人平躺着不难受吗？我是这样想的，反正现在女儿住校，我们可以把新买的房子租出去，再去租个小房子住，以租养贷，很好的循环，他就是不愿意，说什么情况都可能发生，万一租不出去，还不上房贷会惹上官司。我就无语了，我说你躺在床上，天花板还可能掉下来呢。

他的想法也有一点点道理，有些人喜欢在高压下生活，有些人不喜欢。

没人喜欢在高压下生活，被逼到这一步没办法呀。我原先也跟他一样，也是有工作有编制的，天天坐在办公室里，舒舒服服。后来因为要过来跟他团聚，又没法调动，只能一走了之，到了这里什么都没有，没工作没户口没朋友，一穷二白，还要养女儿，能不想办法吗？第六年吧，在人力资源这一块，我就慢慢上道了，然后我就认识到，市场其实很肥很大，你只要一脚站上去，死死抓住不放手，总是会喝到一口汤的。只有旁观者才觉得好难好难，好怕好怕，那么好，永远当你的旁观者。

丛老师点头：这大概就是所谓置之死地而后生吧，你是重生了，但你老公无法获得重生的机会，恕我直言，你们之间不会出问题吧？

乐小琴哈哈大笑：绝对不会，你可能不了解我们外地来上海的人，我们都非常珍惜在家乡土生土长的朋友，因为在这里交个朋友太难太难了，普通朋友尚且如此，夫妻就更不用说了。说难听一点，他是我的退路，有他这个退路在，我才敢横冲直撞。出于安全的考虑，我们也不敢出问题。

最后怎么样？你们在房子的问题上达成一致意见了吗？

后来我们决定，等女儿周末回来，让她来决定。乐小琴掩着嘴巴狡黠地一笑：女儿跟我是一条心的，所以我基本上赢了。

我觉得你老公的考虑也有一定道理，发展的同时也要享受生活，不要过分压榨自己。

我认为，如果压榨之下能出成绩，那么压榨其实也是享受，成绩越大，享受越彻底。没有压力，哪来成绩呢？没有成绩，哪里谈得上享受生活呢？那些四平八稳上班的人，永远别想有这种享受，我庆幸当年被迫放弃一切，赤手空拳来到这里。

老公呢？他没有自己的追求吗？

他有！他的追求就是维稳，他负责研究国家政策，用足国家政策，大人的政策，孩子的政策，我就负责挣钱，当然他有时也参与我的事情，孩子什么都不管，只负责读书。我不指望我老公在工作上有多大成就，他年纪不轻了，学历也不太高，没什么发展空间，再说，越往上走风险越大，做个小老百姓虽然好事轮不到你，反过来说，坏事也轮不到你，安安稳稳过一生，多好！我老公这场人生，实在太舒服了。

乐小琴跷起一条腿，甩甩脚上的泥巴，示意客人们到屋里去。

她的动作提醒了丛老师，丛老师也提起一只脚，很有节奏地踢腾起来，还笑着说：好久没用这个动作了，这还是我当年插队的时候学会的动作。

当她换了一条腿，踢另一只脚上的泥的时候，一个不注意，人就倒了下去。

啊！丛老师皱着脸大叫，乐小琴赶紧去拉她，刚一碰到胳膊，丛老师叫得更加瘆人。看上去似乎是左手腕出了问题。

衣泓打了120，报地址的时候，衣泓把电话凑到乐小琴嘴边，她看到乐小琴嘴唇发白，微微抽搐。看不出来，能说会道的乐小琴还有这种时刻。

乐小琴把丛老师架回屋里。等车的时候，才发现衣泓一直光着一只脚。丛老师忍痛笑起来，乐小琴赶紧去帮她处理脏鞋。

本来是想让你们就在屋里聊一聊的，我连茶水都准备好了，有绿茶、红茶，还有咖啡，要是听我的先喝了茶再出去，就没这回事了，有些事情真的是有专门的时辰的。乐小琴把鞋递给衣泓，顿时又恢复了刚才的铁嘴模样。

手腕是比较容易出问题，尤其丛老师这个年纪。

丛老师比你大不了几岁。衣泓忍不住呛了她一句，她觉得乐小琴无非是想推卸责任。

120车来了，丛老师和衣泓坐救护车，乐小琴开丛老师的车，一起往医院赶。

到了医院，乐小琴为丛老师跑了一会儿腿，中间接了个电话，就说有事，先走了。不过她答应等丛老师离开医院的时候，她过来帮忙开车。

一切处理完毕，已是下午五点多钟，衣泓想要打电话给乐小琴，让她过来开车载她们回家，被丛老师制止了。

我不要她送我回去，我发现我的预感是对的，见到她的第一眼，我就不喜欢她，那双眼睛太精明了。我在不喜欢的人面前就是容易摔跟头。这事交给你，不管你用什么办法，给我找个会开车的人来，把我们送回去。

衣泓迅速检视了一遍自己的朋友，发现会开车的人只有吴敏昊一个，但她已经很长时间没跟吴敏昊联系过了，不过现在也顾不得那么多了。

她打通吴敏昊电话，说了这边的情况，吴敏昊没有丁点儿犹豫，痛快地答应下来。

刚刚挂掉，吴敏昊又追着打了过来。

我现在跟星星和她的儿子在一起，她们听说了丛老师的情况，也想到医院来看看，可以吗？

你们怎么会在一起？衣泓脱口而出。

我现在是小宝的户外健身教练。详情见面再说。

半个小时后，吴敏昊和星星母子一起出现在丛老师面前，吴敏昊还给丛老师和衣泓带了咖啡。

丛老师很开心：终于遇见绅士了！

星星表示要跟着一道去看看衣泓的新家。丛老师多少听说过一些星星的事情，半开玩笑地说：去吧去吧，说不定还能把你拍进我的片子。

衣泓吓得赶紧给黎晓打电话，问她何枫今天在不在。黎晓说：他临时打电话说他的公司要加班，过来不了了。

谢天谢地！衣泓松了一口气，她生怕星星跟何枫在丛老师家见面会难堪。

一路上，大家有说有笑，只有丛老师一直沉默不语，但也不像在生气。汽车驶上高架后，周围陡地安静下来，丛老师突然问：小吴，你每天早上几点到岗？

吴敏昊说：我是全校到得最早的，一般七点十分就到了，其他老师可能七点半以后才会到。

有点早呢，每天都这样吗？是学校要求的还是你自己的习惯？

学校也没有硬性要求，因为有课间操，周一还有升旗仪式，所以作为体育老师我通常都会到得早一点，做些准备工作。

很好。你有家吗？我的意思是，你家务多吗？

哈哈家务不多的，我还没有结婚。

这样啊，那太好了！我有个请求，在我胳膊痊愈之前，你能不能住到我家来？我们每天早上一起出发，你去学校，我和衣泓去拍片，虽然对我们来说有点早，但我们可以笃笃悠悠去吃个早点，再开始工作。到了下午，你下课了，我们收工了，我们约在一起回家。你觉得怎样？

这个嘛，好像也可以，只是你们这么早就跟我一起过去，会不会太辛苦了？一般都是九点才上班的。

没关系，我们的拍摄对象都是一对一单独预约的，说不定有些人喜欢早一点开始，总之，我们的时间比较灵活，就是要辛苦你了，每天都要早起。

我没事，能给丛老师当司机是我的荣幸。

正好我们有多余的房间，可以分给你一间。

也就是说，我又多了一个家了。吴敏昊笑起来。

被子什么的都不用准备，我们应该还有多余的，你就带点自己的私人物品就可以。

到家了，吴敏昊第一个跳下车，拉开车门，服侍丛老师下车。从丛老师的声音可以听出来，她对衣泓找来的吴敏昊相当满意。

黎晓正在厨房里大张旗鼓地备晚饭，衣泓放好设备，立刻一头扎进厨房，她想她多做一点，她的孕妇同学就能少做一点。没过多久，星星也带着小宝进来了，三个女人一起动手，晚饭因此变得高效又有趣。

衣泓两次来到客厅，她有事请教丛老师，见丛老师正兴致勃勃地跟吴敏昊聊着，就没敢过去打扰他们。吴敏昊连说带比画，好几次，丛老师笑得前仰后合，这种情形太少见了，吴敏昊到底说了什么这么好笑？

衣泓回到厨房，见小宝正起劲地玩着那个刨菜板，就问他：小宝，吴教练教你些什么呀？把你学会的东西教教我行不行啊？

我教不了你，你这里没有滑板。小宝认真地说。

衣泓看向星星，星星说：还不是拜你所赐，上次你让我用你的卡去找吴教练，结果我自己没开始运动，倒给小宝安排上了。

挺好的，小宝多运动，有助长高。

小宝特别喜欢这个吴教练，本来有三四个孩子的，结果后来只剩了小宝一个，吴教练变成私教了。

了不得啊小宝，小小年纪就有了私人健身教练。

星星做了个鬼脸，用嘴形告诉衣泓：好贵！

值得！衣泓点头，是运动过的原因吗？我觉得小宝比上次在迪士尼看到的高了好多，也强壮、活泼了好多。

这让星星来了兴趣：真的吗？能有这种感觉那可太好了，那这个私教费就真值了。

小宝去找黎晓，要求再给他一个可以刨丝的蔬菜，黎晓递给他一个土豆。他拿到土豆，却不走，转着眼睛问三个大人：你们在讲我吗？

衣泓抓住他的小肩膀，问他：听说你很喜欢你的教练，你喜欢他什么呢？

因为他是唯一喜欢跟我们小孩子玩的大人。

这么说对我们不公平哦，上次你妈妈，还有我，我们不是跟你一起去过迪士尼吗？那可是专为陪你而去的。

教练说，玩跟运动是不一样的，玩会把人玩傻，运动才会使人变聪明。

晚饭上桌了，黎晓煮了一锅饭，烧了两荤一素三个菜，一盆汤，再加上一大盘她下班时带回来的烤鸡腿，看起来非常丰盛。

丛老师突然笑起来：要不，星星你们也加入我们这个家怎么样？每天早晚跟着吴老师一起上下班。你会不会觉得离上班的地方太远了？

星星吓得赶紧放下饭碗：丛老师，谢您好意，我无力胜任你的工作，还是不要跑来给你添乱了，如果你有其他用得上我的地方，我一定尽力而为，随叫随到。

那就依你吧，但我总感觉我们哪天会用到你。

好的好的，我时刻等着丛老师的召唤。

晚上十点多，他们开始往城里走。小宝上车就睡着了。星星说：他小时候就这样，车子停了才会醒。

多好！多会休息！会休息的人才会工作。

你将来要是有了孩子，肯定是个特别好的爸爸。

可能吧。话说，刚才你为什么一口拒绝了丛老师啊？

第一，这里离市区太远，离我的生活太远。第二，我跟衣泓和黎晓都不一样，她们是一人吃饱全家不饿，我可是家长，家长不能跑，家长跑了，家就没了。吴敏昊嗯了一声。

星星把毯子扯过来，盖在小宝身上。小宝可喜欢你了，自从跟你上了户外体育课，他整个人阳光了不少。

我看出来了。小宝跟他爸爸是不是很少接触？我感到他很渴望跟成年男性接触的样子。

唉！一言难尽。

他真的睡着了吗？

睡着了，都在打呼了。

那好，我告诉你一个秘密，你凑近点，他说他的弟弟很可爱，说弟弟戴一个有耳朵的白帽子，像个小兔宝宝。

她狠狠地瞪着吴敏旱。

他望一眼后视镜里的她：你别这种眼神啊，小孩子只是说实话而已。

他还跟你说过什么？

后面的确还有，但你的眼神弄得我不敢说了。

说吧，这都不是什么新鲜事了，我早就知道了。

还有一句话你肯定没听到过。

别卖关子了，快点告诉我。

孩子的心真的是金子做的，我怕我说出来会伤害到他。

什么？说嘛。她再次探身往前，脑袋几乎伸到了他肩头。

他问我，可不可以做他爸爸。别生气，我没有任何别的意思，我只是转述他的原话。对不起对不起，希望没有冒犯到你。

我才应该说对不起，让你难堪了，他只是想表达他喜欢你，但他用错了词，希望你不要介意。

她缓缓跌回原位。这不是小宝第一次说这种话了，第一次见到教练的那天，他就有过类似的流露，但她一直以为那只是发现了运动的乐趣所导致的。她也知道小孩子不懂得掩饰自己，里外透明，无遮无挡，但是……

喂！你怎么是这反应啊，告诉你，我高兴得很。一个成年人，被一个天真无邪的小孩子喜欢上，这是一种巨大的荣耀，我真的很高兴他喜欢我。你可不要误会，我本来没想告诉你的，就怕你误会，你看你，果然还是误会了。实话告诉你吧，听到他这么说，我当时就想告诉你，但又怕你误会我想占你便宜。今天也不知怎么搞的，看到他在睡觉，就想说点悄悄话。

你才误会了，我根本不会误会你。

车窗外骤然大亮，他们进了市区，路况复杂起来。经过一片陈旧的社区时，星星说：其实我的房子就在这里，我住的是顶楼，没有电梯，小宝应该对它没有记忆，他只去过一次，那是夏天，他穿着短袖短裤，那么干净，没有沾染过一丝红尘，像个小天使，而我却让他突然出现在堆满杂物的污黑破旧的楼梯上。那情景一下子就让我崩溃了，我凭什么把他从宽阔的电梯间铺满大理石的现代公寓里弄出来，带进这种地方。所以，我忍痛把他送回了爷爷奶奶家。在我改善自己的条件之前，我不想把他接回来。

吴敏昊笑出声来：真是太巧了，我家也离这里不远，要不我带你去看看我的公寓，也不进去，就像这样在外面看一眼。

十几分钟后，他们来到另一个同样陈旧的小区前。

这里的房子，跟你的应该是一个级别，可能比你的房子还要便宜一点，因为地段没你的好。

我们不会拥有它太久的，只是个过渡。

是的，这远远不是我们的最终居所。真没想到，我们俩有这么多相似之处。

不同的是，我比你多走了一段弯路，不，是多走了一段多余的路，现在终于回到属于自己的道路上来了。

不会是多余的，任何经历都是财富，这不是有个小宝吗？这可是无价之宝。

也对！星星望望路边的小店，问吴敏昊：你想喝点什么吗？

不，在完成今天的任务前，我什么都不会喝的。

你今天还有什么任务？

我要收拾一下明天带到那边去的东西，我劝你也收拾一下，跟我一起搬过去，不是又可以省一笔房租？

我觉得，我跟小宝还远远不到需要救助的地步吧。

这不是救助，是合作，避免资源和劳动力的浪费。

不行不行，我可是家长，稳定第一，不要随便搬家。

好姑娘！我反正是得过去的，我已经答应了丛老师当她的司机。

衣泓

　　自从吴敏昊当上柒零捌的司机，衣泓就觉得上午是最漫长的，六点起床出发，上车就开始联络拍摄对象，一直到十二点才能暂歇，整整六个小时，神经一直紧紧地绷着，连水都想不起来喝一口。这天她们七点就开始拍摄一个妆容精致的女人，她非要在她的车上拍，因为空间有限，衣泓折腾出了一身汗。一直拍到八点四十，她要求暂停，因为她今天中午要请人吃饭，早就花高价预约好了九点的美容师。拍摄只好转移到美容室进行。衣泓看了看她那张脸，真不明白还有什么地方需要美容，她的妆已经化得很浓很精致了。

　　女人老家是温州的，老公也是温州人，名下有三间工厂，浙江一间，内蒙古一间，河北一间，他们做皮具，现在也做服装和化妆品。他们有一对双胞胎儿女，都在美国上寄宿中学。

　　才十五岁，你放心他们吗？

　　我放心得很，他们十四岁就过去了。

可能他们是两个人，多少有个照应，比一个人强多了。

他们不在一个学校，姐姐和弟弟性格不一样，所以选了不同的学校。我每个月飞过去看他们一次。

每个月？天哪！何不干脆就在那边陪他们。

他们不需要我，是我必须每个月看他们一次。再说我也有自己的事情要做，我有一间物流公司，不大，做着玩。

尽管这个人很有趣，很值得拍，她们还是决定先从她的房子下手。

刚开始我们没有资格买上海的房子，我们就买商铺，一个接一个地买，这些事情都是我一手操办的。我这人胆小，一赚钱我就卖，绝不贪心，后来证明我的操作是英明的，很多人因为产业无法脱手而砸在手里。这样过了五六年，我们拿到了买房资格，高高兴兴买了个大房子。我喜欢看到我的孩子们在房子里跑跑跳跳，房子太小了可不行，太小的房子没有风水，风水不好的房子不养人。

美发师是个扎辫子的帅哥，见有人录像，特意放下工具包，去了趟卫生间，出来时，脸上明显多了些神采，细一看，他连眼线都画上了。

她从手机里找了张照片出来，对美发师说：给姐照着做。美发师看了一阵，对她说：这需要挑几根空气刘海哦，你舍得？

有什么舍不得的？头发剪了还会长起来，我从来不在乎这些小细节，你尽管剪，只要效果好。

我就喜欢姐这种态度，有些人就不行，这里不能动，那里不能动。

有病！不就是几根头发吗？大不了我不喜欢刘海的时候，弄个卡子把它卡起来，我只要今天中午美美的。

美发师信心大增，手指更加灵活。

恰在这时，衣泓的手机振动起来，拿起一看，是爸爸。她想也没想，直接掐了。早就跟爸爸打过招呼，如果她正在工作，可能会直接挂断，事后她会回拨过去。

两三秒钟过后，振动又起。丛老师示意衣泓出去接，摄像机交给她。

衣泓只好握着手机往门外跑。

我在你公司门口，为什么人家说你不在这里工作了？你到底在搞什么啊？

爸你来上海啦？为什么事先不跟我说一声？

你是辞职了还是怎么了？

我换了一份工作，刚换，还来不及跟你说。

还在瞒我！人家说你都走了好几个月了。

爸，我现在正在工作，我们能不能待会儿再谈？

你现在在哪里？你把地址发给我，我要来看看你工作的地方。

爸，要不你先去哥哥那儿，我下了班过来看你。我现在真的不方便跟你多说。我挂了哈。

刚一进屋，电话又响了，这一次，衣泓索性把电话关了。这种事，她只在爸爸面前干得出来，妈妈那里，她是没有这份胆子的。

抬眼一看，丛老师一动不动盯着她。你爸爸的电话？不能不接爸爸的电话。丛老师放下了摄影机。

她要去接过来继续拍，丛老师拦住了：为什么这样对自己的爸爸？我不喜欢你这种处理方式，你就一点都不担心会有什么不好的后果吗？他身体怎样？如果他本身就有病，出了事谁负责？你负得起责吗？

衣泓站了一会儿，拨通了哥哥的电话，她让哥哥去接爸爸。哥哥也很意外：你换工作也不跟我说一声？

她没想到自己换个工作他们会这么在意，但还是说：新工作肯定更好我才愿意换的。你现在赶紧去把爸爸找到，接到你家里，我下了班就过去看他。我现在正在拍片子，不能离开，否则我肯定赶过去了。

拍什么片子？还是广告公司？

见面再跟你说。

十一点多温州女人去陪别人午饭，两人决定也去吃点东西，等温州女人回来了再接着拍。

两人去了兰州拉面馆。面很扎实，小脸盆似的一大碗，下单的时候，丛老师说，我们要一荤一素吧。她无所谓，点头。

面很快就端上来了，正在想这荤素怎么分配，要不要主动把荤的那份给丛老师，丛老师利索地把牛肉一片片夹到素面里，夹到一半的时候还嗯了一声：这下我们都有牛肉面吃了。

她震惊得倒抽一口凉气：没事，丛老师，牛肉全给你好了，我喜欢素的。

不行，必须有荤有素，一个人吃一份牛肉其实有点多了，这样正好，一点都不浪费。

中途，衣泓跑出去打了个电话，她想知道哥哥接到爸爸没有。她也不敢直接打爸爸的电话，就先问问哥哥。

你自己过来跟他解释！他一直在跟我吵，说我不关心你，不管你。哥哥的语气不太好。

我下了班再过去，现在走不开，你先稳住他，我又不是小孩子了，换个工作的自由也没有吗？又不是他帮我找的工作。

你嫂子也被他吼了一顿，说我们对你漠不关心。

我发誓我没跟他说过一个字，都是他自己想当然。这真是！如果是这种情形的话，我干脆不过去了，我不喜欢争吵，也不喜欢解释来解释去。

你要来！赶紧来！你不来我们会吵翻天。

如果他因我而吵，那我更不想去了，你就跟他说，就说我说的，工作是我自己的事，不用他操心。不管我干什么，我能养活自己，我从没找他要过钱，所以他也没理由对我工作的事指手画脚。

这是什么逻辑？他千里迢迢跑来看看你工作的地方、住的地方，他还错了？赶紧过来跟他说清楚。

好吧，我下了班才能走，现在还是工作时间。

几点来？过来吃晚饭。

我事情一结束就赶过去，不一定等到晚上。

拉面还没吃完，温州女人的电话就打过来了，很激动的样子。你们还拍不拍？拍就马上去我公司。

原来她的午餐社交不顺，对方放了她鸽子，只派了两个助手过来，她精心做好的发型完全没有用武之地，难怪她会生气。

她们赶到的时候，温州女人气已经消了，正在一脸思索地总结：还是怪我下手不够狠，没有到位，谁能想到他们的喉咙已经这么粗了。

衣泓正要问，丛老师使了个眼色，制止了她。

她们继续聊关于房子的事。

我不知道你们为什么还对房子感兴趣，反正我是不感兴趣了，我好多朋友也对房子不感兴趣了，现在他们对国外的房子感兴趣。你想想，如果你在夏威夷有一套房子，平时交给当地中介帮你打理，你想去度假的时候就收回来。我去过几次，但我都没住在自己的房子里，觉得好麻烦，也要替租客考虑对不对？我宁肯去酒店，但我会去我房子周围看看，有时还会偷偷窥视一下租客的生活。

财富达到一定程度会空虚吗？衣泓忍不住问了一句，这是超纲的，丛老师不让她问可能激怒别人的问题。

财富多了怎么会空虚呢？穷人才会空虚呀，穷人活在这世上没着没落的，满眼的东西，一样都不属于他，好机会一次都轮不到他，穷人才会空虚，富人是不会空虚的。打个比方，我今天有两三个小时空闲，干什么呢？去做个头发吧，去做个美容吧，去趟健身房吧，去购物吧，穷人这两三个小时干什么呢？大不了去趟免费公园，或者去网上看个不花钱的电影。但你知道吗？你做头发也好去健身房也好，都是在给你的身体充电，到了我们这个年纪，已经不需要学习来充电了，给身体充满电才是最重要的。

你穷过吗？

穷过，我们这个年纪的人谁没穷过，我小学一二年级的时候，家里经常没饭吃，长年不吃晚饭，有时傍晚进门，看见屋顶在冒炊烟，高兴坏了，跑进去一看，原来是在烧水，顿时就没了力气，连去洗澡的力气都没有了。后来慢慢可以挣钱了，突然觉得，当年我们的父母不像我们这样爱孩子，因为一个人如果爱他的孩子，至少会想方设法让他吃饱饭，哪能吃饭时间到了，就烧一锅水打发孩子洗了睡呢？我还记得那时候我喜欢做梦，每个梦都是关于吃的，大块大块的肉，满到堆尖的米饭，到现在我还在想，当年我们的父母咋就那么狠心，居然可以让孩子饿着肚子上床，自己去梦里找吃的，他们的心不疼吗？别跟我提大环境，那种环境下，也不是每户人家都不吃晚饭的，区别在于，人家的大人会想各种办法，不一定让孩子吃得多好，至少让那些小嘴巴得到满足，我家父母的办法就是干脆不点火，你知道这有什么危害吗？当你肚子空空冲进家里，看见的是冷冰冰的锅灶，那种沮丧足够让人记一辈子，它让你害怕穷，害怕饿，还让你一点都不留恋那个家。如今我的症状表现在喜欢囤货，囤各种吃的，如果有人把我反锁在家里，我在里面可以半年安然无事。也是奇了怪了，我越是喜欢囤吃的，我的孩子们就越不爱吃，完全不像我当年，看到食物，就眼睛发绿。

房子也一样。聪明的温州女人看出了拍摄者眼里的疲倦，话题一转，重新回到房子上来。

我刚到上海来的时候，看到那么多漂亮的房子，眼睛都直了，我就想，要是我也能住进那样的房子里该有多好啊！从那时开始，我没事就出去看那些房子，回到家就想我看到的那些房子，反正我脑子里一天到晚装的都是房子。我征求了好多人的意见，他们给我出了好多好主意。最终，我得到了我想要的房子。我常常拿这事教育我的孩子们，你必须多出去看，然后确定你的目标，你心里一定要有目标，没有目标，你就没有动力。从上小学开始，每年寒暑假，我都带他们兄妹出国旅行，每到一个国家，我都要带他们去看那个国家的大学，有一天，我女儿说，妈妈，我长大了要去国外上大学，我问为什么呀？她说我也说不上来，我就是喜欢那些大学的样子。

大房子有了，孩子也快要实现愿望了，接下来呢？还有目标吗？

有！怎么能没有？但我怕我说出来，你们会笑话我。我想去陪我的孩子们，为了达到这个目的，我必须创造条件，目前能想到的办法是，我去那边申请一个社区大学，一边陪读，一边自己也读书，正好也圆一下自己的大学梦。我当年读的是中专，初中毕业就去读了中专。那时候的中专是一定能找到工作的，家里也可以少负担几年，两全其美的好事，我那个家哪能不抢？

衣泓在摄像机后冲她点头，伸出大拇指。

那你老公怎么办？他不能去美国吧？

他不能去，他要照看他的厂子，只能偶尔去探亲。我知道你要问什么，很多人也这样问我，两个人不在一起要是出了问题怎么办。关于这个问题我是这样想的，如果给予他一定的政策，应该不会出太大的问题，至于小问题嘛，人无完人。再说，我已经咨询过律师，也有了各种制约他的措施。

拍完，温州女人招待她们俩下午茶。衣泓躲出去给爸爸打电话。

爸爸不像上午那么焦虑了，看来中午跟哥哥一家吃得很舒服。

晚上，我和你哥哥想来你住的地方看看。

衣泓一听，赶紧捂着话筒问丛老师，能不能让家里人去柒零捌看看。

丛老师说当然可以。

放下电话，丛老师赶紧起身跟温州女人告别。衣泓觉得奇怪，刚刚还说要在这里磨蹭到吴敏昊来接他们的，怎么突然就要走了。

来到外面，丛老师点着衣泓的脸说：你忘了一件大事，你爸爸认识黎晓吧？你爸爸要是突然看到黎晓，会怎么样？

衣泓还没听完就捂住了嘴巴，幸亏丛老师提醒，不然今天晚上要出大事。

我马上给黎晓打电话，让她晚点回家。或者干脆让她在外面住一晚。

丛老师想的却是另一回事：我们一起工作的事，你还没有跟你爸爸讲，对吗？我猜也是，你得说，不说清楚他不会放心的。这样吧，今天晚上你让他来，我来跟他解释。至于黎晓，我的意思是，不要为难她了，你没觉得她身子越来越沉重了吗？还是住在家里方便、安全，我们可以把她反锁在她房间里，不让你爸爸看到就行。

对了，吴敏昊今天也不能住我们那里，要是被你爸爸看到男男女女住在一起，他肯定不放心。

这倒是衣泓没想到的，不得不佩服丛老师心思细腻。

两人回到家，赶紧着手收拾现场，所有跟黎晓有关的东西全部收进她的房间，包括卫生间和厨房里的各种小东西，同时打电话给黎晓，让她下了班赶紧回家。黎晓听说后也是吓了一大跳，本能地提出不要回家，躲过衣泓爸爸。衣泓说：不行的，万一我爸爸兴致上来，要多待一会儿、待到很晚呢？你一个人在外面多不安全，丛老师说你现在是非常时期，一定要回家，万一有点什么事，我们多少可以帮到你。黎晓答应下班就走，绝不拖延。

七点四十分，哥哥开车载着爸爸到了，衣泓笑嘻嘻地跑出去迎接。

坏丫头，天天通电话，结果这么大的事你瞒着我！你到底还有没有别的事瞒着我？爸爸一见面就瞪着眼睛数落她。

不是怕你担心嘛。

你瞒着我我更担心，我告诉你，这回我不走了，我要留下来，监督你，照顾你。

她当然不相信爸爸真的会留下来，除非妈妈敢放下她的餐馆，一起过来。

你在这里上班？这不是生活小区吗？怎么可能是工作的地方？

这你就不懂了吧，我们的纪录片工作室就设在这里。现在都这样。这也是我没跟你说的原因，说了你也不懂。

爸爸疑惑地看向哥哥，哥哥却不接爸爸的视线，像个私家侦探一样，机敏而不动声色地四下打量。

他们进入室内，丛老师从工作台边站起，衣泓给双方介绍。

哥哥郑重其事地跟丛老师握手，爸爸也冲过去，模仿着哥哥的样子跟丛老师握手。

衣泓有点贪玩，一定给您添了不少麻烦。爸爸的样子，像家长在见孩子的班主任。

没有没有，您养了个好女儿，衣泓是个很主动很勤奋的小姑娘，也很有才气，当初她进公司，就是我一眼相中的，后来，我决定出来弄一个纪录片，需要一个助手，我就挑了她。关于工作待遇，您完全不必担心，片子做成了，绝对会卖出个好价钱，我给她设定的目标是，三年内买套属于自己的房子。

衣泓浑身一震，丛老师从来没有跟她说过这个，不管怎么说，最后一句话的确让人很是振奋。

爸爸有点被唬住了：这个，上海的房子很贵的呀，她哪能买得起。

既然她有那个才气，就一定能过上跟她的才气相匹配的生活，就不应该像普通人一样，把大好光阴都荒废在打工上面。打工永远只能满足衣食所需，打工者永远都是无名小卒，永远都在兢兢业业成就别人的事业，为自己的事业而打拼才是最有成就感、最有意义的人生。

啊！您能看中她，真是她的福气。请您一定对她严格要求，该骂骂，该罚罚，您放心，她很皮实的，经受得起。

谁说的，我很脆弱的好吧。衣泓不满爸爸太过卑微的态度，忍不住轻声插了句，也算是替丛老师解围，她觉得丛老师应该很难适应爸爸的说话风格。

爸爸立刻把目标转向她：你可不要辜负了丛老师，这才是教你谋生和做人的真正的老师。用我们老家的话来说，丛老师就是你的师父，一日为师，终身为父。其他的话我不多说，相信你都明白。

您客气了，不过，衣泓跟着我，以她的机敏，肯定能把我积累了大半辈子的经验都学到手。您是老师您应该知道，这种一对一的言传身教，比什么上课实习都有效。

是的是的，没想到她还有这份好运气好福气，碰到您这样的好老师好领导。

主要还是她自己有这个爱好和潜力，否则我也不会把她挖过来。您就放心吧，跟着我，她不会吃亏的。我们的纪录片，不仅要热播，还要得奖，这对衣泓的将来无比重要。我们的工作室，虽然偏远一点，但比较舒适，这里的工作区和生活区是分开的，楼上是她生活的地方，您完全不用担心她的生活质量。

于是又说到免费提供住宿的事，爸爸又是一通感谢。丛老师说：我只想让年轻人没有任何后顾之忧地投入工作，现在生活压力太大了，年轻人都给压得没有一点活力没有一点闯劲了。

说到房租，爸爸自然又提到衣泓的第一个房东：如果不是衣泓告诉我，我根本不敢相信上海还有人在这样生活，把自己的家活生生分一半出去。

丛老师说：是有很多老年人都喜欢这么干，到了那个年纪，自己的儿女都没空理他们，就把房子租出去，租给像衣泓这样的，每天有个生机勃勃的小姑娘进进出出，赏心悦目，还有钱赚，多划算啊。

衣泓第一次听到这种论调，爸爸也瞪大了眼睛，只有哥哥轻轻点头。

丛老师对哥哥说：其实你妹妹这代人比你们当初留下来更难，你们那时候外地来人少，各方面条件都宽松些，现在就多了去了，满大街都是外地人。

应该说，我们那时候，想来的人也不多。丛老师看起来不像退了休的人，电视台应该返聘您的，让您这样的人退休是国家的损失。

哪里！那么多年轻人在后面排着队呢，我们不能光想着自己，也该给别人留个位子，更新越快，一个单位才会越有活力。

哥哥点头称赞：丛老师境界真高！

除了想要给年轻人留个位子之外，我还有个想法，我跟衣泓交流过，我说打工就像往大海里浇水，你使出吃奶的劲，一瓢一瓢地浇，大海完全感受不到你的存在，但如果你把这水浇在一只桶里，你自己的桶，浇个两三年，你再来看。

哥哥一个劲地点头：丛老师说得太对了，我当年也是这么想的，所以才出来自己开公司，我只是没想到大海和水桶这个比喻，太形象了。

那你算是很有魄力的人了，当年敢这么干的人可不多。

可惜衣泓对我那个领域没兴趣，要不她是可以跟着我干的。不管怎么说，工作如果能与自己的爱好一致，那真是最幸福的事。

你能这么想我就放心了，我生怕你们嫌我这里不是大公司，把她给我抢走了。她现在所做的，正是她所热爱的。你们也可以上楼去看看她的房间，她绝对有自己的个人空间。

衣泓趁机将爸爸和哥哥带往二楼她的房间，丛老师在后面说：你就陪爸爸和哥哥好好说话，其他的不用管，我马上送咖啡上来。

她听懂了，丛老师的意思是，不要往黎晓的房间那边走，茶水什么的她会送过去。

一旦离开丛老师的视线，爸爸马上就变回来了。这不等于在给个人打工吗？你不会是贪图这里的舒适才跳槽的吧？我觉得还是在公司好，平台大，接触的人多，眼界也更宽广。

爸你觉得你女儿是个贪图享受的人吗？再说这里有什么可享受的？比在公司里辛苦多了，根本没有白天黑夜之分，回到家里只是上班的另一种状态。

那你图什么？

总之工作的事你就别管了，我有自己的计划。

丛老师推门进去，她用托盘送来了咖啡。

简单聊了几句，丛老师就下去了，三个人再度严肃起来。爸爸说：我很好打发，但你得帮我想一想，我回去怎么跟你妈交代，我说你跟一个退休的女人干个体，她肯定气死了，她肯定觉得那就跟她店里招个洗碗工一样。

你就跟她说，我跟一个剧组在拍电影，拍纪录片，事实上也就是这么回事，并不是在糊弄她。

你觉得怎样？爸爸转头问哥哥。

既然是兴趣所在，我觉得可以拿出两年来赌一把，反正她也才刚毕业。这事做成了，对你是个不错的起点，做不成，也是个经验的积累。至于工作，也不用把它看得太重。爸你在担心什么我知道，你是怕她损失两年工龄对吗？工龄在你们那个年代是比较重要的东西，现在真的不算什么，现在更看重你的职业经历，你做过什么，做成过什么。

衣泓觉得哥哥完全站在自己这边了,得胜一般向爸爸摊摊手。

爸爸不置可否,却想起另一个问题来:你刚才说你住这里不付房租?世上没有这么便宜的事吧,她给你多少工资?我猜肯定不多,肯定把房租从工资里扣掉了。

这才是真正的问题所在,衣泓一时语塞,父子俩目光都集中到她身上来了。

项目结束的时候,我才能拿分成。

啊?现在没有工资?一分钱都没有?

我同时还在原来的公司做客户开发工作,是不用坐班的,这一块主要靠丛老师帮忙。总之你们不用担心,爸你看我是不是都胖了?我有吃有穿有住,工作也很开心。

这个片子要做多长时间?我跟你说,时间太长了不行的哦,时间太长了你就跟同事生疏了,跟社会脱节了。

嗯,我知道的,我会注意的。

这个纪录片,你们是要卖给电视台和网站吗?据我所知,现在几乎都是这么运作的。哥哥到底比爸爸更了解行情。

是的,丛老师在这个领域工作了一辈子,人脉深厚,渠道都是畅通的,现在的任务就是赶紧做完。

不一定哦,人走茶凉。整个剧组就你们两个?

本来丛老师是打算一个人干的,后来觉得工作量有点大,就把我拉过来了,我也觉得是个不错的学习机会。

你确定她不是因为受伤了,临时拉你来帮忙的?我看她手上绑着石膏。如果是帮忙的话,性质又不同了,到时候你的名字很可能上不了制作名单,那就不能算是你的工作经历。

那是前两天拍片子的时候摔的。其实,拍这个片子的同时,我已经有了新的想法,说不定这个项目一结束就要开始拍第二部了。不过我还没有告诉丛老师我的新想法。我的意思是,不管丛老师决定怎么用我,我都想以此作为起点,探索自己的事业。

隔壁黎晓的房间里啪的一声响,似乎是杯子之类的东西掉到地上了。

隔壁还有人?丛老师的家人?

衣泓急中生智:肯定是猫,这猫就喜欢把东西往地上扒拉。爸爸让她赶紧去收拾一下,她不敢动弹,只说:钟点工明天会来收拾,我不想被玻璃碴划了手,也不想抢钟点工的饭碗。

丛老师家里有些什么人?他们不住在这里吗?

爸,这里是工作室,是干活的地方,她家人过来干什么?常住的基本上只有丛老师和我。

爸爸拿出手机。我得把你住的地方、你工作的地方拍几张照片回去,这是某人交代我的任务。

爸,工作间你就不要去拍了,丛老师还在那里工作,多不礼貌啊,等明天有空,我拍好了发给你。

爸爸听话地坐下来。

你们有没有备用方案，万一片子做好了，却卖不出去，你们打算怎么办？哥哥突然提出这个问题。

我也问过丛老师这个问题，她很生气：在你眼里我连这点能力都没有吗？后来她跟我解释，说目前我们是卖方市场，如果我们做得好，更是皇帝女儿不愁嫁。

过分自信也不对吧？

我想她是有把握的，她每次都是跟我谈，到底是卖给A还是卖给B，不管是A是B是C还是D，都是丛老师一起工作过的朋友，要不就是曾经有过愉快合作的，她经常告诉我，谁谁又在催她，还没搞完吗？总之我们的作品不愁销路，唯一的风险就是我们做出来的东西没有想象中的好。但那是不可能的，丛老师在电视台工作了一辈子，她之所以离开那里，不是她不合格了，而是她年龄到了，必须退休。其实好多艺术家都是晚年才出好作品的，可惜她被剥夺了工作的权利，所以只能建立自己的工作室。放心，你担心的那种情况是不可能出现的，丛老师以前一直在专题部工作，长项就是制作大型社会专题片，有些节目我还看过呢。如果她的东西卖不出去，那别人的更卖不出去了。

哥哥说：就怕身份有了变化，那些关系都不好使了。总之，不要盲目信任，要注意观察。

衣泓不再辩驳，她知道她说得越多，他们的反证只会越多，她不想听那些，也不喜欢听那些，她只想跟着丛老师好好干活，好好去

"开采"那些受访人。

衣泓问爸爸打算在上海待多久，爸爸突然不高兴起来：我明天就走，你们一个个忙得连面都见不上。

爸你一把年纪了怎么还是毛毛躁躁的，你以为你是来主持会议的？你一到，大家就鱼贯而入，坐在你面前，听你说话、跟你互动？做不到啦爸，我们都是为生计奔波的人，说实话，现在最羡慕的就是你，生活无忧，又有自由。

爸爸再次愠怒起来：自由有什么用？自由就是无人理睬，大中午的，你居然关机，把我像条野狗一样晾在街上，幸亏有你哥，要不是你哥我晒都晒死了。

衣泓觍着脸往爸爸身上蹭，蹭了几下，爸爸也就不生气了：你妈说得没错，你的心又野又狠。

送走爸爸和哥哥，本想直接上二楼的，突然想起应该去告诉丛老师一声，她很顺利地应付了家人的突然探班。

刚进门就吓了一跳，黎晓半躺在沙发上，哼哼唧唧地带着哭音，丛老师跪在地上慌慌张张地翻找：我记得我的医药包是放在这边抽屉里的。

原来他们听到隔壁房间那啪的一声，是黎晓的保温杯倒了，开水溅出来，把她的小腿和脚烫出一串串燎泡。

我记得我有湿润烫伤膏的，还有一些别的药品，一起放在一个黄色的帆布包里。

衣泓赶紧打开手机，在网上找烫伤救治办法。

快！第一时间用冷水冲，泡在冷水里，现在应该还来得及，你为什么不在手机里查一下呢？很多地方都可以查到。

我不能第一时间出来呀，要是被你爸爸看到就完了。

正要去给黎晓准备冷水，丛老师抱着一个黄色手包喊：找到了找到了。不能轻信那些小偏方，还是要用药。丛老师把膏子轻轻涂在烫伤处。好些了吧？我以前下厨，老是被烫，就准备了这个，刚涂上去的时候，凉津津的，很舒服。衣泓啊，下次我们进城，要多买一些常备药品，要把我们的小药箱建起来，小伤小病的，我们要能自救。

衣泓正要说话，手机响了。泓啊，我的外套落你房间里了。

你等下，你在哪里？大门口？好，你不要进来了，我给你送过来。什么？你已经进了停车场？

去二楼来不及了，快去我房间。丛老师抄起黎晓的一只胳膊，扶着她往自己房间走。黎晓走得慢，声音却急得什么似的。衣泓等一下！等一下！

一切安定下来，三个人再度坐在一起时，竟有点疲惫不堪。

黎晓，这样下去不是办法，你不可能永远躲躲藏藏，等孩子生下来之后，更不可能，你得以某种方式大大方方地亮相。

我也想过这个问题的，所以我准备近期去一趟劳改农场，我需要给自己一个身份，也给孩子一个身份。

黎晓

丛老师给了衣泓一天事假,让她陪黎晓去劳改农场看孩子爸。

火车上,黎晓几次把衣泓的手拿起来,放到她肚子上。第一次摸到胎动时,衣泓吓得惊叫起来,手心下面,真的有个东西在拱动,像套在布袋子里的小猫咪。

我很好奇你们现在怎么联系的?他在里面可以用手机吗?

当然不可以,里面连邮路都不是很通畅的,他在信里告诉我,他不想写太多信,因为有些信,干部是要审查的。到底是哪些信要审查,我也不好问。到目前为止,他就给我写过那一封信,我已经给他写过近十封了,也不指望他回,就当是夜深人静的时候,说说话解解闷吧。

对了,他见到我会不会不好意思?他真的是光头吗?像电影里的那样。

你不一定能进去,说不定你只能在门外等着我。

无所谓，反正我是来陪你的，又不是来看他的。

下了火车，两人爬上一辆汽车，到站后，又叫了一辆出租车，终于来到一个规模很大的农场。出租车在田间公路上飞奔，微风送来禾苗的清香。衣泓深深地呼吸：空气里面真的有庄稼的味道！

出租车只能停在离农场大门几百米远的地方，她们必须步行过去。

那是一条直达农场大门的道路，比公路还要宽阔、平整，光秃秃，空荡荡，明晃晃，一只蚂蚁爬在上面都会是个耀眼的黑点。衣泓感到莫名的紧张、压抑，她接过黎晓身上的背包，她带了好多东西来，除了棉质内衣裤，还有各种食物。

听说这些东西在里面可金贵了，我猜他不会自己全部吃掉，可能会拿出一些来跟别人分享，搞搞关系。

一阵奇怪的动静传来，回头一看，是一群从田间收工回来的犯人，排着方阵往这边慢跑过来，黑压压像一只巨大的可以移动的车厢，里面装满黑色的石头。很奇怪，虽然个个都是光头，一眼看去，一颗一颗仍然是黑黝黝的。他们拿着一样的农具，步伐整齐得像蒸汽火车的喘息，他们的方阵边缘整齐，如同刀切。方阵之外，有两个着制服戴头盔骑着大功率摩托车的人，他们正在向衣泓和黎晓大吼：让开！让开！

衣泓扶着黎晓，退到路边，退到路基以外，站在草丛里。衣泓本想好好看看他们的样子，但她只坚持了一秒钟，就败了下来，清一色光头男人从她面前走过，尽管他们全都目不斜视，就像路边没有她这个人一样，她还是能感觉到扑面而来的男性的压力。她有点恐惧，也有点兴奋，她没想到劳改农场的人是这样的，她还以为他们真的会像农民一样疲惫而闲散呢。

片刻，另一支不太整齐的小队伍以稍慢一点的步伐开了过来，有三个男人在跛行，两个人头上绑着绷带，其他人看不出明显伤势，但一望而知，他们的精气神远远不如刚才那个方阵。

押送者仍然骑着摩托车，马达在不耐烦地突突颤动，如雄狮压抑的咆哮。他们疲惫、痛苦，却没有一个人停下，也没有一个移动一下眼珠，朝她们两个瞥一眼。

全都走远了，两人重新回到路上，面面相觑。

刚才那些人里面，不会有他吧？有的话，他应该已经看到你了。

黎晓脸色苍白，嘴唇发抖。衣泓一把搂住她：不会有他的，他不会在那些人里面的，你说过他很聪明，聪明人在这里不会混得很差，聪明人在这里根本不会去干重活。

那些眼泪，就像是被衣泓碰落下来的，扑簌簌往下流，瞬间打湿了衣襟。

我没想到是这样的，我以为他们在阳光下劳动，在大自然里自由呼吸，我没想到是这样的，他一定受不了，他对自己很苛刻，我跟你讲过吗？即使在夏天，他也只穿黑色长袖T恤。

他会变的，人总是会努力适应环境的。如果你真的不想让他过得太艰难,可以经常来看他,这样他的心情可能会变得好一点。

还在大门之外五十米的地方,就有穿制服的人走出来,严肃地问她们来此地的目的。那个人说:你运气很好,今天是探视时间,但已经只剩一个小时了。当即让黎晓填表,填到关系,黎晓停顿了一下,写上未婚妻。

那人看了看黎晓的肚子,表情变了:严格来说,未婚妻不算家属,未婚也不能怀孕。

衣泓上去求情:老总,我们从很远的地方来,你看她的样子,也不太方便,他们没有结婚,纯粹是因为他出了意外,而且她也很想配合你们改造他,所以她没有去打掉小孩,也没有跟他分手,执意等他出来。衣泓灵机一动,从随处可见的标语上借用了一个词。

那个人端起保温杯喝水,目光从眼角里溜出来,上上下下打量黎晓。

老总,她真的吃了很多很多苦,她真的是个很善良很可爱的姑娘。

黎晓一听,眼泪立即飙了出来,赶紧低下头去。

那人放下保温杯,说:那你改下,不要写未婚妻,哪怕写表妹都可以。

总算填好了表,衣泓接过笔,也要填,那人嗖地抽走表格。一次只能一个人。

但是,她身体不好,我要照顾她的。

她身体哪里不好啦？身体不好跑出来干吗？那人进去之前，用食指指着黎晓说：别走远，等我通知。说完就进去了。

黎晓安抚一下气呼呼的衣泓：我一个人进去吧，你就在这儿等我。

天很蓝，风很轻，田里像铺了一层厚厚的绿毯，随风翻动。尽管如此，空气中仍然有一股浓浓的杀气腾腾的味道。这味道令她们不敢交谈，也不敢乱动。

十几分钟后，铁门哐的一声响，那个人出来了，指着黎晓说：你，进来。

黎晓刚一进去，门就关上了。衣泓听到自己的心脏发出轰隆轰隆的巨响。为了转移注意力，她抬眼打量紧闭的大门，门上方有八个大大的黑体字，仿佛从铁门顶端自然长出："坦白从宽，抗拒从严。"每个字足有一张桌面大小，她盯着它们看，越看越觉得冷气飕飕。

她觉得自己隐隐约约听到了什么声音，有点像摔打，有点像吵嚷，但也许是太过安静产生的幻觉。

很快，黎晓出现在门口，满脸通红，鼻涕眼泪糊了一脸。她冲过去，扶着黎晓，想找个地方坐下来，黎晓不让，靠着她的身体要往外走。

你这个样子怎么走？休息一下再走。

走！走！黎晓只能抽抽噎噎说这一个字。

她们顺着来时那条光溜溜的田间甬道往外走。黎晓抽泣的声音越来越大，快要拐上公路的时候，终于哇的一声大哭起来：他不要孩子！他骂我！他骂我不是人！骂我落井下石！骂我用孩子羞辱他！骂我找不到男人，连他这种人都要讹！

衣泓松开扶着黎晓的胳膊，她想冲进去找那家伙算账，但那是不现实的，重重铁门，被八个大字压着，门口还有黑塔似的看守。最终，她只是朝着大门的方向狠狠啐了一口。

他变了！他不是原来的他了！黎晓的抽泣已变成号啕，张大的嘴里牵起了缕缕口涎，鼻涕在嘴巴周围鼓着泡。因为怀孕，眼睛本来就浮肿着，这时更是鼓得像两颗烂桃。肚子那么大，坐下来时不得不尽可能地叉开腿，胸部也是大得一塌糊涂，脖子都被挤压得鼓胀起来。看她把自己糟蹋成什么样子了啊！她在心里喊，同时第一次意识到，她们可能犯下了一个大错误。

黎晓，你起来！别在这里哭了，回去，马上去医院，就是用挖的，也要把孩子挖出来，既然他这么不受欢迎，你还生他干什么？这种混蛋的基因，不值得遗传。走！我们直接从火车站去医院，到了医院我打电话让吴敏昊去医院接我们。

黎晓居然被她吼停了，掏出纸巾盒，一把一把地擦脸，脸上终于慢慢显出五官来。她不再哭了，她们开始往前走，前面两里多远的地方，有个汽车站，她们要在那里踏上回程。

路上，两人一直没说话，埋头各走各的。到了车站，一个开店的老人过来提醒她们，进城的班车没有了，不如打个出租。她们听了老人的建议，上了一辆破旧的面包车。面包车刚开出去没多久，班车就从后面开过来，跟她们的面包车擦身而过，扬长而去。

衣泓咬牙切齿骂：这鬼地方，没一个好人！这地方可以毁灭了！

黎晓还是不吱声，她的眼睛仍然红肿着，目光到处试探，找不到可以停下的地方。

折腾了好久，终于上了回城的高铁，黎晓伸出手来，压在衣泓的手背上：我不能拿孩子撒气，从现在起，孩子不是他的，是我一个人的，我怎么可能杀掉自己活蹦乱跳的孩子呢？

衣泓抽出自己的手：虽然我一直都很支持你，但我真的很讨厌那个家伙，你做出这么大的牺牲，他不但不体谅，还骂你，我觉得他简直不是人。

他还有一句话我没告诉你，我进去的时候，他本来是坐着的，一看到我，突然从椅子上蹦起来，紧接着就哭了，他说你在搞什么鬼？！啊？你为什么要把自己搞成这个鬼样子？！我觉得他还是心疼我的。突然看到我肚大如箩的样子，太震惊了，才说了那些讨厌的话。也怪我，我要是不说那句话就好了，我说，你要当爸爸了！这话不仅多余，还加重了对他的刺激！他没有办法当孩子的爸爸呀，所以他一听就崩溃了，就开始骂我。

哪里多余了？你说的是实话。

设身处地想一想，我真的把他刺激到了。

那也不能骂你。他在里面享清闲，根本体会不到你在外面有多艰难。总有一天，我要当着他的面，劈头盖脸骂他一顿。

其实，我都替他想过了，我想等他出狱的那天，和孩子一起去接他，然后我们一起去大理，或者某个地方，安安心心待一段时间，直到我们变成真正的一家人，再到上海来。也许我们都去打工，也许开一个小小的只有一两张餐桌的小饭馆，也许骑上摩托车去送外卖，总之我们什么都不想，就一心一意过自己的小日子。

大理我建议你别去，听说那边消费有点高。衣泓一心想要把黎晓逗笑。

三天后的晚上，吴敏昊刚刚把大家接回家中，黎晓的手机响了。

我是。请问你是……

然后就没声音了，衣泓觉得不对劲，一回头，黎晓站在那里像一截木桩。衣泓快步走过去，手机里，对方还在讲话，而黎晓两眼发直，似乎已不在意对方在说些什么。

衣泓试着替她接过电话，里面是个女人的声音。

……我跟他爸爸一直都在信里安慰他，做他的工作，就当是遭遇了地震，遭遇了车祸，就当是被疯狗咬了，至少你现在身体是健全的。我们承诺会想尽一切办法帮他减刑，我们已经开始行动了。他答应得好好的，在里面表现也很好，还劝我们注意锻炼，保重身体，他都已经是这种状态了，怎么可能做出这种事来呢？他本来就不是个冲动型的人，一向都很理智，所以原因只有一个，就是你去刺激了他。上次见面我就跟你说过，叫你不要给他太大压力，你为什么还要大着肚子跑过去？你就这么着急地要向他炫耀你的肚子吗？怀孕有什么了不起，又不是只有你一个人才有这种本事，是个母的就会怀孕。你别不承认，你根本就不是出于好意才去看他的，你了解他，知道他的弱点在哪里。他自尊心强，好胜心强，所以你就专门趁这个时候去看他，向他展示你的所谓包容，收获你所谓道德上的优越感。你们看，我不仅不嫌弃坐牢的男友，我还主动给他生孩子。你摸着良心问自己，你怎么可能真的嫁给一个坐过牢的犯人呢？所以你才会故意大着肚子去找他，轻而易举不留痕迹地逼死他，然后再去找别的男人，毫无心理负担。你别以为消除了他这个障碍，你这辈子就能过得有多好，他不会放过你的，他会一辈子缠着你，就算他放过你了，还有我，我是不会放过你的，我们家所有人都不会放过你。鬼知道是谁的孩子，就算你生下来，我也不想看到他，我只要我的儿子，你还我的儿子，你这个杀人犯！你这个丧门星！

衣泓一边默默忍受着那边的辱骂，一边看着黎晓慢慢矮下去，就像双腿在一点一点融化似的，最后咚的一声倒在地上。

丛老师闻声赶过来，让衣泓扶正她的脑袋，用左手拇指狠掐黎晓的人中，直掐到都快出血了，黎晓才喘出一口气来。

他死了，他割破了手腕，用牙膏皮。黎晓声音微弱，浑身抖个不停，像没穿衣服置身于冰天雪地。

丛老师单手将黎晓搂进怀里。别说了，闭上眼睛，深呼吸，跟我一起，深呼吸。

他妈妈说我不应该去看他,去刺激他,应该躲在一边,悄悄生孩子,养孩子,等他出来了,再请求他过来看一眼。我应该这样,是吗丛老师?我错了吗?

她放屁!别说话了,什么都不要说,你是个好孩子,该来的都让它来,丛老师帮你顶着,你只需要闭上嘴巴。

我欠他一条命,我还给他好了,反正我也不想活了。

瞎说!你的命就这么不值钱?你还有妈妈呢,你要是死了,她老了谁管她?

提到妈妈,黎晓又掀起了新一轮痛哭。

她要是知道了我做的事,我跟她两个人都活不了了。

吴敏昊提议把黎晓送到医院去,丛老师摆手:让她安静一会儿,给她弄点喝的来。

你们的缘分就只有这么多,不怪他,也不怪你,相信我,就算他没有坐牢,就算你没有大着肚子去看他,你们终究也是要分手的。这种人,总是把自己的感受看得高于一切,完全无视别人,这种人终究是要被教训的。

黎晓的哭声更大了。

想哭就哭吧,谁在恋爱的时候没有哭过呢?我当年也哭过,我还差点做了蠢事呢,谁都是这么过来的。不过你要注意身体,现在几个月了?

衣泓替她说:七个月了。

你看，千万注意，可别早产了。我以前有个同事，她也是怀孕的时候受了点刺激，七个多月就早产了，孩子太可怜了，还没有一根筷子长，肚皮薄得能看清里面的肠子，在医院躺了一个多月温箱，才接回家中，后来那孩子一直体弱多病。

黎晓慢慢止住了哭，打起精神说：我得去收拾东西，我明天要去火葬场送他最后一程。

要去可以，但你不能一个人去，我们派人陪你去。

不不不，这是我的私事，我不想给大家添麻烦。我已经给你们添了太多麻烦了。

别说你现在不方便，就算你好好的，也不适合一个人前往那种地方，你看看刚才那个电话都在说些什么啊，就不怕万一被人动了私刑？

丛老师跟衣泓核实了一下第二天的工作进度，又问吴敏昊可不可以请假。吴敏昊说：不管能不能请假，我都应该去。

丛老师拍了拍吴敏昊：谢谢你！我们还有谁可以去？多去几个人，造点气势出来，不能让他们小瞧了咱们。不是还有何枫吗？好像有几天没看到他人了，衣泓，叫上他，大老远的也不用他赶过来，约好明天碰头的地方就行。那种地方，还是需要有男人壮势的。当着那老两口的面，你们不要叫吴敏昊也不要叫何枫，要叫吴总、何总，相信我，这样叫效果会好很多。

黎晓还在低低地说：谢谢大家，但真的、真的没有必要。

丛老师拍拍黎晓：你别说了，你的事就是柒零捌的事。提醒大家，明天最好着黑色正装，没有正装的，最好也穿得庄重一点。好了，今天到此为止，大家早点睡觉。解散！

衣泓送黎晓回房，她知道黎晓今天一时半会儿是睡不着的，想陪她聊聊，没想到黎晓一口拒绝：我好想睡，我好想一觉睡到地老天荒。

早上六点，闹钟响了，衣泓闭着眼睛坐起来，按照柒零捌的值日表，今天归她清理房间，准备早点。

蒸上馒头和鸡蛋，温好牛奶，她来到二楼的卫生间。她含着电动牙刷来敲黎晓的房门。刚一碰上，门就开了，看来黎晓已经起床。

但屋里没人，床上也不像刚刚起床的样子。

也许她心情不好，很早就起来到外面散步去了。她准备待会儿去外面找找看。

当她从二楼下来时，丛老师顶着一张隔夜的脸也出来了，她说了声丛老师早，丛老师嗯了一声，两人擦身而过。

吴敏昊照例是热气腾腾跑进来的，他有晨跑的习惯，不管在哪里都不耽误他晨跑。衣泓问他有没有在外面看见黎晓。

吴敏昊说没有。丛老师缓缓转过脸来：她不在房间吗？赶紧打她电话。

黎晓的电话无人接听。

衣泓挂掉电话，再次往黎晓房间里冲。与此同时，脑子里闪过她刚刚看过的床铺，枕头和靠垫是立起来的，要么她起得很早很早，已经把自己房间料理得清清爽爽了,要么她昨晚根本没睡。衣泓在卧室门口停了一下,直接奔向卫生间,抬手摸了一把,黎晓的洗澡毛巾是干的,也就是说,她昨晚可能没洗澡,难道她昨晚就出去了?

她跑下楼,向大家说了她的怀疑,吴敏昊说:我去看下监控。

调出监控费了点周折,但总算看到了——清晨五点,黎晓出现在小区主干道上,她背着一个双肩包,匆匆往大门口走去。

丛老师说:罢了,大家都去上班吧,看来她是真的不希望我们参与到她的事情中去,她昨天说过,这是她的私事,要自己去解决,她肯定是到劳改农场去了。没想到她这么固执。

大家一起吃饭,一起出发。走了一程,衣泓突然惊叫一声,她想起来了,何枫可能还在昨天约好的地方等他们,赶紧给他打电话。

何枫好像并不觉得意外,只说:好,我知道了。衣泓一个劲地道歉,同时也表示很担心黎晓。何枫有点敷衍:不会有事吧,我觉得不会有事。衣泓觉得他今天淡定得出奇。

何枫

  他在睡前接到衣泓的电话,让他明天早上七点在某个地方等他们,一起去某个地方,参加那个人的葬礼,也许没有葬礼,也许只是个简单的告别。

  那个人是黎晓肚子里的孩子的爸爸,他没见过那个人,现在却要为这个没有见过的人做点事。答应下来之前,他谨慎地问:你确定你也会去吗?你不用去拍片子?

  得到肯定的答复后,他高兴万分,看来明天又是个好日子。

  他从来没像喜欢衣泓那样喜欢过别的女孩子,他在别的女孩面前总是很羞涩,带点试探,生怕犯了什么错,惹恼了别人,但衣泓不一样,衣泓是那种可以抱她亲她又可以在她脑门上敲爆栗子的姑娘。他喜欢那种充满笑闹的恋爱,但他从没碰到过那种恋爱。他碰到的全是文质彬彬有条不紊穿着高跟鞋梗着脖子走路的姑娘,那样的姑娘好归好,总有一种橱窗女郎的感觉,不像衣泓那么生动,尤其是她张嘴大笑的时候，眼睛和鼻子皱成一团，连槽牙都一览无遗。她的声音也很特别，有股辣椒和茄子的味道，玉米和土豆的味道。他发现人的欲望真的是参差不齐，他喜欢上海，上海的一切他都喜欢，但当他一眼见到家乡（其实只是家乡的邻省）来的衣泓，立刻发现她才是他的喜欢之最。即使她回绝了他的表白，依然不能打击他对她的喜欢，她的口音，她的气息，她的皮肤，她吃饭的姿势，她走路的时候胳膊摆动的样子，任何一样都能引起他的默默欣赏。

他比约定的时候早了二十分钟到达那家超市门口，前面一百多米处，就是地铁站。他去超市买了好几只饭团，还买了一些零食，这些东西在路上用得着。

有人过来了，很奇怪，只有黎晓一个人，大而笨重的身躯，单肩挎一个尼龙大包。黎晓似乎没想到他会出现在这里，吓了一跳，很快，疲倦冲垮了她的惊讶，她一屁股坐在花坛边，莫名其妙抽泣起来。

哎？不是说大家一起去的吗？不是说好在这里碰头的吗？怎么只有你一个人？

我是逃出来的，我不想麻烦他们，我给他们带来太多麻烦了，没想到我现在体力这么差，才到这里，我就快要走不动了，两条腿越来越重，我开始害怕了。

怎么是走过来的？为什么不打车？

我坐公交车来的，你知道的呀，柒零捌那边很偏僻，不好打车。

还是跟他们一起去吧,多个人多份力嘛。他不停地张望黎晓过来的方向,就像衣泓会突然从那边走过来似的。

黎晓的眼泪再次奔涌而下:我不想别人看到他最后的狼狈样子,我也不想因为个人的事老是麻烦大家。

那现在,你是打算一个人去吗?

我本来是打算一个人去的,但我一看到你,突然觉得我一个人做不到了。

那马上给他们打电话呀。

我都出来很久了,他们现在应该已经走在上班的路上了。

你的意思是,现在回去?回柒零捌?

黎晓摇头,一副要哭的样子:何枫,要不,你陪我去怎么样?我出发的时候真的以为我可以,但我现在,我不知道……

咦?你不想他们看到他狼狈的样子,却不怕我看见?何枫摆出夸张的笑脸,掩饰内心的慌张。

我觉得你跟我一样,都是老实人,老实人是不会笑话老实人的。

这话我不同意,陪你去可以,但我声明,我可不是你以为的那种老实人。

对不起,我表达不准确,我的意思是,你是我觉得可以拜托的好人!黎晓望着他说,眼泪同时掉落下来,何枫更加慌张了。

你确定他们不会来了吗?

没有我给他们带路,他们是没办法去的。

那还等什么？那就……走吧。

黎晓想起身，试了两下，居然站不起来，只得向他伸出手。他一拉，居然没拉起来，差点带翻了自己。

你低估了我的分量。黎晓再次伸出手。

这一次，他运了运气，稳稳地伸出手。饶是如此，黎晓起身的时候，他还是明显地感到一股强大的压力，从手指迅速蔓延到肩背、到全身，他不得不全力以赴。

我的妈呀！你每天拖着这么重的身体来来去去，是不是很累？

谢谢你的关心，但它不是突然之间变得这么沉重的，是一点一点不知不觉累加起来的。

我说句话你不要生气，你这么爱他，他却干出这么混账的事来，说明他没有替你着想，你今天不去他们也不能把你怎么样。

她停下来，当她站定的时候，她的肚子往前凸得更远。

知道吗？你是第一个跟我说这种话的人。说完晃了一下，她一步一步重新启动步行。为什么他们都不说这句话呢？为什么就你会脱口而出呢？

不好意思，我这个人有点自私。

这跟自私没有关系。我问你，如果我是你妹妹，你同意我去吗？

怎么可能？他轻而坚定地说：不仅不会同意你去，还会把那个男的暴打一顿，打死都有可能。

如果是我自己坚持不堕胎的呢？

那就连你一起打，大人再任性，不能累及孩子。我们现在是要坐地铁去火车站吗？后面要怎么走，你都清楚吧？

路线我都知道，不过，黎晓犹豫了一下：我们先吃点东西再走吧，我饿了。

他们选了附近的一家水饺馆。他要了牛肉馅，黎晓要了虾仁馅，刚刚坐定，他又站起来，出去了一趟。不一会儿，他拿着一盒牛奶两个卤鸡蛋过来。

隔壁超市买的，你可能需要补钙吧。

黎晓点点头，拿起鸡蛋剥了起来，吃两口，再喝一口牛奶。好香！她说。

香什么！平时不也是这么吃的吗？我见过柒零捌的早餐。

今天的最香。黎晓用力吸着吸管，直到牛奶盒被吸得瘪下去，发出尖锐的响声，与此同时，两颗眼泪滚落下来。她抹掉它们，望着他笑了：谢谢你！这是我吃得最舒服的一顿早餐。

她剥开第二个鸡蛋，冷不丁放进他的碗里。

我有预感，我妈快要来了，上次在你们公司拍的那些照片，她看了并没有很欣喜，而是问了个问题，你猜她问了什么。为什么你身边没有同事？我说我是周末拍的，周末公司里没人，我在加班。她问，那谁给你拍的照片呢？我说是保安，我请保安帮我拍的。我能想象她仔细研究那些照片的样子，我总觉得她在怀疑什么。

他吃完了，放下筷子望着她，但她谈兴正浓。

我觉得我妈近年来肯定一直被噩梦缠绕，我来上海之前，有一天她突然对我说，我做了个梦，我见你跟一个穿黑衣服的人谈恋爱。我吓了一跳，你知道吗？他只穿黑衣服，他把同一款式的黑T恤买了好几件，而就在几天前，我妈在电话里告诉我，她说她做了个非常奇怪的梦，她梦见我生了个小孩，还是个儿子，浓眉大眼，就是皮肤不太白净。听她这样说，我真是吓死了，我真怀疑她会跑到上海来验证一下她的梦。

睡眠太充足才会做梦，像我，每天只睡四五个小时，从来不做梦，深度睡眠是不会有梦的。

手机响了，黎晓看了一眼，顿时变了脸色。

妈妈！哦是爸爸呀！为什么？可是我已经出发了，不行，我一定要见他最后一面，你把电话给妈妈好不好？妈妈生我的气我知道，可是，这种情况下，能不能先暂停一下指责，等办完这事再接着生我的气？爸爸你知道的，错过了这次，这辈子都没法弥补了，你跟妈妈好好说说行不行？算我求你，给我们最后一次见面的机会。

然后她突然硬在那里。对方直接把电话挂了。

不行！凭什么不让我去，我还非去不可了。黎晓猛地推开面前的大碗，汤水四溅，她看也不看，抬脚就往外走。

他追出去，接过她的大包。这一次她走得真快，他不得不加快步伐，才能跟她保持并肩。他听到了她粗重的喘息声。

你慢一点，不要这么疯狂好不好？

两个老疯子！居然不让我们见最后一面，还有没有一点人性？

你等一下，前面有个杂货店，我得去买把刀带着，剪刀也可以，以防万一他们对你动粗。

他们不敢的。我是孕妇。

如果他们不欢迎这个孩子，打到流产正是他们的目的。

他感到她在减速。

真的，他们可能担心你拿这孩子讹他们的财产，我了解他们这个年龄的人，像刚下崽的母狗护崽一样守护自己的财产，所以他们才不想在火葬场见到你，以后也不想见到你。

她走得更慢了，脸上沁出一层密密的汗珠。她轻轻呻吟起来，走向旁边的垃圾桶，她扶着垃圾桶，捂着肚子，闭着眼睛喘气。

要不要去医院？他紧张起来。

她闭着眼睛摇了摇头。让我先休息一下。

他看到一条细细的血线，像蚯蚓一样爬过黎晓的鞋，爬向地面。与此同时，黎晓大声抽泣起来。他吓得赶紧拿起电话，打给衣泓。他早就想打这个电话了，但他一直都在震惊和疑虑中，没找到机会。

他说了他和黎晓的位置，说了黎晓现在的状况。衣泓的电话里突然传来丛老师的声音。

何枫你就在原地陪着她，不要动，我们马上赶过来。

黎晓坐在自己的大包上，没有支撑，身子歪歪倒倒，急得向他招手：你的腿，借我靠一下。

电话又响了，是丛老师：现在路上有点堵，我怕万一我们来不及，你赶紧打120，我们随后就到。

120的接线员告诉他，在救护车赶过来之前，让孕妇平躺下来，不要动。他说我们在街上，要怎么躺啊？接线员说：请立即想办法躺下来，不要动。

他向黎晓转告医生的意思，黎晓这时倒镇定下来。躺就躺，你要是觉得丢脸，你就跟人说你不认识我，你是在见义勇为。黎晓说着真的侧躺下来，头靠在她的尼龙大包上。

看来我跟他是真的没缘分啊！救孩子要紧。何枫，快给我拍张照片，这种机会太难得了。

他有点为难。不管怎么拍，都躲不开这个垃圾桶，你还能动一下吗？我们换个地方，哪怕只往旁边挪十厘米。

算了，这也是缘分，这孩子的名字一定要跟这个垃圾桶有关才行。何枫你注意少拍一点腿，我腿都肿了，拍出来很难看。

傻瓜！你浑身都肿得厉害。

救护车来了，黎晓被抬进车里，她对他说：看来今天火葬场是去不成了，你回去上班吧，回去销个假，顶多算迟到。

废话！他拎着黎晓的尼龙大包上了车，车开出一段，他才抱怨道：把我想成什么人了？你这个样子去医院，却要我回去上班？我那么喜欢上班啊？我挣那点钱去死啊我？

丛老师和衣泓赶到医院的时候，大厅的钟刚好敲响八点，黎晓已经被护士按在带滑轮的床上，安置在急诊台前。何枫正要去替她办手续，丛老师一把拉住了他。

丛老师看了看他手上的单子，直接去找值班医生。很快，丛老师回来了。

听我说黎晓，你现在有两个选择，一、住院，卧床休息，但没什么治疗。二、回家，卧床休息，一旦再次发生出血，立刻送到医院，送迟了可能面临保大还是保小的问题。除此以外，你还有第三种选择，现在情况变了你知道吗？我以前支持你，是因为我很欣赏你对感情的态度，我以为你们俩一心一意目标一致，事实证明不是这样，他逃跑了，他宁肯命都不要，也不要迎接这个孩子。你觉得你还有必要一个人撑下去吗？你会遇到各种困境，物质上的，精神上的，心理上的，你的，孩子的。更重要的是，你很可能看不到困境得到缓解的那一天，如果你咬牙坚持，那就是可以预见的悲惨世界，如果你后悔，那更是你的噩梦。

谁也不吭声，大家一起沉默着。

丛老师又说：我的建议是，你可以重新考虑一下了。

衣泓轻轻地对黎晓说：丛老师的话很有道理，你考虑一下吧。

黎晓躺在床上，抬手捂住眼睛，谁也不知道她在想什么。

过了一会儿，黎晓说：我先打个电话吧。

大家纷纷背过身去，给她打电话的空间。

爸爸？不不不，你听我说，我来不了了，走到中途，我出了点事，我出血了，现在在医院里。嗯，没事的，我就是想问一下你们那边现在什么进度了，还有，爸爸，你收到他的遗物了吗？里面有我的东西吗？他有给我留下字条吗？我给他写的信还在不在？不可能啊，是不是农场的人给他销毁了？我不相信，如果他有给你留下字条，一定会有我的，你不要骗我。爸爸，你不要以为我来找你们就是想给你们找麻烦，我永远都不会给你们添麻烦。我真的不能理解你们，如果我的儿子死了，我会去拥抱他的每一个朋友，我会跟他的女朋友抱头痛哭，互相安慰，而不是跟她划清界限。时至今日，我知道他为什么要走这条路了，你们的自私和冷漠，给了他一双悲观的眼睛……

谁都听得出来，对方挂断了电话。

何枫往外走：不管怎样，我先去付掉账单。

黎晓喊住了她。

都不让我生，我偏要生，我回去保胎，如果因为我生下了这个孩子，天就塌下来了，那就让天压死我和孩子吧。

丛老师果断地说：那就回去吧，吴敏昊再跑一趟，把她送回去，我和衣泓要去工作了。何枫你也可以回公司去了。大家赶紧各归原位。

不，我不回去，反正我已经请假了，我也送她回去。他去拿黎晓那个大号尼龙袋。

吴敏昊先把丛老师和衣泓放在拍摄地，再回来载着黎晓和何枫往柒零捌赶。

黎晓对他说：其实你不用陪我，你可以去做你的事。

闭嘴！医生不是说了吗？连上厕所都要用便盆，你以为你还能自己走上二楼？你以为吴敏昊一个人能把你抱上二楼？

吴敏昊赶紧说：对对对，我真的需要有人帮忙。

你们小看我了，就算我不能走，我还不能爬着进去吗？

两个男人笑起来：别把宝宝蹭出外伤来了。

兄弟们，帮我想想主意，麦当劳我是不能再去了，虽然我还有一点积蓄，但我的原则是不把积蓄拿来吃饭，有什么事情是可以躺在床上做的？

良久，吴敏昊说：看监控。说完自己也笑了：工作什么呀，你就休息一个月呗，反正一个多月后就生了，你就当比别人多休一个多月产假得了。

不行，一定得找点事做。

看看书，追追剧，彻底放松自己。

不要。

何枫有什么想法？怎么听不到你的声音了？吴敏昊在后视镜里瞟了何枫一眼。

我正在想，编程怎么样？不如你来跟我学编程吧。

黎晓尖叫一声：我可以吗？我是零基础哎。

很多零基础的人，靠自学，也能学到开发App的程度。如果你愿意，我可以从最基础的入门开始教你。

啊！黎晓再次尖叫起来：我真的可以吗？你真的觉得我可以吗？

可以不可以，取决于你有多想学会它，只要你想，就一定能学会。

吴敏昊吹了声口哨：这个绝对要赞美一下，好人何枫，绅士何枫，真心问一句，方便的时候能不能也教教我呀，我也想学。

你肯定不如黎晓学得快，人家是要用它来吃饭的。等你学会这个，我推荐你到软件公司去应聘，肯定比麦当劳强得多。

黎晓张了张嘴，都以为她又要尖叫，结果她大声哭了起来。何枫你为什么要对我这么好？为什么？

我也不知道为什么，我之前从没这样帮助过一个人，今天真是超级震撼的一天，从早上到现在，发生了太多事，比我一辈子经历的事情还要多。

非常感谢，等方便的时候我要正式行拜师礼，将来孩子长大了，我要叫他报答你。

别说这些没用的，你用心学，早日学会就是最好的报答。我先帮你计划一下，上次教你配字幕的时候，你说过你是有一点C语言基础的是吧？那就好，我们先从Java开始，然后了解一下XML文件结构，这是一个文本文件，有不少规则需要了解，另外还得熟悉开发环境，比如Eclipse，或者Android Studio，最后安装起来就可以试着做了。

哇！听起来好复杂。我行吗？会不会太难了？

很多人都是被这些名称吓回去的，一旦你硬着头皮钻进去，你会发现，其实并没有你想象的那么难。今天回去后，我给你找点资料来。上次看到你的笔记本好像级别有点低，干脆我把我的电脑借给你用吧。我还有个懒人电脑支架，专门给躺在床上的人追剧用的，给你现在用正合适。

好的好的，我听你的，我都听你的。

吴敏昊在前面喊道：天哪！你们不要这么煽情好不好？我鸡皮疙瘩都起来了。

没有人回应他，过了一会儿，车里响起轻轻的啜泣声，黎晓捂着嘴，哭得满脸通红。

克制一下，这样对孩子不好。

我知道，我实在是太幸福、太感动了！

吴敏昊和星星

他知道自己状态不对,但不知道是哪里出了问题。

跟何枫一起抬着黎晓下车的情景直到今天还梗在心里,他从来没有体验过那种手感,肉肉的、温温的、沉甸甸地压在他手腕上。老天做证,他没有任何邪念,但他就是赶不走那种手感。

庄严的、隐秘的、宽厚的、温暖的、伤感的……他脑子里不断蹦出一些词,用来形容那只沉重的乳房搁在他手腕上的那一小会儿时光,它超越了性感,超越了美感,也超越了爱情,没错,它是一只爱情之果,但现在,无论是精神上的还是物质上的,爱情都已撤退了,它成了一个无根的果实,一个尴尬的存在。那个女人,她到底是怎么想的,那个让她怀孕的男人又在想些什么。

他问自己,如果那个男人是他,他会是什么感觉。荒谬的是,他离她那么近,他还接触过她,但他就是无法将自己代入,无法产生近距离的联想。问了无数次,他只得到一个确凿的结果,那就是更加深刻的焦虑和迷茫。

课间操结束后,他拉住另外一个体育老师,全校就他们两个体育老师,他教男生,她教女生,偶尔,他们俩会交流一下课堂表现,夸张地向对方描述那些将熟未熟的少男少女的表现,彼此都被对方逗得乐不可支。但这天他想说点学生以外的事。

跟你讨论个事吧,我一个朋友,她男朋友自杀了,可她仍然坚持生下他的孩子,你觉得她这么做对吗?

女老师对他的这个问题不屑一顾:她不是个大傻瓜,就是个迂腐的笨蛋,生下来怎么办呀?连个爸爸都没有!她很有钱吗?她家里、她婆家逼着她生了吗?还是自杀,那个男人得有多嫌恶她、嫌恶这个孩子呀。

他有点蒙:好像不是很有钱,也没人逼着她生,不,其实是反对她生。

那还用说吗?你怎么会有这么笨的朋友!

是啊,正是因为想不通,所以想问问你,她到底是怎么想的。

要么她特别特别爱那个男人,要么是个自恋狂。

有摧毁自己的自恋狂吗?

有啊,所谓自恋狂不就是用自己反常的行为收获关注吗?你看你不就对她念念不忘了吗?女老师不怀好意地挖了他两眼:我明白了,你是想让我帮你分析,为什么你就遇不到像她那样的女人,对吧?

是啊,为什么我就遇不到那样的女人呢?为什么没有人像那个女人一样，拼死拼活要跟我在一起，不计后果地要为我生孩子，为什么？我不配拥有热烈的爱情吗？

老实告诉我，你追过几个女人，怎么追的，然后我再帮你分析。

别老土了，现在哪还有什么追不追的，现在就是匹配，彼此见面，权衡一下对方的各项指标，差不多的，就有下一步，否则就直接取消。

女老师像见了鬼似的：你一直都是这么谈的？

难道不应该这样吗？

天哪！不会吧？感觉你更像是在搞供需洽谈，就这样还奢望什么热烈的爱情？爱情还是要有一点盲目、一点出乎意料的。

生活中没有这样的时刻呀，每天每天，都是规划好的，没有任何意料之外的事发生。

那就打乱它！把那把尺子撅了去！

就为了要那份所谓的爱情？

明明你刚才还在酸溜溜地说，为什么你就没有那种热烈的爱情。

女老师瞪了他一眼，昂然而去。

他看了一会儿女老师的背影，吁出一口气，拿出自己的电子台历，下周有法定假日，这个周六学校正常上课，他至少要跟四个健身房学员沟通调课事宜，把他们周六的课调到法定假期内。第一轮沟通就不顺，这个人说他有事，那个人说她要出去旅游，好不容易四个人的调课解决好，另一个人发来消息，说有另外的行程冒出来，法定假期内不能来健身房了。牵一发动全身，又是一番大调动。好歹圆满搞定，马上又有人发来消息，要求回到原定的上课时间。他气得眉毛都竖起来了，但还是得忍气吞声，心平气和地再次调整一番。有时他会突然把手机反扣在桌上，望着某个地方独自大口喘息，气狠狠地对自己说：别理她了，大不了不上她这节课，直接取消。但他最终做不到，他要付房贷，付车贷，他的生活基本上被这两项大宗支付绑架了。但这是幸福的绑架，他何其幸运来到这个城市，又何其幸运拥有搞定生活的本领，虽然有点吃力，但一切都在可以掌控的范围内。美中不足的是，他没有自由支配的时间了。早上一睁眼，他就把自己摁进了那个电子台历，那个台历上的日程安排精确到分钟，他必须严格按照台历来操作，否则就会乱了套。有时他很自得，觉得自己没有浪费一分钟，也没有浪费与生俱来的任何一项求生本领，他的人生可以说是满仓前进，有时又觉得安排得太满了，他被挤压得连约会都没了时间，他有很久很久没跟女生一起吃饭了，最多就一起喝个咖啡，看电影更是奢望，两个小时的电影，出了电影院还不能散伙，各自回家，还要走一走，聊一聊，太浪费时间了，他舍不得，他不敢轻仓前进，因为人生只有一次行情。

　　他第一次对电子台历产生了怀疑，真的要被这个东西控制得死死的吗？要不，先算一算，法定假期间如果不上课会损失多少。三分钟后，他彻底改变了看法，重新坚定下来，让他取消十七节课，取消一万多块钱收入，只为了让自己无所事事地去游玩、去花钱，这种事他万万做不到。除了不想损失那么多钱，他也害怕偷懒上瘾。

星星发了消息过来。

吴教，不好意思，端午节期间，小宝要请个假。她不知何时已经把吴教练的称呼简化成这样了。

你是说，他的四节课都取消吗？

对的，整个假期他都不能上课。

哦，好吧，但是，你早一点说就好了，我刚刚好不容易才调好课。

真的很抱歉。

他懊恼地抓了抓头，这是他最害怕的情形，好不容易把课排好，临时有人提出换课，或是请假，意味着他严丝合缝的电子日历上将出现一个大洞，就像一口整齐的牙齿突然掉了一颗，他讨厌这种黑乎乎的缺口，除了收入上的损失，还有被扰乱的节奏。没办法，只能考虑再来一次大挪移了。真是要疯了！

过了一会儿，星星又发来消息：教练，我有个想法，端午节期间的课，小宝的课能不能换成我来上？

他马上欣喜若狂：当然可以啊，我还以为你要带小宝出去玩呢。

不，这个假期，我和小宝分开玩。你们柒零捌的人假期有什么安排吗？

没有，大家各有各的事情要做。哎你知道吗？黎晓的男朋友死了，还是自杀，然后黎晓受到刺激，差点流产，现在正在柒零捌保胎。

什么？天哪！既然这样还保什么胎呀？你们也不劝劝她？任她这

么蠢下去？

哪天你过来试试看吧，好像谁劝都没有用。

你们都劝不动，我肯定也不行，要么就是月份实在大了，没有办法了，要么就是现在时机不对，毕竟尸骨未寒嘛，等他尸骨寒透了，她也冷静下来了，说不定就管用了。

长假的第一天，星星把头发扎成高高的丸子，兴致勃勃来到健身房。她到得有点早，她的吴教正在指导别的学员，她也不急着去更衣室换衣服，就在一旁看着。

这天的学员是个胖男孩，原本正在倦怠下去，不知是不是看到星星的缘故，索性提前结束，喘息着去了更衣室。

他向她走去：可以开始了吗？把他剩余的五分钟送给你。

好啊。她当着他的面脱去外套，露出里面的黑色皮肤衣。

你把小宝送到哪去了？他上下扫了她两眼。

送他爸爸那边去了，据说要去青岛。

你做得很好，他需要这样的假期。

他们开始训练，他喊着口令，她向他手上的手靶挥拳，她渐渐有点心不在焉，不是挥不出去，就是没有力度，也谈不上节奏。他劝她休息一下，先做点别的运动。她脖子一扭：不要，继续。力气是大了些，但完全不讲章法，练着练着，突然一偏，一拳打在空气里，人跟着往前一扑，幸亏他眼疾手快，一把托住她。因为这股缓冲，她像慢镜头一样倒在地上。

当年，跟他爸爸在一起，我也是像现在这样摔了一跤，他爸爸不仅没有扶，还往旁边闪了一步。

什么叫像现在这样？现在你并没有摔，我扶住你了。

那我为什么还在地上？

他向她伸出手，她无动于衷，他突然两手往她腋下一插，略一使劲，她便像孩子一样被高高举了起来。

他应该马上放她下来的，不知道出于什么心理，他久久地举着她，看着她，她也看着他，小声说：放我下来呀！他立刻换成一个恶作剧的笑：我只是想告诉你，我没有让你摔倒，我的臂力不可能让你摔倒。

当天晚上，他来到她的家。

她开门的时候，并不特别意外。他看看没有多少烟火气的厨房，问她有没有吃的，她说有面包和牛奶，还有水果。他拉开冰箱看了看，摇摇头，说他出去一下，马上就回来。

他一走，她就冲进卫生间，刷牙，扑粉，喷香水，整理头发，她拉开柜门想换件衣服，想了想又作罢。

他很快就拎着一只马夹袋回来了，里面有红酒、牛肉干、薯片。不好意思，门口超市里我能看上眼的东西就只有这些，啊！他嗅了嗅：我走之后，你洒了香水。

那又怎样，我只是想跟红酒相衬。

你居然知道我会买红酒！到底是老江湖。

就像你是新手似的。她动作幅度很大地拿出两只杯子，利索地倒好酒。

小宝不在，我们可以毫无顾忌地聊聊天了。其实我今天本来是要去相亲的，但我推了，真的厌倦了，知道我相过多少次亲？不说了，我都麻木了，每个女人看起来都差不多，着装、经历、背景，全都大同小异，之所以没有抽身就走，完全是出于礼貌。

拒绝媒人不就行了？你做不到，你好奇，你充满期待。

说得也对，另外，媒人多半是我朋友，或者是朋友的朋友，他们手上正好有个女孩，心里一扒拉，咦，吴敏昊还单着，试试吧。现在你知道我的困境了吧，全是这种礼貌性相亲，注定没有结果，作为一个男人，我还不能表现出来，只能硬着头皮上。

她笑出声来：听我一句劝，鞋要亲自去买，爱人要自己去找。

不对哦，现在网上买鞋也挺合适的，注意自己的尺寸就行。

好吧，那你继续相亲吧。

我一直都想问你个事，你现在还爱着你的前夫吗？

我神经病啊，人家都不爱我了我为什么还要爱着他？

那可不一定，你看黎晓，她真是把我震撼到了。

你欣赏黎晓那样的？

没有没有，但我很想知道，如果被一个黎晓那样的女人爱上，会是什么感觉。

结论不是已经出来了吗？说难听一点，我想到了宁死不屈这个词。我第一次看到黎晓，就觉得很奇怪，一脸的英勇牺牲状、甘愿奉献状，我觉得她是在奋力表现她的爱情观而不是在默默建设她的爱情。

爱情需要建设吗？

当然，不过建设这回事，是有大学问的，既不能建设过头，也不能建设不足。以我为例，我当年就是建设过头了，我要是不鼓励他出去留学，就没有后来那场灾难。他是个不善于打理自己生活的人，到了异国他乡，束手无策。那个女人就看准了他这一点，不费吹灰之力就把他拿下了。黎晓的情况又不一样，我觉得她是在利用孩子，本来是没有太大胜算的，恰好那个男人出了事，身陷重围无力逃脱，所以她决定不计后果先把孩子生出来，等他出来，一辈子处于亏欠她、不得不弥补她的状态，她不就轻轻松松稳操胜券了吗？

他瞪大了眼睛：不会吧？黎晓能有这等谋略？

不是谋略，是女人的本能，漂亮女人扭个腰撒个娇就完成的事情，普通女人可能要付出一辈子的代价。

她电话响了，居然是小宝。

哎！小宝，你怎么样？玩得好吗？啊？为什么？她呼地站起来：好的好的，妈妈来接你，你放心，妈妈马上就来。现在把电话给爸爸。

她的声音迅速变得冷若冰霜。你们在哪里？把定位发给我。我不管你们说了什么，我也不管你们给他吃了什么，我只知道他现在想回家，哪里的人真的爱他，哪里就是他的家。我怎么知道，你自己找原因啊。你这么聪明，你不会分析吗？行了，定位发我，我马上过来。

挂掉电话，她说：你听到了吧？陪我去一趟好吗？我们把小宝接回来。

接小宝当然没问题，只是，你要不要冷静一下，可以让小宝在那边克服一下吗？你想过没有，他这一回来，以后跟他爸爸那边的状态可能就固定下来了，恐怕不是太好。

不行。她飞快地穿上衣服，收拾小包，检查钥匙。你知道小宝怎么说的吗？妈妈，我在这里怎么也睡不着，我想回家，我想跟你在一起。

两人快速下楼，他把车倒出来，她一上车，就开始唠叨：我就不该同意他的要求，不该把小宝送过去，肯定是他们做得不到位，小孩子不就是要哄吗？他们不哄他，说到底是因为他们不爱他，要么你就别把他弄过去，弄过去了又是不好好待他，这下好了，就像你说的，小宝这辈子都不会跟他亲密起来了，都是他自己造成的。

冷静！万一是小宝误会了呢？我听说，小孩子到了晚上都喜欢找妈妈，这并不代表着爸爸对他不好。

不是这样的，我了解小宝，他受到了冷落，就会想逃跑，想找妈妈。

他感受到了她声音里越来越强烈的怒意，但还是小心翼翼地说：

这不正是锻炼他如何跟人相处的好机会吗?

我知道,但我是他妈妈,不是教练,他在黑夜里向我哭,求我去接他,我无论如何也不能拒绝,就算是做错了,我也要去。

他不再说话。定位是某个小区,他们刚到门口,小宝挣脱爸爸的手,飞扑过来。

小宝爸爸也过来了,她下了车,没好气地问他:这是什么地方?

岳……她爸妈家。

搞什么!不是说去青岛的吗?早知道不去青岛我根本就不会让他过来!

她妈妈临时身体不舒服。

那你马上把小宝还给我啊,凭什么把他带到敌人的老窝里来。

回头一看,小宝早就爬进了副驾驶座,看都不再朝外面看一眼,还是星星提醒他跟爸爸再见,才摇下窗户跟爸爸挥了挥手。

小宝今天过得开心吗?吴敏昊望着前面问。

现在开始开心起来了。小宝甩着两条腿。

哎,你们饿吗?星星在后面说:要不我们去找个有消夜的地方吧,难得都有空,又正好在外面。

没问题,我知道哪里有。他利索地转了个方向。

耶!耶!小宝在座位上一颠一颠的,发出快活的声音。

他们来到一条夜市街,这里的烤生蚝很有名,星星怕小宝过敏,不想让他吃。看到小宝馋得不行的样子,吴敏昊说:让他吃吧,吃完了过敏，我送他去医院，要是不过敏，以后不就多了个乐趣吗？

像是故意气她一样，小宝边吃边手舞足蹈：真好吃！我从来没有吃过这么好吃的东西。

一口气吃完五个生蚝，小宝溜下座位，来到星星身边，蹭着她哼哼唧唧地问：妈妈，可以让吴教练今天去我们家住吗？

两个大人尴尬地笑起来。

不行哎，吴教练必须回到柒零捌那边去，因为他明天一早要带两个人去拍片子。

要不这样呗，你们俩也去柒零捌住。

我才不去，你们都是跟丛老师的项目有关的人，我又没有参与她的项目。

假期的最后一天，一直忙碌的柒零捌才宣布正式过节。

吴敏昊挨个地问，在手机上写备忘录。他要进城一趟，自掏腰包采购食品，请柒零捌的人过节。问到衣泓时，他插了句：要不要把你的前室友找来一起玩呀？

衣泓如梦方醒：哎呀差点把星星忘了。立刻打电话，两人在电话里叽叽哇哇不歇气地扯了一通，吴敏昊在一旁听得云里雾里，完全抓不住她们的主题，唯一可以确定的是，他从中听出了自己的名字。

跟你说话真带劲！好啦，待会儿见，吴敏昊会去接你们的。衣泓终于意犹未尽地结束了通话。

丛老师不知从哪里走了过来，吩咐吴敏昊：给黎晓买些牛奶、酸奶回来吧。

何枫也走出来说：给我带两支白板笔吧，我手头的三支都写不出来了。

何枫为了给黎晓这个特殊学生教学，可以说是使尽了浑身解数，他给她带来了量身定制的可以躺在床上办公的电脑支架。因为学生只能躺着，何枫这个老师不得不坐在床边上，或是趴在黎晓枕头边，时间长了这两种姿势都不好受。后来还是吴敏昊提议，把黎晓的床搬到房子中间来，何枫便可以站在黎晓的脑后方，趴在床架上给她讲Java的操作。有一天，何枫实在站累了，黎晓说：要不你上床来躺一会儿吧。何枫陡地清醒：我还是躺地上吧。说完真的哧溜一声滑到地上去了。

原来上课这么累呀。何枫望着房顶说。

是因为我太笨了，聪明的学生大概是不会累着老师的。

你实在要这么说，我也不想反驳。

后来还是丛老师提议，何枫应该弄一块白板来，像讲台边的老师一样边写边讲，活动空间大些，就不会这么累了。

将近十一点，星星和小宝被吴敏昊接过来了，吴敏昊拎了好几个大袋子，稍加摆放，餐桌上顿时琳琅满目。

黎晓躺在一张折叠床上，被何枫和衣泓两人抬了出来。黎晓本来不想出来的，但大家一致认为，所有柒零捌的人都应该坐在一起。丛老师上去摸了摸黎晓的肚子：快了，你快要卸货了。

因为一直躺着的原因，黎晓比以前胖了很多，看上去像变了一个人。何枫冲回去拿来两只枕头，塞在黎晓背后。

小宝呆呆地看着黎晓，过了很久才问：她得了什么病？

大家一起哈哈大笑。星星过来跟他解释了好一会儿，又让他猜黎晓肚子里是弟弟还是妹妹。小宝扭头，太幼稚了，我才不猜。

就因为这句话，小宝瞬间成为柒零捌的明星，每个人都在跟他说话，讨好他，逗他开心。

小宝说：我喜欢这个派对。

丛老师纠正他：这是柒零捌的家庭聚会。

我喜欢派对，不喜欢家庭聚会。家庭聚会会吵架，派对不会，每个人在派对都很开心。

星星过来解围：小宝，家里人在一起，有时候会争论一个问题，那不叫吵架，叫各抒己见。

反正谁都不想跟小孩子争论问题，小孩子不许说话。

衣泓真的觉得小宝变了很多，尤其话比以前多了，就说：如果你有想说的话，今天请尽管说，我们这里最喜欢听小朋友发言。

我今天什么都不想说，我只想出去玩，吴教练，我们现在可以出去训练吗？

小宝不要，今天放假，让吴教练休息。星星赶紧制止。

没想到丛老师挺支持小宝的，说小区里面好像有个网球场，她曾经看到过有人玩滑板。

小宝一听，放下筷子就往外走。星星只得放下碗筷，追了出去。母子俩一走，吴敏昊也跟着走了。

他们三个一走，餐桌边顿时安静下来。衣泓盯着黎晓的脸，她真的胖了好多，整个面部增厚了一层，五官因为受到挤压，统统小了一个型号，同时也白了不少，真成了个白胖子。

我变丑了吧？见衣泓盯着自己，黎晓问。

没有！丛老师抢着说，看你皮肤现在变得多好，像化了妆，估计是个女孩，通常女儿能让妈妈皮肤变好。

正聊着，门外响起小宝的声音：衣泓阿姨，有人找你。

衣泓跑到门口，尖叫一声，捂住了嘴巴。接着她高声嚷嚷起来：

爸爸！你怎么还没回去？我以为你早就回去了。怎么阿姨也来了？您什么时候来上海的？您跟黎晓联系上了吗？黎晓知道您要来吗？

黎晓妈妈听说我在上海，专门过来找我，她知道找到我就等于找到了你，找到了你就等于找到了黎晓。

天哪！爸爸你真是的！来之前打个电话嘛，现在哪还有你这种人，说来就来，万一我不在呢？

怕什么，你不在我就回去，反正每天的任务就是到处瞎转。我发现上海的街道很特别，怎么转都不觉得累。

衣泓想把两个人尽量留在外面，给里面的人争取一点时间，上去拉着黎晓妈妈的手说：阿姨，正好我们今天都在加班，要不我先带你们在小区里转转吧。

让黎晓妈妈看一眼吧，我告诉她你们在拍纪录片，你的工作室设在别墅里，她是专门过来看看你的工作环境的。

但是今天真是不巧，我们在加班，阿姨……

说话间，两个大人已经来到大门口，正好看见何枫和丛老师抬着折叠床上的黎晓，往电梯口移动。

黎晓妈妈转过头来，神色恍惚问衣泓：这是在拍戏吗？那个人有点像黎晓呀，她也在参加你们拍戏吗？她不是在那个软件公司工作吗？

折叠床三人组从视线里消失了，衣泓过来拉黎晓妈妈：阿姨，我们去外面走走再回来吧。

也许是衣泓的表情泄露了什么，黎晓妈妈突然清醒过来：不对，刚才那个就是黎晓。她一把甩开衣泓，大步冲进来：黎晓！你给我出来，我看到你了。

电梯那边传来一点响动，黎晓妈妈冲过去，正要进电梯的折叠床三人组停了下来。

黎晓妈妈瞪着折叠床上肚大如箩的女儿，震惊得脸都变形了，好一会儿才结结巴巴地说：你、你、你是黎晓吗？你到底是不是黎晓呀？怎么这么像黎晓啊？她摸摸自己的身体，摸摸紧跟着过来的衣泓爸爸，又去捶打墙壁：这是在做梦吧，你们谁来提醒我一下，这到底

333

是不是在做梦?

妈!黎晓叫她了,这不是梦。

黎晓妈妈怕烫似的摸摸黎晓的脸:你不是黎晓,黎晓的脸没这么大。又去摸她的肚子:黎晓怎么可能就怀孕了呢?她还没结婚,她连男朋友都还没有。

妈!黎晓哭了起来,妈,对不起!

哭声将黎晓妈妈拉了回来,她呆呆地站了好一会儿,突然怒目圆睁,抡圆了胳膊,一巴掌抽在黎晓脸上:不要脸的东西!你瞒着我跑到上海来,就是为了变成这样吗?说!是谁的!叫他来跟我说话!叫他来!马上来!

丛老师过来拉住黎晓妈妈。

消消气黎晓妈妈,先过来跟我聊聊。

黎晓妈妈一把打掉丛老师的手:这个房子是你的对吗?为什么她会在你这里?你这里是个什么贼窝?她明明是在软件公司工作,怎么会在你这里?她又冲回黎晓身边:

你不要给我装出这副鬼样子,你给我滚下来,给我讲清楚,我千辛万苦把你养大,供你上学,不是为了让你躲起来生私孩子的。

她扑上去拉扯黎晓,拽胳膊,扯头发,间杂巴掌和拳头,黎晓不吱声,低着头,本能地伸出双手来抵挡。何枫想去阻拦,黎晓妈妈一脚踢过来:我看你们谁敢拦我!黎晓最终被她扯得坐了起来。丛老师过去阻拦:黎晓在保胎你知道吗?你这样她会有生命危险。

死了更好！还保你妈的胎！婚都没结，你还有脸保胎！祖宗八代的脸都叫你丢尽了。

黎晓两手抓住床帮，默默抵抗。

妈，你就当我死了好不好？我死了就不会给你丢脸了。

那你去死啊，赶紧去死！死要见尸，没有尸体我怎么跟人交代。

衣泓过来抱住黎晓妈妈，劝她先冷静一下。

黎晓妈妈一把搡开衣泓：这事你从头到尾都知道对不对？阿姨一直以来对你怎么样？你就是这样回报阿姨的？她做这种蠢事肯定跟你商量过的吧？你为什么不告诉我？为什么不拦住她？你巴不得自己的朋友倒霉是不是？你见不得你的朋友过好日子对不对？那个王八蛋是谁？你告诉我，我去找他算账。

阿姨，黎晓就是担心你会这样，才不敢告诉你的。阿姨，黎晓也是成年人了，她对人生有自己的规划，你给她一点空间好吗？

她要个屁的空间！你看她现在还有没有个人样，半死不活藏在别人家里。你还有脸抓住床帮！你就这么想活呀，你这条烂命还有什么好活的！

黎晓妈妈抬脚去踢她抓住床帮的手，再飞起一脚朝黎晓的身体踢过去。我今天非弄死你不可，弄死你我抵命。

吴敏昊突然冲了过来，不费吹灰之力一把将黎晓妈妈抱住。

失礼了阿姨，不管什么原因，你这样对待一个孕妇都是不对的，也是犯法的。

你们谁都不许在我面前提孕妇两个字，谁提我跟谁拼命！犯法就犯法！你们今天不把那个坏蛋交出来，我就一把火烧了这个鬼地方。

阿姨，坏蛋不在我们这里，我们这里没有坏蛋。

不可能，是你们把他藏起来了。她往后踢抱着她的吴敏昊：放开我！你想干什么？是想要我报警吗？

吴敏昊赶紧松开，阿姨冷不丁扑向黎晓，死死掐住她的脖子：你们要是不说出那个人的下落，我就掐死她。

她真的下狠手了，黎晓很快就涨红了脸，但她也不反抗，似乎准备认命。

衣泓急得扑过去：阿姨你听我说，我知道那个人……那个人已经……死了。

黎晓妈妈愣了一下，马上反应过来：别以为你拿个死人就能把我糊弄过去，我没那么傻。

衣泓急得哭了起来：黎晓你说呀，你把他告诉妈妈呀。

黎晓闭着眼睛，不说也不动，一副听天由命的样子。

阿姨你放手，我把我知道的全都告诉你。

丛老师也说：无论对错，当妈的都应该先搞清楚情况，怎么能不管青红皂白就惩罚自己的孩子呢？

黎晓妈妈受到侵犯似的，抬起头来，恶狠狠地瞪着丛老师：你有什么资格在这里说风凉话。你等着，我等一下跟你算账！

衣泓好歹把黎晓妈妈拉到客厅一角，仔细讲起黎晓的秘密恋爱、谭晓智的被抓，以及黎晓的无锡之行、她和黎晓的劳改农场之行，讲黎晓如何来找她，如何跟自己一起住进丛老师的工作室，现在何枫又如何当她的老师，为未来的职业规划做准备。黎晓妈妈开始流泪：你以为我心里不疼？我疼得没法喘气，我恨不得戳瞎自己的眼睛，我宁愿我没来，宁愿我没有看到她。

衣泓也哭了起来：阿姨，她是真的爱那个人，这我是知道的，否则她也不会让事情发展到这一步。

衣泓啊，你知道这事第一步错在哪？你不该跟她一起瞒着我，你一看到她那个样子就应该赶紧告诉我，我保证能把她拖回去，想办法把孩子做掉。第二步还是你的错，你妈妈怎么教你的？没结婚能生孩子吗？当然不能，这种事情你都不敢做，为什么要怂恿她去做呢？她来找你，你第一时间应该通知我，那个时候还来得及。现在你让我怎么办？第三步仍然是你的错，你不应该把黎晓带到这里来，你对这个女人了解多少？她为什么要对你这么好，听说免费让你们在这里住。就算她对你有所图，黎晓呢？黎晓对她来说有什么用处？

阿姨，不是你想的那样，丛老师想让黎晓业余时间给我们的纪录片配字幕，这样她就能免费住在工作室里，丛老师还专门为她找了软件公司的何枫当老师，现在何枫正在教她学编程。

都是借口，她真正的目的只有一个，她想看你们这些小姑娘的笑话，她巴不得你们这些外地来的小姑娘活得一塌糊涂，她要看到你们围着她跑前跑后，拍她马屁，感恩戴德，然后看到所有的年轻人都活得不如她好。

衣泓目瞪口呆，过了一会儿才反应过来：不是这样的，不是您想的这样……

任何一个成年女人都做不出来这样的事，把一个未婚先孕的姑娘藏在自己家里，而不是通知她家人，也不帮姑娘解决问题，这是最缺德的事。在我们那边，一个人做这种缺德事，是会引来杀身之祸的。

阿姨，恰恰相反……

那边一阵惊呼，回头一看，黎晓不知怎么站起来了，在她脚下，鲜血正缓缓向外漫延。

快！快去医院！

骚乱中，连暴怒的黎晓妈妈都不再说话，大家七手八脚，收拾东西，找水杯，拿纸巾。黎晓大喊：何枫，我的包！何枫奔进屋里，不一会儿，拿出一个尼龙大包来，里面装着黎晓早就准备好的婴儿用品。他没意识到，当黎晓喊出他的名字的时候，黎晓妈妈正犀利地盯着他。

好不容易把黎晓抬上车，吴敏昊三下两下带着大伙利索地冲出车库。车上，黎晓妈妈开始跟何枫说话。

听说你是软件公司的？

我主要开发金融产品。何枫侧过身，毕恭毕敬地回答。

听说你在教黎晓学编程？你觉得她能学会吗？

只要她真心想学，肯定能学会。

你是个好人，世界上像你这样的好人已经不多了。

阿姨过奖！

有上海户口吗？

有。

在上海买房子了吗？

没有。

很好，生活是不会亏待好人的。

到了医院，黎晓立刻被放到急救床上，马上住院，绝对静卧，黎晓妈妈怎么求都不行，没钱付不起住院费都不行。两个动作利索的护士将黎晓推进房间，转移到病床上，另一个护士同时到达，将手中的便盆放到床下。你的便盆哦！黎晓脸都红了：我不用这个东西。护士用熟练却不带感情色彩的声音说：如果你不用，你的孩子可能因为大出血窒息而死，你也可能因为大出血而有生命危险。

黎晓看一眼妈妈，妈妈扭头向外，气鼓鼓的脸上几乎是青紫色。

护士觉得黎晓的亲属有点多，再次过来清理，黎晓妈妈让其他人先回去，只留下何枫。何枫本来已经悄悄挪到了门外，听到点名，不禁皱起了眉头。

阿姨，我可以回去交代一下工作上的事吗？

电话里交代一下吧，我有事情要跟你聊聊。

衣泓过来跟黎晓道别，小声对一脸惶惑的何枫说：你先在这儿待着，我出去处理点事情，马上过来换你。

那我就等你哦！何枫一脸依赖地望着衣泓。

同病房的孕妇去做检查了。黎晓妈妈坐到何枫身边来。小何，我有事跟你商量，事到如今，我也顾不得脸面，就实话实说了，你觉得黎晓人怎样？凭你在她这种特殊时期，还愿意教她学编程，我觉得你对她应该不反感吧？那，你愿不愿意好人做到底，再帮她一把，跟她去领个证，让她有个活下去的理由？没有结婚就生孩子，无论是我们家乡，还是我自己，都是绝不允许的，要么孩子死，要么大人死，我是她妈妈，我当然不想她死，所以我厚着脸皮问你，你愿意帮她这个忙吗？今天拿证明天离婚都可以，就当是做件好事，就当是救人一命，给她开一扇活下去的小门，否则我真的宁愿她死了算了。

黎晓一拳砸向妈妈的后背：妈妈你在说什么呢？你这样还不如拿刀把我杀了。

静默片刻，妈妈回过身来，咬牙切齿地咆哮：我是很想一刀把你砍了！但我下不去手啊！既然下不去手就只得想尽办法让你活，让你活得有理有据，不被人家戳脊梁骨。

宁愿我死也不能害人家。

何枫安抚好黎晓，对黎晓妈妈说：阿姨，你这样安排，太委屈黎晓了，黎晓爱的人不是我。

黎晓妈妈大概没想到何枫会这样回答，呆怔片刻，慢慢换成一脸的萎靡不振：都这么会说话了吗？难怪我女儿会栽跟头，我女儿不是你们的对手啊。

阿姨，不是我不帮忙，我没说不愿帮忙，我只是觉得，应该由黎晓本人来跟我说。

黎晓妈妈似乎看到了一点希望，热切地看向黎晓。

黎晓说：妈，你去楼下服务中心帮我买点东西吧，卷筒纸、湿纸巾、卫生巾、牙刷牙膏、内裤袜子，再帮我买点零食。

黎晓妈妈赶紧站起来，何枫的话让她重新燃起了一丝希望。

妈妈一走，黎晓就一个劲地道歉：对不起对不起！给你带来这么多麻烦，真的非常非常过意不去。

你妈妈真是！好吓人啊！不过，我还是被她的母爱深深震撼到了，真的是为了孩子不顾一切。

你可能还不了解我妈，这事既然她提出来了，你也没有逃跑，她是不会轻易放弃的。这样吧，待会儿我妈进来的时候，你就说你先出去吃点东西，然后你留意我给你发的信息，听我的指令办事，总之，你出去后就不用回来了。

行不行啊？万一晚上发生什么事呢？

我都住到医院来了，身边这么多医生护士，还怕什么？难道你想留在这里，明天被我妈押着去登记结婚？照我说的办吧。

那好吧，真的很抱歉，其实我真的很佩服你、欣赏你，但现在这个场合，实在不适合提到这事……

我懂我懂，你不用多说。

黎晓妈妈回来后，何枫果然开始照黎晓说的做。为了尽量真实，黎晓还特地交代他，给她带点口香糖回来。

约莫半个小时过后，黎晓给何枫发信息。很快，她的电话响了。

啊？这样啊，好的，没事，我好得很。

挂掉电话，黎晓对妈妈说：何枫被一楼的值班人员拦在外面了，说是过了探视时间，不让进来了。他准备去医院旁边的小旅馆登记个房间，这样的话，我这里一有情况他马上就可以赶过来。

到底还是让他跑了。

没有啦妈，人家不让他上来他也没有办法呀，就算他上来，也会被护士赶走的，晚上只允许留一个陪护。他又没有走远，还答应明天一清早就给我们送早点来呢。

半夜，妈妈和另外一个陪护去了走廊，那里有些公共长椅，可以作为病人家属的临时休息点。

同病室的高血压孕妇睡着了，房间里格外安静。黎晓摸着高高隆起的肚子，平常这个时候，孩子会特别活跃，今天却一直没有动静，难道孩子已经预感到了今晚的命运，不敢乱动了？

她缓缓起身，躺得太久，竟有点不适应站立的姿态了。她慢慢进了卫生间，开始做一些非同寻常的动作。她反复多次去够墙上的淋浴喷头，努力弯腰，试图去整理一只装满各种沐浴用品的行李箱。她试图跳起来，但这个动作实在太难了，她试了几次，结果只是可笑地颤了几下。实在找不到什么动作可做了，她就在狭小的空间里一圈一圈地踱步。不一会儿，她就感到身上发热，两条大腿酸得根本抬不起来。

当她筋疲力尽，再也拖不动沉重的身体时，才扶着墙壁慢慢走出来，回到床上。

她很快就睡着了。

后来，她被一阵奇怪的感觉弄醒，她睁开眼睛想了想，似乎是想确定自己到底在哪里。她伸手摸了一下大腿间，很湿，应该是血无疑了。但量还不够大，她又闭上眼睛睡了过去。

不知过了多久，她被高血压孕妇叫醒。孕妇躺在床上喊：喂！喂！你在流血！流了好多血！

她一惊，半闭着眼睛从床上滚下来，站在地上。

你不能站，你要躺平，快点躺下！

声音惊醒了正在走廊里睡觉的妈妈，妈妈冲进来的时候，一眼看到黎晓傻傻地站着，浑身是血。

护士！护士！妈妈狂呼着奔了出去。

护士还在门口，就开始大声呵斥她：为什么不好好躺着？为什么要站起来？叫嚷声中，一块猪肝那么大的凝血块啪地掉到地上，护士的嘴张成一个圆洞，床前地上血红一片，孕妇的两只脚踩在血水里，猪肝大小的血块共有两个，岛屿一样半插在血河中，一动不动。

护士奔出去叫人的时候，妈妈突然冷静下来。

晓晓别怕，听我说，这样也好，这样很好，这是天意，别想太多，我只要我儿好好的。妈妈的声音出乎意料地温柔。

孩子因为缺氧，胎死腹中，大人因为极度贫血，必须住院治疗。

妈妈一反在柒零捌凶巴巴的模样，变成了一个无原则的宠溺者。她谢绝了所有要去看她女儿的人，一个人在医院照料女儿。她不停地走来走去，跟护士交流，去领药，去交费，不停地收拾东西，擦擦洗洗，一切都忙完的时候，就搬个小凳子坐在床边，给黎晓剪指甲，涂抹润肤霜，按摩手指脚趾和背部。

你还记得吗？你小时候，每天晚上睡觉前我都要给你捏脊，小学以前，你的脊背像猫一样，软软的，上面一层极薄极薄的皮，上小学后，皮下有了一点点脂肪，捏起来像在捏双层纸，大概是在初二那年，你的脊背突然厚实起来了，能捏到肉了。初中那几年，是你最胖的时候，后来你瘦下来了，脊背上又只有一层薄薄的皮了。现在你又长了好厚一层肉，等满月了，你必须减肥，一定要在半年内把这身肉减下去。我待会儿去给你买点指甲油，女孩子的手，跟脸一样重要。还要给你买点阿胶回来，你现在要补点气血才行。

当妈妈从外面回来的时候，带回来的除了阿胶，还有一只金手镯，简简单单一个闭口圆环，套在黎晓手上，整条手臂都生动起来，连手指的形状都有了某种微妙的变化。妈妈说：金子养人，洗澡睡觉都不要取下来。

妈你干吗花这个钱？都够你去旅游一趟了。

旅游有什么意思？我好不容易抢回我的女儿，不应该买个纪念品纪念一下吗？

真是的！你以为我不知道这得多少钱啊。

我挣的每一分钱都是你的，你这一生，工作也罢，感情也罢，都不要太委屈自己，别看妈妈只是一个长途汽车司机，一辈子都只跑了那一条路，但妈妈见过的人，比吃过的饭还要多，妈妈也从来没有拿过低工资，也从来没有下过岗，将来你买房也好，成家也好，有需要随时找妈妈，但妈妈有个要求，什么事都不要瞒着妈妈，妈妈也是女人，也有过你这样的年纪，也经历过一些事情。我跟你说，一切都会成过去，一切都会自我痊愈，咱们吃一堑长一智就好，再不要不分青红皂白就把自己一生都押上去，世上坏人多得很。

你喜欢大城市，能在这里留下来也可以，我也不再计较体制内啊编制啊这些东西，但有一条，你要有进步。听衣泓说，你在跟着何枫学编程，这很好，我支持，希望你能坚持下去。

我刚刚给你账上转了一笔钱，这段时间你要对自己好一点，吃点有营养的，买几件好看的衣服，去美容院做做保养，我看你的鞋很旧了，等你一出院，第一件事就是去买双鞋，这双旧鞋当场扔掉，鞋是你脚下的路，好看又舒适的鞋，会给你带来好运气。我说的这些，你都记住没有？

妈，我都听你的。

我不建议你住在柒零捌，你的工作在市区，没必要住到这么偏远的地方，虽说有那个什么项目，你在里面做的工作又不是很重要，不要被别人左右，要走在自己的道路上。我会去红庙里给你许个愿，点个灯，你从此要谨言慎行，再不要轻易相信人，除了你妈，这世上没什么人值得你无条件信任。你说你，当时要是跟我透露一点点那个人的情况，我肯定要去查他的祖宗三代，就不至于弄成现在这局面。算了，不提了，幸亏你换了个地方，要是在家里，我们俩早就不在了，被人家戳脊梁骨戳死了。

整整一个星期，黎晓被妈妈无微不至地照顾，絮絮叨叨地教育着。傍晚，妈妈突然说：我今天晚上八点多的火车，我回去了。你的朋友们早就想来看你了，我在这里，他们都不敢来。

为什么突然要走？我还准备出院了带你出去玩的。

妈妈突然一脸痛苦：我也要回去看病，我的心脏似乎出了问题，稍微动一动，心脏就跳得要掉出来了，还很疼。

黎晓捂住脸：我知道是因为我，我对不起你。

要想对得起我，以后就好好活。

要交代的话都说完了，妈妈说她下楼去走一走，吹吹风。

过了一会儿，妈妈打电话给她：我就不上来了，我直接去火车站了。黎晓急得叫起来：你上来跟我说句话再走啊，不急这几分钟。

我怕我一上来就走不了了，希望你没有忘记我跟你说的话，如果还有没说完的，我会在手机上发给你。最最要紧的，出院之后，回家之前，你要去给自己买双鞋，之前的鞋都扔掉算了，包括拖鞋在内，全都换掉。

妈妈走后没多久，何枫和衣泓就来了。他们约好来接她出院。

衣泓有点为难，因为丛老师还在外面等她，她们今天有很多任务，绝对会是忙碌的一天，说不定晚上还要加班。黎晓没等听完就把她往外赶，让她赶紧去工作。衣泓只得很正式地把黎晓托付给何枫。

何枫，黎晓就交给你啦。

病房只剩下他们两个人的时候，气氛变得有点尴尬，何枫挠挠头皮，想起一件事来：对了，我刚才好像看到你妈妈了，衣泓走在前面，她没看见，我正准备叫住衣泓，突然发现你妈妈好像在哭，就没敢惊动她，直接上来了。

黎晓一听，抓起外套，拖着何枫的胳膊就往外走。快告诉我，她在哪里。

何枫把她带到一条偏僻廊道。现在已经不在这里了，我看到她当时就坐在这里。

你怎么知道她在哭？

她背对着我，一下一下捶打着廊柱，一边捶打一边顺着廊柱滑下去，我感觉她还哭得挺厉害的。

黎晓的脸慢慢变红了：你怎么确定一定是她？

就……我见过她呀。

但你看到的是背影。你说说她什么发型，穿什么衣服。

这我没细看，我就是感觉很像她。

不可能，她已经走了，你们来之前她就已经去火车站了。

哦。

所以你看到的人不是她。她回去了。

哦。

我妈妈这个人，她会愤怒，会吵架，会打架，但她不会哭，哭不是她的风格，她最大的特点就是从来不哭。

啊——啊——啊——这样哭的。何枫小心翼翼地坚持说完。

那不是她！她是不会哭的！她不敢回头看何枫，她怕何枫看到自己的眼泪。

何枫不再出声了，她反而控制不住哭了起来。何枫递给她纸巾，对她说：我会竭尽全力帮你，包括你设想中的那个小程序，然后你应该可以凭着它进入某个软件公司。另外，我也有个建议，我觉得你可以进入与这个小程序相关的行业，到了那里，编程就成了你的优势，但如果你到专业的软件公司，你就没有优势了。

好的。

以后遇到问题，你仍然可以随时找我。

好。

其实我很感谢你，让我体会到帮助别人的快乐，我之前从来没有帮助过任何人。

吴敏昊和星星

趁着午休,吴敏昊把星星从单位接出来。他在电话里说,我带你去看个东西。到底是什么东西,却怎么都不肯说,只说,反正准时送你回来上班。

他载着她,驶进中环内一个中高档小区。

你要干吗?买房子?这里的房子可贵了我跟你说。

一个挂着胸牌的年轻小伙子迎了过来。从小伙子的反应来看,他肯定把他们当成夫妻或是情侣了。

星星心里有点明白过来,原来吴敏昊是带她来看房子的,心里不禁一阵跳荡,这家伙,是在对她要那种可爱的小手段吗?

房子不错,三室两厅,一百四十多平,房主要出国,急卖。

看完房子出来,星星忍住笑,等着吴敏昊先开口。

我就直说了,和我一起买房吧,卖掉你的房子,再卖掉我的房子,我们一起买下这套房子,怎么样?地段、面积、档次都还可以,比你我原来的房子强太多了。最重要的是，两年之内会有地铁经过，还有规划中的商业中心，升值是一定的。

怎么好好的突然说这个？你先说说，怎么买。

就是我刚才说的呀，你卖你的小房子，我卖我的小房子，然后我们合起来买下这个。

我们合伙买，那你要住进来吗？我们要像以前的团结户那样生活在一起吗？如果你不住，是否是把你的那一半租出去？那样的话，我就要长年面对陌生的房客，我觉得似乎不太好。

我当然要住进来。

你住进来，当然比租出去好，但是，会不会产生一些误会呀。

如果我说这正是我的目的，你会拒绝我吗？

别拿我这饱经风霜的人开玩笑了。

谁跟你开玩笑！你真的没想过什么小宝那么喜欢我，我为什么会打破惯例给一个小孩子一对一上课？看来我掩饰得太过分了，我之所以掩饰，是想给我们一个自由发展的空间，免得给你压力。

你能不能把话说直白一点？我脑子不够用了。

我不想说请你嫁给我吧，这说法太俗套了，我想说，让我做小宝的爸爸，我们结婚，你愿意吗？

啊？我、但是、我有点……

你不用现在回答我，我也希望你能好好想一想，给自己，也给我一个理智审慎的回答。

我觉得应该不大可能，你的家人，他们不会喜欢你这个决定的。

我这边会是什么情况你完全不用考虑，你只需考虑你自己，你和小宝。请你不要笑，我们都是成年人，我们都有自己的价值体系和思考能力。

你什么时候开始有这个想法的？

小宝要求我当他爸爸的时候，我就这么想了，当一个小男孩直视着我的眼睛，对我说，你做我的爸爸吧！说实话我当时差点哭了，他是一个那么小的小孩，如果他大一点，我也不会那么激动，但他偏偏那么小，别说他的眼睛、他的心灵，就算是他的脚丫子，几乎都未沾染过红尘。

为什么过去了这么久，你一直都没提起过？

我不敢提，我担心你嫌弃我是个体力劳动者。

星星噗的一声笑起来：照你这么说，舞台艺术家都是体力劳动者。

经过这段时间的了解，我觉得你可能不会，所以我才敢斗胆提起。

你都直奔主题了，还说什么斗胆！

我觉得我们这个组合会很成功，因为我们有小宝喜欢我这个基础，我和小宝之间不存在磨合，这一点很重要，你跟任何人组合，都可能存在磨合的问题，只有我没有。

你就这个理由吗？

当然不是，我听说，小宝他妈有个执念，一定要找一个高学历的男朋友，要把小宝他爸比下去，这个条件让我这个体力劳动者望而却步啊。不过后来我又想，这世间其实存在一个荒诞逻辑，一个女人越是想嫁给某种人，就越是嫁不到，越是不想嫁给某种人，偏偏最后就嫁了那种人。我有个亲戚就是这样，她很难接受某种方言，结果后来果真就嫁给了说那种方言的人。我虽然不是博士，但我曾经是拳击冠军，国家级的，武警部队要招我去，我放弃了，我不想一辈子靠拳头吃饭，我选择了上海。我在想，如果博士是某个领域的塔尖，冠军算不算拳击界的塔尖呢？我知道女人们为什么大多喜欢你前夫那样的塔尖，你们想为自己的孩子争取到最优秀的基因配置。不过，既然我们已经有了个较高配置的小宝，也没必要再来一个配置一般的小小宝了，所以你不必有这个顾虑。

难道你是说……

他打断她，抢着说：就是你想说的那个意思。

为什么要这样？你完全可以有更好的选择。

我知道，但我不想再选了。这么多年，我一直在选择、选择，我早就得了选择困难症了。我想学学盲人，不用眼睛，仅凭自己的味觉去寻找。

嗯，这样吧，我们都给对方三天冷静期，三天过后，我们再讨论。

吴敏昊高兴地叫起来：太好了，但是，一定要三天吗？两天行不行？一天行不行？

星星白了他一眼，接着又笑了：提醒你，小孩子都是想到哪说到哪，说过就忘了，很有可能他看到我们真的在一起，又不那么喜欢你了，我猜他肯定不愿意有人来夺走他的妈妈。

这个我也想过，我肯定有办法留住他对我的好感。就算他不喜欢我了，就算你也不能容忍我了，我们也可以友好分开，房子也随之友好分开，它们就像两个半圆，合到一起凑成一个圆，这个圆随时可以分开变成两个半圆。但你会发现，当它们再次分开的时候，我们各自的半圆肯定比以前的半圆大了好多。

噢！这才是你真正的目的对吧？把你的小半圆变成大半圆。

当然不是，我只是在计算各种可能，万一我们这个方案失败了，我们都要能承受得起失败的成本。目前来看，无论怎么算我们都会赢。

前面都说得挺好，最后几句话有点倒胃口。星星掉头去看窗外，突然觉得这个午休白白浪费了。

第二天，吴敏昊给她发来信息，让她有任何疑问，都可以跟他讨论。

她看了一眼，没回。

他又发来一条：如果你想征求小宝的意见，我提醒你，你不能问他超出他认知的问题，你只能旁敲侧击。

她忍不住说：我们这是相当于合资办了个公司啊，相信你把我们两个的股份都算得很清楚了吧？

你要这么想也可以，不管什么形式，越过越好才是目标，不能因为感情不顺而耽误财产的增值，对吗？

但我好像还在期望一份感情，很严肃地期待着。

他不再回复她，他突然没反应了，他消失了。

她有点不安，但又觉得自己没说错。晚上十点多钟，小宝都睡了，她突然收到一条微信：我在你门口。

她刚一拉开门，还没看清楚他的样子，就被他卷进了怀里。她不能说话，急得直打手语，叫他轻点，别吵醒小宝。

她去关好小宝的房门，回来压低声对他说：我们现在还在冷静期，你这么一来，我们就没法冷静了。

去你的冷静！

他吻住她的嘴，一只手摸索着脱她的衣服。她推拒着他，只推了一下，就放弃了，他全身上下像铸铁一样硬，她再也没有办法保持冷静了。

事后她怪他：你过来色诱我，你犯规了。

是你激将我的，居然说什么还在期待一份感情，现在还期待吗？期待吗？如果不是担心拿下之后，我可能没法像对待学生家长那样对你，早就出手了。

只是，这样一来，我们的冷静期恐怕还要延长，因为我现在完全没法思考。

零捌

晚上通常是衣泓学习剪片的时间，常常夜晚一两点还在电脑前兴致勃勃地操作。

与此同时，丛老师在她的房间里打电话，最近她总是有打不完的电话，从一开始热情万丈地寒暄，到渐渐变得严肃，再到略有争执，最后挂断，若有所思地静坐一会儿。衣泓知道这个时候千万不要去打扰她，否则她会相当生气，会跳起来大吼，骂她偷听别人的电话，天生的八婆。她想反驳，如果你不想被人偷听，为什么不到另外一个房间去打，而要坐在离我不远的地方呢？当然，她并不敢真的说出来，她对丛老师有种深刻的忌惮。她分析过这种情况，这也许说明了一件事，表面看来她们是师父与徒弟，实际上她们更像是雇主与雇员。不过衣泓不在乎，徒弟也好，雇员也好，只要她能在拍摄方面有所收获，只要她能从中学到东西，怎么看待她都无所谓。

黎晓有点让人担忧，从医院出来后，她似乎一天比一天沉默、沮丧。衣泓一开始没觉得有什么不对头,毕竟突然失去了生命中两个最重要的人,不可能连起码的哀悼期都没有,但是最近几天,黎晓开始有意无意地拒绝吃饭,衣泓决定跟她好好谈一次。

你这样不行的亲爱的,你得尽快回到原来的节奏中去,这一页已经翻过去了,沉浸在过去是没有意义的。

你以为真的翻得过去吗?别看我的肚子瘪了,但他并没有死,他只是换了个地方,从子宫里爬到了我的心里、我的脑子里。

衣泓坐下来,揽住她的肩,不禁心里一惊,手感告诉她,黎晓跟以前几乎不再是一个人,以前的黎晓近乎直角肩,现在她的手掌搭上去,不再是小小的肩头抵着她的掌心,而是浑厚圆实如膝盖,一只手远远不够抓的感觉。

黎晓房间里只开着一只床头灯,黄色的灯光从黎晓身后照过来,她的全身被镀上一层脆弱的金黄,暗影中的脸只看得清鼻尖和下巴。衣泓习惯性地想,这是多么好的拍摄角度啊,马上又觉得不该这么想,应该尽量进入好朋友低落的情绪当中,同悲同喜。

你想听听他的故事吗?

谁?

几天前被我杀死的孩子,你不会已经忘记了吧?我估计你快要忘了,毕竟你没看到过他,也没跟他有任何交流。

衣泓全身一紧,汗毛竖了起来:快给我讲讲,我早就想问你,但又不敢。

其实我是真的想把他忘掉，但我越是这么想，他的样子就越清晰。当时，她们把他放在我旁边的不锈钢台面上，我看到他的四肢在动，只是有点慢，越来越慢，像电影里的慢镜头，他的手指像开花一样张开着，手指头很细，像花芯里面的花蕊，一根一根，指尖近乎透明，他的动作持续了两三分钟，就没再动了，手指仍然保持着张开的姿势，我能感到生命像一缕烟，从那些小手指尖慢慢溜走，你知道我什么感觉吗？我感觉我体内有颗炸弹突然被引爆了，我被炸成了无数块碎片。我不能说我后悔，后悔太肤浅了，应该说，我仇恨自己，我多么愚蠢，多么伪善，我应该在他还是一个胚胎时，就把他处理掉，让他像屎尿一样排出去。如果我那么做了，他的爸爸就不会死，我的男朋友不会死，我就还是一个有爱情的人，当初，他说什么都不想要这个孩子，是我耍了诡计，悄悄把他留了下来。我太愚蠢了，愚蠢到邪恶，我不仅断送了他们父子两个，我把自己也断送了。我欠着两条人命，从今以后，我唯一可做的就只有惩罚自己，所以，我发誓，我这辈子都不会再要孩子了，我没脸再生孩子，我不配被孩子叫妈妈。

做这种手术的人不止你一个，你不要过分夸大……

黎晓不理她，继续说：做手术之前，我想过无数次他的样子，也梦到过他，但都没有亲眼见到他那么震撼，他跟我一样，有温度，有呼吸，有疼痛，他在挣扎，在拼命呼救，直到无力地死去。从那天开始，我一躺下，一闭上眼睛，就有个奇怪的声音在喊：妈妈！我真恨那些医生，他们为什么要让我看到他？为什么就不能把他放远一点，放到我看不到的地方？从今往后，我没有好日子过了，他在报复我，他和他爸爸一起报复我，我不明白为什么会这样？我全心全意，真心真意，换来的却是鸡飞蛋打。

我想，这是一个很自然的过程，我的意思是，这是很正常的反应，你不要太伤心，更不要惊慌，如果你想独处一段时间，我会支持，也会叫他们不要来打扰你，如果你想说话，我随时都在，你叫我一声就行。我相信你最终是会走出来的，时间会治愈一切。

我根本不想被治愈，我愿意我的伤口永远裂开，在我做了所有的事情之后，如果我还想尽量消弭痛苦，还想追求所谓的快乐，那我就太无耻了。

唉！我甚至很羡慕你呢，你所体会到的一切，我一概不知，跟你相比，我就像个情感的白痴一样。但又一想，没有爱情是不是也值得庆幸？因为我这个人天生应付不来麻烦、事故之类的，我只会弄得一团糟。

我现在常常回忆我们俩一起疯的日子，那样的日子怎么就一去不复返了。

如果当时你来上海找我，我不是支持你，而是拼尽全力阻止你，现在会怎么样？

很明显，我不会有现在的痛苦，也不会有这一身肥肉。

天哪！你不会是在怪我当时没有阻止你吧？

不，我不会怪你，你跟我一样，什么都不懂，我不理解的是丛老师，她都过了一辈子了，她什么都经历过，她肯定知道我们不知道的事情，肯定知道那些事情的严重后果，她才是应该站出来阻止我的人对吗？结果她竟然是支持的一方。

天哪天哪！不会吧？这跟丛老师有什么关系？

我一直对我妈妈的言论不屑一顾，因为我觉得我们三观不合，但在这件事上，此时此刻，我认为我妈妈说得对。她说丛老师作为一个长辈，作为过来人，应该站出来阻止我，而不是怂恿我、支持我，为我提供方便，因为她的支持会让我产生错觉，以为是比小地方更文明的大城市在支持我，大城市里的精英女性在支持我。我当时也跟你的反应一样，觉得不能怪丛老师，觉得丛老师是我们的恩人，直到前几天我妈在电话里对我说，有些人看起来是在抱着你，但你知道吗？被别人抱起来摔可比自己摔要疼得多。

我不喜欢你这样理解丛老师，我真的不喜欢。你别忘了，此时此刻你还免费住着她的别墅。

我知道你会这么想，我以前也是这么想的，但我现在不这样想了。我们住在这里也不是白住的，我们是她的长工，长工当然是包吃包住的，所以你尽管坦然地住在这里，不要觉得受了她的恩惠。

你为什么会这样想？我真的不能理解。

当你流过血流过泪以后，一切都会变得不一样。

又不是丛老师让你流血流泪的。

她本可以阻止这一切。

因为她很尊重你，你不能自己后悔了，就把责任推到别人身上。

黎晓低下头去，过了好久才抬起头来：你已经被她彻底洗脑了。

求你了，真的不要继续沉浸在这件事里了，已经过去的就让它过去吧。其实大家都不容易，你看看丛老师，都这个年纪了，一天工作十几个小时，再看看吴敏昊，除了睡觉，其他时间都在工作，还有星星，漂亮的单亲妈妈，这些人谁没有过难以启齿的过去，但你看谁提起过，要把那些东西像旧衣服一样扔掉，或是打包，藏在不被注意的角落。甚至包括我，我也是窘事一箩筐，还没来得及跟你说而已。

我都懂，但我实在做不到，至少目前我做不到。

那天谈话以后，衣泓一直留意黎晓的动静，不管怎么说，她觉得应该尽量把黎晓从房间里勾引出来。

她站起身，赤着脚往厨房跑，出来的时候，怀里抱着一只大大的冰水壶。

衣泓在手机上给黎晓发消息，叫她出来喝水、聊天，黎晓迟迟没有动静，正准备上去把她拖下来时，黎晓拿着自己的水杯，慢腾腾地过来了，苍白的脸没有一丝表情，隔着睡衣，也能看到她胖胖的大腿，雄浑的腰身。看在黎晓终于肯下楼的份儿上，衣泓决定先不提衣服的事，她觉得不应该大白天也穿睡衣，太松弛不利于恢复体形。

说真的，好想吃个冰激凌。衣泓讨好地望着黎晓，希望自己的热情能感染到她。

你这种腰围七十的人当然可以吃，我现在就只配喝凉白开。对了，吴敏昊最近好像没住柒零捌了，他要是在，开车出去给你买个冰激凌倒是蛮方便的。

估计在健身房吧，他是不会浪费时间的，他的每个小时都有用途，都有收益。

但何枫说他是瞎忙，说他的工作都是时间密集型的，是在拼体力，效益不高。

何枫这么说人家？他以为人人都能像他那样，坐着不动，每敲一下手指头都是钱？再说，他那个工作也是一碗青春饭，年纪大了也是容易被淘汰的。

你这么说我也要反驳了，搞程序开发的怎么会是青春饭呢？他们公司就有好多六十年代出生的。

我知道，我就是不喜欢他那样说吴敏昊，不应该在吴敏昊面前有优越感，两个人在不同的领域，根本不存在可比性，干吗说得那么难听？

你看，同一屋檐下，就这么几个人，也有鄙视链。毫无疑问，我是被压在鄙视链的最底端了。

别说这种丧气话，你怎么在最底端了？你比谁差了？我不喜欢你这样说自己。别人认不认可不重要，自己首先要认可自己。

我现在只有一个愿望，能穿得下自己的衣服，能在阳光下睁开双眼，能像以前那样轻快地走在大街上。

你意识到了，就朝这个方向努力呀，去吴敏昊的健身房吧，晚上在小区里跑步，我陪你一起跑。

我试过跑步，不行，没跑出五十米，我的胸口就疼得像要裂开一样，头也疼，膝盖也疼，全身都疼，你知道为什么会这样吗？杀人犯正在遭受报应。

正说着，丛老师突然穿着睡袍从她房间出来了，两人赶紧站起来打招呼，丛老师看也不看她们，一手夹着烟，一手拿着手机，匆匆往大门外走去。

会不会是嫌我们吵到她了？

我们声音不大呀，应该只是想出去抽根烟。

我很少看到她抽烟，会不会是碰上什么事啦？

她们来到窗前，撩开窗帘往外看，丛老师在门口小径上走来走去讲电话，对话似乎很激烈，夹着香烟的手不停地画来画去，就像对方正站在她面前似的。

她在吵架吗？跟她的前夫吵？

不可能，他们应该完全没有来往了，听说前夫再婚后，又生了两个孩子，怎么可能还有来往？丛老师真是个劳碌命，这把年纪了，还在没日没夜地干活，从没见她穿个名牌，吃的也简单得要命，不是饭团就是面条。

丛老师推门进来了，跟出去时相比，她神情轻松了很多，对她们两个点头：你们还不准备睡觉？

快了，我们正在喝睡前水。

没想到丛老师在她们旁边坐了下来。

我们一共采访了几个人？有二十五个了？行，拍摄暂时告一段落吧。

不是计划拍满一百个人与房的故事吗？

我刚刚跟一个人沟通了一下，他觉得一百个太多太多了，而且都是些普通人，他希望我们去拍那些有一定知名度的人，他是出于收视率的考虑。我说我一辈子就没考虑过收视率的问题，现在退休了，更想撇开收视率做点东西。刚才跟他掰扯了很久，最终是我让了步。这样吧，我们先做二十五个人的，试下市场效果。

丛老师伸直两腿，往沙发上一躺，闭上眼睛。衣泓懂事地给她倒来了杯水，她接过来，一口气喝下，突然精神高涨。

我来做个市场调查，黎晓，我问你，你喜欢看知名人士的买房故事，还是普通人的买房故事？

可能还是知名人士吧，普通人的故事，跟自己的故事差不多，可能没什么惊喜。

你呢？丛老师向衣泓转过脸来。

可能是与那些受访者近距离接触过的原因，我倒觉得普通人的故事更有生命力。黎晓你看过《孤独的美食家》吗？那些比较随意的街边小馆，那些吃得心满意足的脸，如果换成巨贵的米其林店，巨大的盘子，中间摆一丁点食物，还能有吃得酣畅淋漓的孤独的美食家吗？

但你不觉得《孤独的美食家》后面越来越不好看了吗？明明就是极其普通的饭菜，他还吃得那么陶醉，一看就是演出来的。

说到美食，黎晓！丛老师的目光停留在黎晓身上：你可得节制些了，都是保胎惹的祸，你比以前胖太多了，得赶紧减肥呀，这个样子走不出去的。让那个吴敏昊给你弄个健身方案，自己嘴上也控制起来，多动少吃，多管齐下，否则很难减下来的。

好不容易情绪有所好转的黎晓，脸上瞬间变得阴云密布。我正在努力，我今天还只吃了一顿饭。

光节食不行，得运动，实在不行，还要辅以药物。丛老师突然走过来，摸了一把她的腰身。我的天哪！腰在哪？骨头在哪？赶紧的！

丛老师说完，丢下她们回房去了。衣泓转头一看，黎晓已满脸是泪。

你别往心里去，丛老师你还不了解吗？说话特别直，不会拐弯，她也是为你好嘛，把你当自己人才会这样说。

我怀疑我根本减不下来，我一天到晚饿得要死，稍微一动就眼冒金星，这些该死的肉还是不掉。

再坚持一下，说不定就差最后一口气了。重回麦当劳还可能吗？也许工作起来减得更快。

就像她刚才说的，我这个样子走得出去吗？你要是老板，你肯雇我吗？

我陪你，我们现在就去跑步，就在小区里跑。

我试过，不行，严格地说，我现在还在月子里，不适合剧烈活动。

那我们就去散步，总比躺在家里好。

我不要，我头晕，我真的完蛋了，我很想重来，我拼命减肥，我每天在家上网课学编程，我想从里到外都重来一遍，但我做不到，老天爷不帮我。

没有老天爷，只有自己帮自己，你已经做得很好了，你只需要再坚持一下下。我向你保证，曙光就在眼前。

丛老师突然拉开门，探出头来：衣泓，你来一下！

从明天开始，我就要启动后期兼出差模式了，白天出差，晚上做后期，会很累，但别无选择。先在本地跑几天，然后去北京，说不定还要去其他地方。你可以稍微休息几天，也可以马上回诺贝，黎晓也要催她尽快回到原来的节奏里去，特别要督促她减肥。我那边一有好消息，立刻通知大家。

从老师，我想跟你一起做后期。

为了赶时间，还是以我为主，等这趟忙完了，我再找机会教你。

那，你出差需要我陪吗？就让我当你的保镖好了。

不用不用，你赶紧回去好好工作，同时思考下一部片子。

她知道坚持也没有用，丛老师要去的那些地方，要见的那些人，都是多年来积累的资源，是不可复制，也不能分享的。

一连跑了两三天，第四天晚上，丛老师满脸疲惫地回到柒零捌。衣泓过来问候她，丛老师看也不看她一眼，哼了一声，就把自己扔在沙发上。衣泓见她累成这样，吓得都不敢说话了，蹑手蹑脚想要进自己房间。

你过来。丛老师闭着眼睛也看到了她的动静。

从这几天的结果来看，不得不说，没我想象的好，他们都说买房这事有争议，搞不好容易惹上宣传炒房的罪名。

那他们这是拒了我们，还是提出了修改意见呢？

你觉得我们拍的那些东西好修改吗？又不是一篇文章，添一点删一点。还早呢，我才刚开始接触这些平台。丛老师似乎压着一股怒气，衣泓吓得不敢说话，只能关切地望着丛老师。

拍摄手法上也挑了些毛病，说很单调，只是一组采访，说人物缺乏典型性，不能引起观众的共鸣。讨厌这些人，什么东西都能挑出一堆毛病来，他自己来拍拍看。丛老师闭着眼睛说话的样子，有种满满的疲倦感，像刚刚结束了一场大吵。

过了一会儿，丛老师像是睡着了，呼吸逐渐均匀。衣泓脱下外套，想给丛老师盖上，刚一碰到丛老师身体，丛老师醒了。

我没睡着，我怎么睡得着啊！急都急死了。

丛老师起身回房，刚刚进门，又探出身子来说：我明天要去北京，还有其他地方也要去，我会很忙的最近。我走之后，柒零捌的日常管理由你负责。

黎晓要去医院复检，却在穿衣上犯了难，以前的衣服统统都穿不下了，怀孕时候穿过的孕妇衫，她又觉得太夸张，而且她现在讨厌跟怀孕有关的一切。

最后，还是衣泓想了个办法，她找出自己秋天的风衣，让黎晓把它当裙子穿。

等候黎晓检查的时候，衣泓在朋友圈看到了吴敏昊，突然想跟他贫两句。

你不再回柒零捌了吗？

吴敏昊回了几个笑脸给她：怎么可能，只是最近有点忙，再说我也没接到丛老师给我派活。

她告诉吴敏昊，丛老师出差了。接着她又调皮地说：你只为丛老师开车吗？我陪黎晓复检，现在正在医院，你不想帮一帮两个可怜的女士吗？吴敏昊大笑：我马上过来。

两个人在医院门口等了一会儿，吴敏昊过来了。上了车，系好安全带，衣泓继续刚才调皮的语气：我有预感，你正在抛弃柒零捌。

没有没有，其实，上个星期，我结婚了。吴敏昊慢悠悠地说。

后座上两个人砰的一下炸了起来，当她们终于知道那个人就是星星的时候，瞬间安静，就像有人拧住了水龙头。

为什么？衣泓下意识地问了一句，语气很不客气。

什么为什么？

气氛莫名有点怪异，最后还是黎晓乖巧地说了些祝福的话。

星星拿着我的卡去你的健身房，那是你们的第一次见面吧？衣泓尽量想装得轻松，说出来的话却显得生硬。

客观地讲，确实如此。

你不觉得你们还需要一点时间吗？衣泓说完了才意识到自己的话很可笑，但她管不了那么多了。

你知道这跟时间没关系，有人认识三天就结婚了。

但是……

什么？

衣泓不知道该说什么，她只是觉得有好多话想说，又不知该从哪里说起。

吴敏昊因为还要往回赶，决定不送她们进小区，就在小区门外把她们放了下来。

黎晓刚一下车，衣泓猛地扑到驾驶座后背上。

我要跟你回去，我要去见一见星星。

你的意思是，我待会儿再跑一趟送你回来？

我自己打车回来。衣泓气呼呼地坐回去：我去看看星星不行吗？我跟星星在一起的时间比你长得多！

吴敏昊笑了，开始掉转车头。衣泓摇下车窗对黎晓说：我很快就回来。

刚一驶出小区，衣泓就让吴敏昊停车。

我不一定非要现在就去看星星，我只是想跟你说几句话，我可能知道一点关于你的健身房女孩，我去你健身房的第一天，就在更衣室里领教过了，一个女学员正在吃另一个刚进来的女学员的醋，因为她是你的相亲对象。我不禁在想，你的女学员是否都曾经是你的相亲对象？你明明对她们不感兴趣，却用一种既像恋爱又不像恋爱的手段稳住她们，又用感情上的吝啬来折磨她们，让她们最终对你失去信心，而你这样做的目的，不过是想让她们买你的健身卡，是这样吗？

吴敏昊一脸严肃地望着某个地方，我不明白你的意思，是我骗了她们还是什么？

没说你骗了她们，但你不该一边对人家没兴趣一边又热情洋溢地对待人家，你想用这种含混的态度把人家发展成你的学员，买你的健身卡。话一出口，衣泓也心虚起来，觉得自己的逻辑似乎有问题。

果然，吴敏昊笑了：你的意思是，相亲不成功就是敌人？就不能友好相见？更不能继续用我的健身房？

衣泓感到自己渐渐失势，努力自救：我只是替星星感到不安，星星可能还不知道那些健身房女孩，而且她着急给她的儿子找个爸爸。

不安什么？你觉得我会把她怎么样？

我担心你会辜负她。

任何一对夫妻，双方都有这种风险。

星星的风险系数明显高于你的。

你应该先跟星星沟通一下，了解一下星星的想法。你现在似乎在以星星保护人的身份审问我，事实上，我觉得星星比你成熟得多。她对我也有过许多拷问，她的拷问显然比你的更有质量，但最终，她选择跟我结婚。当然,我为她有你这样的小姐妹感到开心,也很羡慕,但你得明白一件事,任何事情你都可以为朋友两肋插刀,只有感情这件事不能,因为这件事没人吃得透,当事人更是如此。

衣泓的质问都抛出来了,但怒气和疑虑仍未消失,就默默地坐在那里生闷气。

我再多说几句,对这件事,我是这么看的,原则上讲,任何一个男人跟任何一个女人都有可能友好相处,甚至结婚成家,比如我们俩,当初也不是没有这个可能。问题是,人是喜欢在小细节上较真的动物,最初的两次见面,你给我的印象挺好的,你应该能感觉到,但你每次都是说走就走,连再见两个字都不愿给我,就像我是一把公共椅子,你上去坐了一下,抬屁股就走。星星就不同,她会很认真地望着我说话,每一句话都不是命令式的,从不对我用祈使句,有商有量,和颜悦色,我知道这可能就是她的性格,但我就喜欢她这样待我。

不要提别人,就说你和星星。我希望你是做了一个慎重的决定,你要知道,稍有不慎,你伤害的不只星星一个,还有小宝,小宝不能再受刺激了。

那是当然,我不是一个轻浮的人。虽然如此,此刻的慎重决定仅仅代表此刻,以后的事谁也说不准。

你看,还没开始你就已经这样想了。

我应该怎样想?脱离实际画一个大饼,几年以后抱着破碎的梦想呼天喊地？听起来像是一个古老的故事。

沉默了好一会儿，衣泓突然去开车门：我说不过你，总之，我希望你们之间真的有着我不理解的默契，祝你们幸福。

等一下，我送你！他关好车门，开始掉头：我也祝福你能跟丛老师一起拍出个好片子来，丛老师选中你，不是没有缘由的。

第二天，衣泓专门进城去找星星。她们约在一起吃午饭。

你请我，你都结婚了，应该请我吃顿好的。

啊！你知道了？不是想要瞒着你，是事发突然，没来得及告诉你。

她们去吃米线，还有烤面筋，当她们还是室友的时候，下了班，两人常常会挤在一张长凳上，一边喋喋不休地说话，一边津津有味地吃这两样东西，最后还要一杯酸梅汤。

这一次，她们没以前吃得欢，也没叫酸梅汤。

我觉得吴敏昊配不上你。衣泓单刀直入。

我知道。

衣泓瞪大眼睛望着星星，星星拿起叉子，张大嘴，慢慢将裹着汤汁的面筋干干净净塞进嘴里，却没有弄脏嘴唇。她闭紧嘴巴咀嚼的时候，俏丽的唇峰在跳舞。

在小宝的这个阶段，特别需要一个可以带他玩、带他疯、带他运动的阳光小爸爸。

你呢？你就不考虑你的感受吗？

至少是不讨厌，就当是为我儿子做点事吧。

荒唐！不是每个人注定就该享受一百分的生活，就算小宝有什么缺憾，也不是你弄个吴敏昊就能治愈的，我最讨厌的就是什么童年的病需要一辈子去治愈的论调，不治愈又怎样？又不会死人。

一向能说会道的星星今天似乎不准备跟衣泓打嘴仗，她拨着碗里的面筋，拨着拨着，突然放下筷子。

除了小宝，还有一件事也促使我下定决心。告诉你吧，结婚不仅仅是结婚，也是一次不错的理财机会，他有个小房子，我也有个小房子，我们都嫌弃自己的小房子，所以我们各自把它卖了，合伙买了个比较满意的大房子。过几年，不管我们还能不能继续在一起，我们都可以把这个大房子卖掉，如果不幸必须分手，那么增值部分按现在的入资比例分成。说不定到那时，我一个人也差不多买得起大房子了。所以你说什么都没有用，为了孩子和房子，我什么都做得出来。话又说回来，吴敏昊虽然学历不高，但他脑子好用，模样块头也很不错，这样的丈夫不丢人，这样的继父也不丢人。要说丢人，把小宝带进我那个连电梯都没有的小破房子里，让他在堆满杂物的肮脏楼梯上爬行，那才是我这个当妈的应该感到丢人的。总有一天，你也会走上我这条路，你也会想要建设自己的家，也会希望你的孩子为自己生在这个家而感到自豪。为了这一切，我们需要长年累月地榨取自己，直到榨干最后一滴血。

衣泓放下筷子,她吃不下去了。生活必须过成这样吗?

活着的意义本来就是让你体会到生活的不易。我之前跟你说想要找个比他爸爸更有学问的人,那只是气话,我不可能找到比他更有学问的人了,而且我看透了他那样的人,优越感十足,极度自私,以为自己真是天之骄子,以为别人都必须为他让路,为他做出牺牲,然后还打心底里瞧不起为他让路为他做出牺牲的人。

你之前跟我说的话,你现在跟我说的话,在我听来完全是两个人说的,我不想跟你讨论这个话题了,你已经让我迷失了。

哈哈,是你自己迷失了好吗?我的世界简单明了,不可能迷失的。你呀,多想想你自己的事吧,既然你认定了这条路,那你四十岁之前一定要拍出好片子来,一旦你实现了这个目标,那你这一生就顺了,财富、爱情、快乐唾手可得,反过来,你要是做不到,那可就难说了,孤苦一生,大器晚成,这还算好的,就怕你一直以为自己会大器晚成,结果直到死也没成大器,这样的人多了去了。我说话有点直,你不要生气,我的意思是,如果你不能确定四十岁以前能成器,那就一定要两手抓,趁着年轻,一边拍片一边给自己找个男朋友,在这个鬼地方,一个人很难独自活下去,必须找个队友,两人组成一个经济共同体。

经济共同体?

本来就是呀,你想想我们俩一直以来的AA制吃饭,同样的价钱是不是比一个人吃得更好些。

行了，如果必须像你说的去找那样一个队友，我肯定瞬间失去性欲。

总是要失去的呀，你以为你能拥有它一辈子？就那么几年，就靠它给你指引方向，帮你找到你要找的人，过了那几年，失去那个指引方向的东西，你就真的不知道该找什么人了，也什么人都找不到了。说到这里，我倒是替你担心呢，自从你跟丛老师搞到一起以后，你好像把其他的事情都忽略了，比如恋爱的事，你貌似变成了一个事业狂，我的担心在于，万一你全身心投入的事业，其实并不是你的，而是丛老师的呢？万一这份事业真的不属于你，而你又因为忙于工作而错过了恋爱季节呢？

衣泓哈哈一笑：你替我担心的事情我都不担心，就算这个事业不是我的而是丛老师的，但我从中学习到的东西总归是我的吧？我也没有因为忙于工作而错过恋爱，我可以一边工作一边恋爱，问题是我没有碰到让我动心的人，你让我怎么办呢？

你成天跟丛老师混在一起，当然不会碰上让你动心的人。

你对丛老师有偏见吗？一会儿说我跟丛老师搞到一起，一会儿又说混在一起。

我是有偏见，她一个退了休的老年人，既不是行业翘楚，又没有拿得出手的团队，凭什么把一个年轻人死死拉在身边替她干活？

你想过没有，如果她既是行业翘楚，又有拿得出手的团队，她会接纳我这种人吗？我跨得过那种人的门槛吗？

好吧，总之你自己放精明点，不要被人坑了。

我知道我在做什么，也知道我想做什么，不管怎样还是要谢谢你，在十四亿人的中国，除了我父母，你大概是唯一一个愿意替我着想的人。

那可不，吃吧，今天的面筋好像比之前的都好吃。

黎晓的复检情况良好，她问过医生，现在可以开始一些锻炼了。她选择每天晚上在小区慢跑，因为她实在没有信心在大白天秀出自己的体态。除了慢跑，再加上一天一顿无主食减肥餐，尽管如此，减肥速度还是慢得让人沮丧。

衣泓安慰她：现在是瓶颈期，过了这个阶段，就会嗖嗖嗖掉秤了，我看好多文章都是这么说的。

也有些人再也恢复不到以前。看黎晓的表情就知道安慰没什么效果。

你不是在跟着何枫学编程吗？一边学习一边递简历，一家一家投，投得多了，总会有回音的。一旦你开始工作，每天早出晚归，不掉秤才怪。

自从何枫回去攻克他们的项目，他就很少有时间给我上课了，不过我的网上课程有听不懂的地方，可以请他帮我讲解一下，就是不及时，有时今天问的问题，他要第二天甚至第三天才有时间回复我。

有这样的老师多好啊。到时候让他给你推荐一份工作。

他觉得我不能去找专业的软件公司，应该去相关公司找个需要软件操作的工作，他完全是在想当然，我工作过的麦当劳不就是他所说的那种公司吗？但人家并不需要我这种自学过一点皮毛的软件工作人员，人家需要的是出自名校计算机专业的工程师。

不管怎样，学过的东西总有一天会用得上的。或者你可以再去麦当劳试试，毕竟你之前有在麦当劳的工作经验。

在我减掉十公斤以前，我不想出门。

你应该换一个思路了，麦当劳现在招很多阿姨，连空姐也在变成空嫂、空姨。这不仅仅是指年龄上的变化，更多的是体态上的变化、观念上的变化。

不行，我不想放过自己。

衣泓自己也有难题，丛老师出差以后，她去过一次诺贝。李总说：你原来的岗位已经没有了，你现在只有一个办法，继续去做业务拓展，然后带着你的新客户一起来公司建档。

新客户不是那么好找的，一靠固有资源，二靠机缘巧合。幸好丛老师走之前帮她敲定了一个客户，加上现在不用付房租，谨慎点用那笔钱够她维持几个月。至于新客户，她不得不向哥哥发去了求助。哥哥问她：片子拍完了？分成多少？她有点羞愧，只好说：还在销售中。

哥哥说：在我意料之中，做好卖不出去的准备吧。

为什么？丛老师很有能力的。

那是你认为。

哥哥的话非但没有让她感到沮丧，反而有点小小的开心。这就是家人，家人总是把不利的一面过分放大。这样提前预演一番过后，如果接到好消息，那就是喜出望外，如果接到坏消息，也已经有了思想准备，构不成太大的打击。哥哥这样想，是越过那一半陌生的血液，把自己摆在了亲人的位置。她想，哥哥终于接受我了。

为了开发新客户，必须在外面不停奔走，这一走，便复活了初到上海时四处看展的小习惯。她跟黎晓打电话，问她愿不愿意出来一起去看展。她觉得可以借此机会把黎晓拖出来逛逛，改善一下心情，顺便还能减肥。没想到黎晓犹豫了一下，果断拒绝了。

我这个样子，会污染了漂亮的展会，我还是知趣一点，不要去了。

她气死了：黎晓，你这个样子真让人烦你知道吗？就算胖，也要当个开心的胖子，外面好多比你胖的人，人家没有像你这样。

我知道，我甚至不是一个合格的胖子。

不管衣泓怎么死缠硬磨，黎晓就是不出来，衣泓只好一个人去看展。

一个人去看展也有个好处，她会越走越快，而走得越快，脑子里小念头就越多。新的客户会来的，新的带着神光一样的好点子也会来的，一切都会像清晨草尖上的露珠，你在黑暗中等了它一夜，它都无动于衷，但到了早晨，你一睁眼，就看见它亮晶晶地立在草尖上了。一切你期待的，都会突然降临。很奇怪，这些美好的念头就像是疾走的分泌物一样，簇拥在她脑子里，催促她越走越快，越走心情越好。

难免又想到黎晓，黎晓不来也好，身边跟一个垂头丧气的人，恐怕很难产生这些美妙的想法。

上海常年有着各种各样的展览会，建筑、绘画、电影、工业设计，应有尽有，她甚至看过一个叫绳艺的奇怪展览。门票不算贵，带上干粮和水，在里面泡多久都可以。

这天是一个安滕忠雄的展览，图片加视频的形式，衣泓有点小失望，观展惊喜竟不如看那篇介绍安滕忠雄的文章多，也许关于建筑的展览只能如此。看毕，已是下午四点多钟，天地间渐有暮色，她坐在展馆外的长凳上喝水，啃着在包里挤压得又扁又丑的面包，几只麻雀闻到食物的味道，大大方方落在她脚边，她索性把面包撕碎，分给它们。正玩得开心，有人说：我可以给你拍几张照片吗？转头一看，一个穿牛仔连体裤的女生，拿着手机向她示意。她笑了：拍吧！

拍完，女生过来给她看，那是有史以来衣泓拍得最好的一张照片，除了把人拍得很漂亮，暮色也拍得很美，淡金色的光线，醒目的明暗分割，跳动着觅食的麻雀，四周正在散去的人群，因为光线用得好，半低着头喂麻雀的衣泓，五官看上去深邃有力。

她们很自然地坐在长凳上聊起来。女生是个在读博士，她说她喜欢小动物，她拍过的最小的动物有正在吸血的蚊子，还有宠物身上乱钻乱窜的跳蚤。几乎每个周末她都要出来拍它们。她把她拍的视频调出来给衣泓看，真的是各种各样的小动物：蚯蚓、蚂蚁、蟑螂、螃蟹、小猫小狗、小鱼小虾，菜市场里装在笼子里的蛇，各种家禽。刹那间，衣泓分不清自己是在城市还是在野外，是在电影里还是在现实中了。

拍它们的过程，真的是又开心又幸福。你看这个小奶猫，这天使的眼睛，这粉粉的小嘴，我一看到它心里就酸酸地想哭，就想教它说话。还有这个乌龟，你看它的眼睛，还有这狗，它们都有一个共同点，它们的眼睛特别清亮，特别单纯。我失恋的时候，就是靠这些照片帮我走出来的。

女生的声音不高，但每个字都铁钉一般钉在衣泓心里。

你每次拍它们都会像我们这样跟人聊天吗？

才不会呢！我很少跟陌生人说话，今天真是太罕见了，我明明可以不用跟你打招呼的，我只是想拍那些麻雀，后来我发现你的脚很有意思，就想，还是跟你打个招呼吧，不然不太礼貌。

衣泓赶紧又看了一遍，果真有她的赤脚，在展览馆走了几个小时，累了，当她坐下来后，就脱了鞋，把双脚放出来透口气，她还以为她的脚藏在长裙底下，没人看得见呢。

我倒是喜欢跟陌生人说话的，陌生人就像树洞一样，你可以随便说，想说什么就说什么，没有任何心理负担。

嗯，这说明你很善良。

这两者有什么关联呢？

心地复杂的人更喜欢关着门，善良的人才总是和盘托出。

衣泓看看暮色初上的天光，再看看身边这个细声细气的女博士，虽然才是第一次见面，却跟相交多年的老朋友没两样，突然有种异样的平静和满足。谁说人生险恶？谁说人心难测？她觉得简直简单透顶，而且还很愉快。她问女博士，拍这么多小动物，是否跟你的专业有关。

也不能说完全没有关系，女生眯着眼睛想了想说：我是学物理的，从小动物身上，也能发现物理，库仑定律，关于异种电荷相互吸引的定律。物理是最接近真理的学科。

天哪！我为什么没有早点碰上你？

我本来没想看这个展，我们实验室里有个讨论会，但今天突然有人请假，活动随之取消，我临时决定来这里。你是计划好的吗？

不，我本来在办另一件事，走着走着突发奇想。本来我想请另一个朋友一起过来的，结果她不来，我觉得她是有点抑郁了。

抑郁这个词毫无防备地从她嘴里吐出，连她自己都吓了一跳，黎晓不会真的抑郁了吧？

她们在长凳上分吃衣泓的面包，继续闲聊。天快黑时，女生说：下个周末，我们可以一起去郊外爬落花山。我之前拍过一次黄色的松毛虫视频，听说落花山上有很多黑松毛虫，我想去拍它。

她们互加了微信，女生的微信名居然叫长尾夹。

没别的意思，就因为当时申请微信时，我的桌面上刚好有个蓝色长尾夹，于是就用了它，没想到用得挺好，基本没遇到过同名的。

不知为什么，衣泓没问长尾夹的真名，如果有必要，长尾夹应该会主动告诉她。

为了答谢这些面包，长尾夹又给衣泓拍了些特写，虽然衣泓也爱好摄影，但她觉得长尾夹拍的照片才是她最喜欢的，她今天很享受被拍，那些镜头，每一帧都有电影截图的感觉。她突然觉得，也许她能跟长尾夹共同走一段。

衣泓仔细研究了长尾夹的朋友圈。

几乎全是小动物，除了小动物就是风景，清晨的湿润花草，正午焦干的城市上空，傍晚的习习凉风，最后一次是那天在展馆外拍的麻雀，以及麻雀旁边她的裸足，这算是唯一与人相关的拍摄了。为什么长尾夹从不透露哪怕一点点私人生活呢？从这一点来说，她简直不是个女生，没有哪个女生在朋友圈完全屏蔽自己的生活。

她以为两人分手那天的约定只是随便说说，没想到才周四，长尾夹就发来消息：记得明天准备一点外出要吃的东西，后天一早就要出发，可能来不及买哦。

衣泓心情大好，愉快地回复：一定会带足的！

周六早上，还在地铁上，她就收到长尾夹发给她的定位，长尾夹已经到了约定地点。

郊游的前半场都没什么特别之处，长尾夹一直在专心致志地寻找小动物，衣泓有点心不在焉，与其说她对风景有兴趣，不如说她对长尾夹有兴趣。她期待着更多地了解长尾夹，几次想把长尾夹从小动物身上拉回来，都没能成功，直到她说：你这样可能找不到男朋友，因为你的兴趣完全转移到跨物种身上去了。

我故意的。长尾夹从小动物身上收回视线，认真地说：否则，我怕我会跑去找前男友，我跟他分得很艰难，比断奶还难，我一度以为自己活不下去了，靠着这些小动物才慢慢活过来。

但是，你已经拍了这么多小动物了，走出来的过程真的要这么长吗？

要的，哪怕他现在已经结婚，而且当了爸爸，我还是怕我会管不住自己。

难以想象，真有难以自拔的感情？

如果你没有那种感觉，很可能你谈的不是真的恋爱。

你们分手多久了？

两年了。

衣泓回想一下自己那点可怜的大学恋爱史，两人只谈了两个多月，男生就被另外一个女生吸引过去了，还说什么你不能控制我。有点难受，但也没有办法。与其说她为失恋痛苦，不如说她为失败痛苦。她发现，一个女人只要进入恋爱，免不了会失败，就算取得阶段性成功，进入婚姻，中年更是男人出轨的高发期。也就是说，一个女人一辈子都要提防男方出轨，这太没意思了。尽管如此，她还是用了两个多月才走出来，开始是有点沮丧，一个人走在外面，脑袋沉甸甸的，眼睛好像还有点畏光，酸酸沉沉地睁不开。直到那天，她在一家店里看到一个小丑娃公仔，她的嘴就像被人扯住往两边拉了一下，不受控制地咧嘴笑了起来，与此同时，一股灼热上涌，她流下两行酸泪。擦干眼泪后，她就开开心心抱着那个小丑娃回家了。那以后，这事就算翻篇了。

看来分手真的需要借助某个东西，长尾夹借助的是小动物，她借助的是一个丑公仔。

长尾夹透露她准备出版一本关于这些小动物的书，除了照片，还有相关的文字，所以她现在每拍一种动物，就得收集整理跟这个小动物有关的大量资料。要有科学含量，还要有趣，图片还要清晰，这是出版社的要求。他们现在定期跟我联系，催我进度。从长尾夹的语气可以看出，她对这份突然冒出来的工作相当有热情。

多好！到时我要买一本你的书。

爬到半山腰时，两人坐下来休息，衣泓拿出包里的零食，长尾夹拿出的是一只饭盒，里面竟然是腌黄瓜和炒花生。长尾夹说：这是在我们学校食堂买的，我只要了腌黄瓜，卖菜的阿姨自作主张给我加了两勺花生。衣泓馋得眼泛泪光：说得我都怀念起学校来了，不把我们赶出来多好啊。

明年我就毕业了，也要被赶出去了。

留在这里吧，留在这里我们继续拍小动物。

此地虽好，却是我的伤心地，我还是回去吧，让家乡口音和家乡美食彻底治愈我。

到底为什么分手？

肯定是不爱我了吧，他后来的女朋友比我漂亮，比我自信，是夏天会穿Bra出街的那种人。

衣泓望着远处摇头。我有个忘年交朋友，她很优秀，已经退休了，还在追求自己的事业。她告诉我，爱情只是发情期的本能表现，不用看得太重，过了那段时期就不算什么了。

有些滋味，只有受过伤的人才知道。长尾夹突然发现了目标，是一只全黑的松毛虫，小拇指粗细，全身都是鞋刷一样的黑毛，因为黑毛过于浓密，当它爬起来的时候，根本看不到它的身体，只能看到一簇条状的黑毛在地上蠕动。看久了，衣泓有种又害怕又恶心的感觉。

你看！长尾夹把她拍的视频给衣泓看。

奇怪，当镜头里只有松毛虫的时候，衣泓没有了那种感觉，反而觉得它一拱一拱往前爬的样子很可爱，就像身体里装了个小弹簧一样。

长尾夹说：它应该是从树上掉下来的，它不喜欢在地上爬，它喜欢生活在松树上。它被称为害虫，因为它吃松针，会把松树吃干毁尽。农民们都恨它，但我还是喜欢它。看它多可爱啊，它的黑毛毛看起来多有光泽，难以想象这么柔软的身体是怎么把粗硬的松针吃下去的。其实不应该有害虫益虫之分，每一个生命都是珍贵的，每一个生命的生存之路都是正义的，也是艰辛的，松毛虫吃掉松针活下去，对它来说，就是最大的正义，我们却要以正义之名毁灭它。

噗的一声，又一条松毛虫掉了下来，在地上翻滚一下，马上开始飞快地蠕动。

长尾夹又开始拍摄。中间，她压低声对衣泓说：看它们的腿，太漂亮了！太精密了！

长尾夹屏气凝神跟在松毛虫后面拍，那虫子就像明白了她的意图似的，一会儿趴着不动，一会儿爬得飞快，摆明就是想甩掉这个跟拍者。

五分钟过去了，十分钟过去了，半个小时过去了，长尾夹还在跟那条松毛虫较劲。最后，长尾夹实在等不及了，折下一根棍子，把松毛虫接引到棍子上，再小心翼翼地放到附近的松树根部。松毛虫顿时精神大振，没几下就爬了上去。

这种小动物视频，你拍了多少了？

十几种吧。

可以尝试把它剪成一部电影。

这个我可不会。长尾夹突然想起来，问她：你是干什么的？

我跟人合拍过一个纪录片，但还没有播出。对了，以后你去拍小动物，可以带上我吗？我可以带上设备，比手机要复杂一点，但效果会好很多。

从山上下来的路上，她们一直在兴奋地聊着关于小动物的电影。

你说，小婴儿算不算呢？

我绝对不想拍同类，我连猴子都不想拍，就因为它太像人了。如果不是因为猴子，我甚至可能去动物园求职。

你如此痴迷小动物，家里的人知道吗？支持吗？

我妈骂我玩物丧志，她觉得我应该跟紧导师，多搞科研。

从小到大，逼着你刷了多少题，草稿纸都用了几百斤，结果你一头扎进了小动物堆里，还想跑到它们那里去讨生活，她肯定不开心的。

从小学一年级开始，我让她开心了将近二十年，每次家长会后，她都会给我一个大大的拥抱，因为我的成绩给她长脸。她已经开心了那么多年，她够了。

她们在一块大石头上坐下来歇脚，衣泓打量长尾夹因为流汗而显得湿润的脸，棒球帽遮去了上半部分，她只能看到挺直的鼻梁，倔强的嘴唇。她习惯性地将镜头对准了长尾夹。长尾夹没说话，但她的嘴唇在轻微地颤动。她不记得在哪里看到过这样一句话：嘴唇比眼睛更能传达一个人的情绪。

拍完了，她把镜头转过来，给长尾夹看。

长尾夹看了一阵，什么也没说，却突然伸出手，在衣泓弓起来的膝头上拍了一下。这以后，她们沉默了好久，谁都不说话。

我有个提议，你跟我去一趟我们的工作室吧，我非常喜欢你的讲述，你的故事，为什么我们不把它用视频的方式记录下来呢？这种自然状态下的闲聊，可比演播室的访谈精彩多了。我们就聊你和你的小动物的故事，既然我们已经有了很多小动物的视频，那它们的主人必须出镜，否则就变成导演拍的东西了。

我可不是它们的主人，它们没有主人。虽然我拍了那么多小动物，但我自己却很害怕镜头，我在镜头前很不自然。

不会的，你可以戴上你的帽子，一旦你有了帽子，你眼里就不会在意任何镜头了，不信你试试，这是有科学依据的，关于视线在物理支持下会更加犀利的问题。

我怎么不知道。

因为这是野生物理。

长尾夹答应随她去工作室。衣泓想起穿着睡衣活动在柒零捌的黎晓，决定先打个电话通报一声。

也许是太激动了，衣泓讲述长尾夹的时候，有点颠三倒四，结结巴巴，也不知黎晓是根本没听懂，还是对她的讲述不感兴趣，突然打断她说：

衣泓，我决定试一试睡眠减肥法，这是我最新找到的办法，不吃不喝，就是睡，醒了接着睡，你回来的时候，不要试图来叫醒我，不要干扰我的计划。

还有这种办法？那不会把人饿死吗？

有人真的成功了，总之我想试一试，我就剩这一个办法没有试过了，不过，我需要你替我保密，也希望你支持我，不要过来干扰我，你能做到吗？真希望我能通过睡眠回到从前，希望我能做个成功的

"睡美人"。

放心，我肯定是最支持你的那一个，不过，你实在饿得扛不住的时候，记得出来吃点东西哦。

我知道，切记，替我保密，我想再次出现在大家面前时，从头到脚、从里到外都是新的。

祝你成功！你一定会成功的，亲爱的！

打完电话一看，长尾夹又开始趴在地上拍一只黄豆大的圆形小爬虫了。

衣泓问她这小家伙叫什么名字，长尾夹说：我也不知道，等我回去上网一查就知道了。所有的小家伙我都是通过这种途径慢慢认识、慢慢喜欢上的。

她们从山上下来，直奔柒零捌。

长尾夹一扫之前的淡定，在屋里走来走去大呼小叫。

你怎么会遇上这么好的老板？我也喜欢在这样的环境下工作，请让我来这里工作吧，我一定会加班加点马不停蹄把工作做得棒棒的！

行啊！你来吧，除了你和你的小动物，我对你和你妈妈的关系也特别感兴趣，你说到她的时候，语言不多，但特别有画面感。

其实我很爱她，她也爱我，据说她已经立下了遗嘱，指定我为她的唯一继承人。

这还用立遗嘱吗？你当然是她理所当然的唯一继承人。

法盲了吧，我还有外婆，外婆是有一部分继承权的，如果外婆死掉，外婆继承的那部分就要给我舅舅。

衣泓瞪圆了眼睛：这才是真的亲生母亲啊！

你是这么想的吗？我怎么觉得她是在操控我呢，她买上海的房子也是，不由分说就买了，然后告诉我，将来你就住这儿。我跟她说，我不会留在上海的，我不喜欢上海，她完全不考虑我的意见，说有了房子你就会喜欢的。她就是要牢牢地把我抓在手里，死了都要抓在手里，她要把我变成她的工具。

恕我直言，你这种情绪发展下去很危险。

你真是太神了！你知道吗？前段时间我做了一个梦，我说服她，带她去旅游，去华山，你知道华山有个龙脊吗？有一年我们学校毕业游，去过那里，我当时因为害怕，走了几步就回来了，但我在梦里上了龙脊，我和她，当时雾很大，风也很大，我不知怎么突然一抬手，碰到了她，她就掉下去了，那可是万丈绝壁。

她望着呆怔的衣泓诡异地一笑：好了，不说她了，说说你这里，真的相当不错，自由自在，自由创作，这是好多人奋斗了一辈子都达不到的境界啊。

其实我穷得像个要饭的。

你在别墅办公，还说穷。

你不知道，说来话长。衣泓突然意识到，对着一个在读女博士哭穷，这事挺可笑。

衣泓向她介绍曾经住在这里的人，一个一个如数家珍，但他们现在都不在，不是搬走了，就是很少回来了，只有她和黎晓还坚持住在这里。

那，这个地方，算是你们的共享客厅了，你们每天都会在一起聊天吗？长尾夹脚后跟立地，旋转一圈，面对衣泓站定。

共享客厅！衣泓走神了，多好的名字，新项目有谱了，就叫《共享客厅》，把看中的嘉宾都请到这个客厅里来，一起聊聊他们的故事，就像现在她和长尾夹正在做的一样。表面上，她们聊的都是生活琐事、各种细节，但这些琐事和细节却能让人物的内心显露无遗。跟《沪居博物馆》不同，《沪居博物馆》是很表面的东西，《共享客厅》更能挖掘人物的内心世界和精神世界。

整个晚上，衣泓都在聚精会神地捣鼓长尾夹和小动物的视频，最后做成了一个带有字幕和背景音乐的十分钟短片，发给了长尾夹。

片刻，长尾夹问她：我可以把它发在我的账号里吗？

当然可以，它也是你的。

第二天一早，她就被电话吵醒了，长尾夹兴奋地告诉她：短短六个小时，我们那个视频有一万多人点赞，有六千多人转发。还在继续！还在继续！你知道这说明什么吗？

衣泓当然知道，她顿时睡意全无，刷牙的动作都变得铿锵有力，同时伴随着一个声音：我有观众！我要继续！

长尾夹又打电话来：我这里有一个很有趣的人，我敢打赌，你肯定会想拍他的，中午过来，我介绍你们见面，顺便在我们学校食堂吃饭。

在学校食堂吃饭几个字牢牢抓住了她的心,她才想起来,昨晚竟忙得忘了吃饭,这会儿早已饥肠辘辘。

出门前,她才想起去看看黎晓。

门上贴着一张不起眼的小纸片,上面写着一个字:嘘!

她笑了,收回要敲门的手指,往长尾夹那边赶去。

长尾夹和一个满头白发的男人在校门口等她。

长尾夹给他们介绍:这是老顾,是我们实验室的校工,我的好朋友。老顾,这是我刚认识的新朋友衣泓,立志拍电影的衣泓。

老顾提议她们先去食堂,他去校门口的超市买些零食,然后回来找她们。

他走以后,长尾夹继续介绍:跟他做朋友很舒服,可以无所顾忌地聊天,可以请他代我去食堂买饭,甚至可以请他去超市帮我买卫生巾。他看了我们的视频,然后对我说:拍这个东西的人了不得,看起来拍的是小东西,实际上拍的是你的内心、你的灵魂。然后他主动跟我说,让你的朋友拍我吧,看看她能把我拍成什么样。

衣泓很为难:我一点都不了解他。

你觉得他多大年纪?

应该六七十了吧,头发都白成这个样子了,身板倒还没有佝偻。

其实他才刚刚五十,他的白发是染的,七八年前就开始染了,他故意让自己提前进入老年。现在你觉得有东西可拍了吗？

衣泓恍然，跳起来抱了长尾夹一下。

吃饭的时候，衣泓一句话就拉近了她和老顾的距离：

我看到过一首诗，里面有这样一句话：唯愿速速老去。

老顾像是冷不丁被人拍了一掌，愣怔片刻，放下碗筷说：我会在镜头里向你解释我是如何践行你刚才这句诗的。

他们就在老顾的斗室里拍摄，里面只有一张小床、一把椅子、一张课桌，那是实验室给他腾出来的一间用于休息的小库房，因为实验室的工作不像其他单位那么刻板，每天朝九晚五。

衣泓鼓励镜头里的老顾：我没想到你这么上镜，你会爱上镜头里的自己。你的白发很衬你的肤色，有些人就不行，有些人的脸在白发映衬下显得很脏，还显得老，但你恰恰相反，似乎两种质地互相成全了对方。

唉，很多人不喜欢白发，一出现白发就要染，我就特别不理解，黑发和年轻真的那么好吗？看看那些年轻人，每天早出晚归，两点一线，像驴拉磨，还有更年轻的，牛马样驮着个大书包，我只看一眼就替他们感到累，相反我觉得一个人老了才是在真正地活着，不攀比，不斗狠，做点力所能及的工作，做点不需要器材的运动，煮点自己喜欢吃的食物，收养一条本土小狗，收获一点点友好和信任，日子过得很舒服的。

你什么时候开始提前进入老年人生活的？

不记得是哪一年了，只记得是从我下岗那年开始的，我突然不想去找工作了，作为富余人员，我可以领点基本工资，延续生命没有问题。为了不跟社会脱节，我在大学里找了这份工作，工资不高，但我喜欢大学的环境。

可以问你那年你多大年纪吗？

四十三岁，从时间上来说，不算老，但我的心已经无比苍老了。我厌倦了所谓的末位淘汰制，厌倦了所谓的竞争上岗，你必须时刻绷紧那根弦，每个月一过十号你就开始紧张，就开始不停地打量那只象征自己业绩的箭头，但你知道吗？人的开拓能力是有限度的，不可能永远爬升、永远前进，一旦你掉下来，他们就要给你记录一次，超过三次，你就得到一张黄牌。我一共得到了三张黄牌，在实施末位淘汰制以前，我是个很优秀的员工，我喜欢我的工作。但这个制度一实施，我突然不喜欢工作了，我不知道把人逼上那个连喘气工夫都没有的轨道有什么意义，工作不被认可的打击是无法承受的，因为它相当于当众羞辱你的自尊。所以我就走了，按说我还可以在那里挣扎一下的，但我放弃了。四十三岁去找工作有点尴尬，试了几次我放弃了。完全不工作，信马由缰似乎又早了点，容易引发别人对你人品的怀疑，思来想去就有了那个办法，干脆我扮老人好了，一个满头白发的老人，还出来找一份不太功利的工作，那多有境界，多让人尊敬。事实证明果然如此，有了这头白发，我可以在别人赶着去上班的时候大大方方晨练，我上地铁，有人主动给我让座，我去医院，志愿者主动上来询问我。有一次我骑着自行车逆向行驶，交警把我拦下来，我立即假装自己是帕金森患者，他看看我的白发，再看看我抖个不停的手，不但仁慈地挥手放行，还叮嘱我应该从哪里过马路到对面去。我的总结是，如果你没法让自己变强，不如索性装孬，装孬要比装强简单多了。

你觉得这算消极的生活态度吗？

我不认为我是消极的，我只是没有积极的机会。我被出局，是因为我出局成本最低，换成任何一个人，都会反抗，会大吵大闹，鱼死网破。他们知道我不会，知道我是宁可退一步海阔天空的人，他们太了解我了。

为什么你会让他们感到你不会反抗？

因为我的人生哲学。我觉得活着不是竞赛，不需要斗智斗勇，更不需要以干掉你的同事和朋友为代价。如果一个人一辈子都要拿出竞赛的姿态才能活下去，那根本不是活着，那是在接受惩罚。

你的家人怎么看待你的出局？还有你的白发？

我的妻子是个格局挺大的女人，她从不干涉我，但她有个条件，当她的亲人们来我们家做客时，我尽量不要待在家里，工作也好，散步也好，总之，找点事躲出去。实在不能外出，就假装接几个工作上的电话，以此表现我很忙，很重要。

说明她其实很在乎你的出局啊。

在乎，但不苛求，这已经是意外的惊喜了，我本来以为我们会分手,我都做好了这种准备。现在她越来越开心了,随着时间的流逝,我的同龄人,那些没有被末位淘汰制所伤害的人,现在共同面临淘汰了,他们还不如我当年,四十三岁还可以找一份我现在的工作,六十岁可就找不到了。

所以你现在平衡了呀,为什么还要顶一头白发呢?

满头白发可以从生理上暗示我,对待事物,尽量超脱一些,一切都会老去,一切都是过眼云烟。

为什么你会跟长尾夹成为朋友?在我看来,你们很不一样。

我觉得我们在某些处境方面是相似的,她的压力很大,来自家庭的,来自工作的。是的,她还没有工作过,但她找了很久,她的简历改过好几个版本,打印过很多次,据我所知,从来没有回音。她讲她并不喜欢读书,但找不到工作,就只能读书。她本科毕业的时候就想找工作,没找到,只好读研。研究生读完了,又想去找工作,还是没找到,只好读博。现在,博士眼看又要读完了,看样子她可能会继续读博士后。

你支持她读博士后,还是希望她走向社会,去找份工作?

老顾沉默了一会儿,突然掉头,望向远处。发自内心地讲,我并不希望她能找到工作,如果一个博士都没有工作,如果一个博士后都没有工作,对我来讲,是不是深入骨髓的安慰?当然,她最终是会找到工作的,但我特别希望她能在大学多待一段时间,我会帮她多找一些小动物……

等等，她拍小动物的爱好，跟你有关？

最开始，她没事的时候喜欢拍实验室里的蟑螂，拍了两次之后，我开始帮她找蟑螂，你知道，我的工作总是很容易碰上蟑螂。后来，我又向她介绍蚊子、螳螂、跳蚤，她太孤单了，学习上的压力也太大了，正好借这个解解压。没想到这一拍，倒拍出点名堂来了，前不久听说还要出一本书，还有人想请她去参加一个什么节目。但她导师不喜欢她搞这些，说她哗众取宠，不务正业，她听了很不高兴。很多导师跟自己的女弟子关系都不错，她是个例外。

为什么你这么有自信，居然跟一个女博士交朋友？

老顾扬了扬眉毛：这跟自信没有关系，恰恰是因为不自信。在实验室那个小角落里，最不自信的弱者就是她和我，弱者的目光总是望向弱者，弱者本能地知道哪里还有个弱者。

弱者本能地知道哪里还有个弱者。衣泓不自觉地重复道。

世界上只有两种人，强者和弱者，如果非要跟年龄挂钩，年轻人和老年人在强弱指标上差不多，他们应该统称弱者，中年人是真正的强者，他们拥有很多，也能掌控很多，他们是今天的强者。

老实说，对老顾的拍摄让衣泓感觉很不好，老顾的一些话多多少少刺痛了她，比如他对长尾夹的认识，长尾夹怎么可能是弱者呢？她是个宽容的、有大智慧的人，否则也不会跟老顾这样的人交朋友。还说什么年轻人和老年人同属弱者！她不想跟他争辩，她也不会把这段视频保留在她的《共享客厅》里。

拍完老顾，长尾夹把自己的手机递给她看。在长尾夹的视频号上，那个十分钟的短片，弹幕占满了整个屏幕，全是排山倒海的好评，清一色的夸奖，看得衣泓热血沸腾。

怎么会有这么可爱的人！

好治愈的小动物！我也想要去拍。

我要把它存进我的手机里，上厕所和睡前看。

学物理的女孩居然这么可爱！

长尾夹两眼发亮：我在想，你是不是也来开个视频号，每拍一集，上传一集，你肯定会收获巨量粉丝。

衣泓本来很激动，听长尾夹这么一说，突然冷静下来：关于你的这一集，你可以上传，其他的就算了，我还是希望能拍成真正的纪录片。

有什么不一样？不都是给人看的吗？不一样都是观众吗？

不，当然不一样，我不想拍成一个消遣的东西。

手机响了，居然是吴敏昊。

我有一个好消息给你！先想想你怎么报答我吧。

你都还没报答我呢，还要我报答你！你欠我一个报答，我记得可牢了。快说，什么好消息？

咦？我欠你什么报答？

你是忘了还是根本没有意识到啊？不是我，你能认识星星吗？

吴敏昊在那头哈哈大笑：一说到星星，你那张嘴巴就特别利索。

告诉你啊，我们健身房要拍新的广告大片，我向他们推荐了你的公司，你赶紧过来接洽吧。

衣泓高兴得叽哇怪叫：我会报答你的，我真的会报答你的，我把我的提成分一半给你。

算了吧，穷得叮当响！谁好意思要你的提成。若有下一次，再跟我分成吧。

迫不及待去公司向李总汇报，一路走得行云流水。

无意中一抬眼，半个天空绯红一片，像浓重的胭脂。果然就像她在看展的路上想的那样，新的客户会来的，新的带着神光一样的好点子也会来的，一切都会像清晨草尖上的露珠，你在黑暗中等了它一夜，它都无动于衷，但到了早晨，你一睁眼，就看见它亮晶晶地立在草尖上了。

李总也很高兴。终于可以拍一个漂亮的片子了，这是他们最喜欢拍的片子，画面好看，环境也好，又很容易拍。

李总问起丛老师，她说丛老师出门找买家去了，已经出去十多天，至今都还没有跟她联系过。

李总似乎很意外：不至于呀，按说在拍摄的过程当中，就应该有人上门联系了。如果有人跟她联系，你不会完全不知道吧？

我……好像……真没听她说起过这方面的事，只知道她经常会长时间地跟人讲电话，应该是跟片子有关的电话，但她从没正面跟我说起过那些电话，我以为我不应该打听。

你们拍完多长时间了？快两个月了？到目前为止一点播出的消息都没有？难道她想走国际电影节的路子？很多人这么干，拍完先捂着，送去参加电影节，获个奖回来好抬身价。

衣泓很振奋：很有可能哦！上次丛老师还说碰上了一个了不得的大咖，批评她没有剪好，丛老师还打算请那个大咖再剪一次。我来看看最近有哪些电影节。

我只是说有这种可能，并不是说她一定在走这条路，这条路的成功率并不高，也不是每个人都走得通的。说到这里，李总用特别的语气说，有时候，激情和才华不一定会带来成功，但一定会带来即将成功的预感。

从公司出来，衣泓心里多少有了点不安，她想跟丛老师联系一下。虽然丛老师有过交代，她在外面会很忙，那意思是叫衣泓不要随时随地都想着跟她联系，但联系一次总可以吧。她拨通了丛老师的电话，响了六七声，无人接听，难道正在跟人谈事情，所以把手机开了静音？她不敢继续等下去，等丛老师忙完，应该会根据来电记录打过来的。

正准备回柒零捌，爸爸发来信息：你哥哥明天生日，今天记得问候一下。

看看高德地图，现在去的话，倒是最方便的，省得明天从柒零捌出发，又是一趟漫长的跋涉。何况老家的习惯，成年人过生日，客人们都在前一天到达。

趁着新客户拓展成功的好心情，衣泓来到香烟店，哥哥是烟民，送什么都不如送烟最实惠。她记得哥哥常抽的牌子，买了一条，好贵呀，不过她买得理直气壮，毕竟新客户有了，心里没那么慌了。

路上跟哥哥联系，哥哥说正好，今天都在家。

不知是不是自己心情转好的原因，今天看哥哥一家，全都温暖美好，大家言语投机，轻松且有喜感。她掏出给哥哥买的烟，连同生日快乐一起送出去，哥哥难得笑眯眯的：还这么客气！

一家人出去吃饭，席间，她手机响了一下，是哥哥给她的红包，红包封面写着：戒烟中。她看向哥哥，哥哥扬了扬眉毛，她知道哥哥是在替她心疼钱包。

席间，侄子很难得地跟她说了话：姑姑，方便的话，我想看看你是怎么拍片子的。

这是侄子第一次叫她姑姑，她拼命点头，她能想象这里面的过程，首先是哥哥的讲述，然后是一家人的讨论，然后是傲慢的往下看的眼神慢慢变成了平视。他们接受她了也好，她把他们征服了也好，总之，哥哥正在变成她真正想要的哥哥。

说到拍片，哥哥问片子卖出去了没有，她讲了丛老师的情况。

丛老师好忙，我到现在都还没联系上她。

别是把片子卖了跑路了。

嫂子说：不可能，土生土长的人，规规矩矩上班直到退休的人，能跑到哪里去?

她决定今天晚一点再联系一次,不管多忙,总有休息的时候,总有睡觉的时候,她想趁那个时候打过去。

从饭馆出来,衣泓没再去哥哥家,直接上了回柒零捌的地铁。

看看时间,快十点了,丛老师就算在外面洽谈业务,就算请人吃饭,这会儿也该吃完了。她找出丛老师的电话号码,直接拨了过去。万一丛老师在没有信号的地方,收不到微信呢?

依旧无人接听,她突然有点焦躁,再次拨打,再次拨打,每次都是无人接听。

今天一整天都过得不错,现在却因为一个电话,一天的好感觉都毁了。丛老师到底在干什么?为什么不接电话?什么情况下,电话才是通了却无人接听的状态?

她要去问最聪明的星星。

我早就怀疑过,但我不忍心说出来,她肯定早就把片子卖出去了,把你们几个小长工撂在这里不管了,现在你明白她为什么免费让你们住大别墅,不向你们收取房租了吧?在她的算计里,房租就是你们的工资,两相抵扣,两不相欠。现在她不理你们,就是熬你们,活人总不能饿死在别墅里。等你们都走了,她再回来,把门锁一换,彻底不认你们。如果真的是这样,那她就是骗子,一个文化骗子。

我觉得丛老师不是那样的人。

那你就继续等吧,等她接你电话,等她回来给你计算报酬。应该等不了太久，过几天，说不定新的房客突然驾到。到那时，你们什么都没得到，却也不得不搬家。

我觉得不会，这次你肯定想错了。

我也希望我是错的。

闹钟响了，衣泓没睡好，迷糊间想起今天要跟诺贝的人一起去健身房谈计划，猛地坐起来，冲向卫生间，刷个牙就能把自己彻底叫醒。

从卫生间出来，她再次来到黎晓门口，又看了一眼那个"嘘！"字，敲了敲门，里面没有动静。看来黎晓这次是真的豁出去了，支持她吧。

不知是出于什么目的，她对着"嘘！"字拍了一张照片。

在地铁上，她算了一下黎晓的"睡美人"计划的时间。她是前天和长尾夹在山上拍松毛虫的时候接到黎晓电话的，如果黎晓挂了电话就开始睡眠减肥法，到现在已经足足有四十五个小时了。四十五个小时不吃饭，人会饿成什么样子？这个女人，对自己真狠哪！不过这也说明她挺适合这个办法，起码她能坚持下去，之前的办法她没有一个能坚持下去。

她相信她敲门的时候，黎晓并没有真正睡着，只是在里面硬扛，作为好朋友，她能有什么办法呢？除了支持她，还是支持她。

待公司的人跟健身房接上头后，她就找借口溜了出去。看看时间,已近十一点,回去的话,免不了要去干扰黎晓的计划,不如在外面多待一会儿,想起好久没有面见星星了,索性联系了她:中午去吃面筋如何?

星星回复得挺快:十一点半,老地方见。

她算了一下,步行过去时间应该是足够的,结果当她赶到时,星星已经坐在里面了,老远就瞪着她:

你约的我,结果你自己还迟到了。

两大碗热腾腾的食物端上来时,衣泓忍不住说了句:感谢上帝赐我享受美食的资格!

你信上帝了?

没有,就是突然很想感谢一句。

享受美食的资格是什么意思?

你知道吗?黎晓最近在搞一个"睡美人"计划,就是不吃不喝,光睡觉,所以又叫睡觉减肥法。她还专门叮嘱我,叫我要支持她,不要干扰她,还在门上写了个纸条。跟她相比,我是不是很幸运?至少我可以大口吃饭。她打开手机相册,让星星看那个"嘘!"字。

至于吗?她现在到底有多胖?不过,保胎会变胖那是肯定的。

我不好意思问她体重,反正她以前的衣服全都穿不下了,现在整天在家穿睡衣。

什么睡眠减肥法!没听说过,我的理解,这不就是绝食吗?

咦?我怎么没往这上边想呢?

她不吃不喝睡了多久啦？

她把自己算过一遍的时间线调出来。

四十五小时？你确定她四十五小时内没有进过食，也没有喝过水？

她是这么说的，应该也是这么做的，她非常非常有诚意减肥。

我怎么觉得不妙呢？你真没觉得有什么不对吗？

没什么不对吧，她最近一直在琢磨减肥的事情。我敲过她的门，她不理我，事先跟我说过，让我要支持她，不要干扰她。

希望她只是不理你，而不是不能理。

衣泓突然紧张起来，盯着星星：老实讲，你想到了什么？

星星也盯着她：你知道我想到了什么。

给你这么一说，我饭也吃不下了，你告诉我，我要怎么样才能弄开她的房门。我唯一能想到的就是厨房里的菜刀。

菜刀肯定不行的，打110吧。如果她反锁了，或是里面有什么情况，他们会有办法弄开的。

衣泓放下筷子就往外跑，星星在后面喊：有事给我打电话。

在地铁上，衣泓迫不及待地搜索了一下睡眠减肥法。没有所谓的睡眠减肥法，只有一些减肥产品，宣称服用过程中，即使在睡眠中也能减肥。她想现在就打110，又担心是自己多虑了，万一警察破门而入，发现黎晓在家好好的，她会涉嫌报假警，而黎晓肯定也会生她气，因为她再三交代过，要支持她，不要干扰她。

404

回家再说吧，回家后一定使尽浑身解数，把黎晓的门敲开。实在敲不开，那就打110。

那个字还在门上，时间的原因，四周正在干枯翘起。她使劲敲门，连敲带喊，请求她，威胁她，再不开门就报警了。闹腾一阵过后，她安静下来，把耳朵贴近门锁，想听听里面有没有什么动静。什么也没有，只有死一般的寂静。死这个字吓坏了她，为什么会想到这个字？

没办法，她报警了，就算黎晓在里面好好的，她也要报警，她不能等她饿死了再报警，报警的意义在于阻止她的不当行为。

110来了两个警察。她把在报警陈述里说的话又说了一遍，关于黎晓的怀孕和保胎，关于引产和发胖，关于工作压力和身材焦虑，关于睡眠减肥法。与此同时，她还没怎么看清楚，警察就把门打开了。

黎晓躺在床上，脸色青紫，一动不动，她扑过去，一个警察喝令她退后，另一个警察扳开她的眼皮，用手电筒察看她的眼睛，然后就听见他在电话里说到120救护车。

衣泓哭了起来：她是不是死了？她不会死的对不对？

她看到床头柜有个小纸包，纸包有点磨损，有些陈旧。警察把纸包小心翼翼装进一个塑料袋里。

另一个警察从枕头底下小心翼翼抽出一张纸，是一张字条，衣泓冲过去要看，警察一抬胳膊，把她挡了回去。

为什么不让我看？她是我的好朋友。

警察不理她，径直问她问题，同时查看她的身份证。

听到她说最近只有她和黎晓住这里时，警察问她以前还住过哪些人，她只得说出吴敏昊和何枫的名字。

房东是谁？

衣泓一下子没反应过来，因为没交过房租，她几乎没有房东的概念。最终，她说出了丛老师的名字。

这是她的房子，她的工作室，我们是工作室的员工，我们住在工作室里，我们不交房租，所以丛老师不叫房东。

过了一会儿，警察接到了同事打来的电话，他们频繁地提到丛向阳这个名字。她心想，完了，会把丛老师牵扯进来的，她现在正在外面忙大事，没时间理这些生活琐事，丛老师肯定会很生气。我一走，你们就把柴零捌弄得乌烟瘴气！丛老师肯定会这样吼她。

你确定吗？不是丛向阳？是杨文意？文化的文，意义的意？警察边讲电话边扫了衣泓一眼。

警察挂了电话，坐下来，写上杨文意这个名字。

这个房子不是丛向阳的，是杨文意的，丛向阳以每月一万五的价格从杨文意手中租下了这个房子，租期一年。那个杨文意马上就过来了。看样子，你们这属于群租，丛向阳是二房东。

她不是二房东，她从没向我们收过一分钱房租。她一直跟我们说，这个房子是她的，她把工作室设在自己家里，我们是她工作室里的工作人员。

你的信息不对。警察轻描淡写地否定了她，最多的时候你们这里住了多少人？

衣泓扳着指头一个一个默数名字：五个。

于是，逐个登记五个人的姓名和电话。

你说黎晓怀孕了，她的丈夫是谁？也住在这里吗？

没有，他不住这里，他们没有结婚。

曾经在这里住过？

没有，他根本不知道这个地方。

他有妻子有家庭？

不是，他是单身。因为种种原因他们必须暂时分开。

男方的姓名、电话？

他……已经去世了。

有人可以证明吗？他的去世。

他的父母。他们在无锡，我应该能从黎晓手机上找到他父亲的电话，但不一定能打通。

他怎么死的？

自杀……在劳改农场。衣泓的声音低了下去。

警察记下了他父亲的电话和劳改农场的名字。

与此同时，另一个警察在拨打丛老师的电话。

喂，你是丛向阳吗？

衣泓大吃一惊，冲过去对着警察的手机喊：丛老师，我打过你好多次电话，丛老师，你在哪里？

警察站起来，扭过身去，避开衣泓。

……你需要尽快回来配合我们的调查……一切以调查结果为准。

衣泓问警察：请问，丛老师说她什么时候回来？

警察看了她一眼，又开始电话联系她提供的另外几个人。等警察电话打完了，她过去问丛老师什么时候回来。警察完全不理她的问话，却说：你的笔录已经做完了，待会儿可以随120救护车一起去医院。

她想起丛老师临走前的交代，让她负责柒零捌的日常管理，忍不住哭了起来。

警察说：别哭了，赶紧把你们的租房协议找出来，你们这里涉嫌群租，房东杨文意很快就要过来跟你们解约。

我们并没有签过任何协议，如何解约？

凭我们的通知，你们就可以解除租约。

一个秃顶的中年男人进来了，原来他才是真正的房东杨文意。

租期其实还没有到，还有二十多天，我的意思是，你们让我解约可以，这二十多天的房租我是不退的，押金更不必退，协议上就是这样规定的。按规矩，在我的房子里搞出这种事来，你们是要付我赔偿金的，出过人命，下一次谁还敢租？

那是你和房客之间的事。

另外，当初我是跟丛向阳签的协议，现在要跟她们签解约协议，这合法吗？

要不然我们过来干吗？警察瞪着房东。

于是在警察的监督之下，衣泓代替丛老师在解约协议上签了字。那你们就尽快搬吧。房东说。

衣泓一脸张皇，完全没有准备，这一下能搬到哪里去？

120救护车到了，黎晓被抬到担架上，放进车里，衣泓也一起上了车。握着黎晓冰冷的手，她剧烈地抽泣起来。

何枫神情悲伤地出现在医院里。他刚刚做完笔录，想过来跟黎晓告个别。

还有四五个小时，黎晓的妈妈就要到了，我好害怕，你还记得上次她怎么对黎晓的吗？这次她会掐死我的。

有我在，她不会把你怎么样的。

他们一起来到院区空地，何枫说：有件事我想坦白，那天晚上我不该对她说实话。我刚才算了下时间，可能就是在她吃下安眠药的前一天，很晚了，她突然打电话问我，今年春节，如果她请我跟她一起回家看望她母亲，我愿不愿意。我当然知道这话意义重大，我觉得我必须得把话说清楚了，所以我跟她说，其实我心里已经认定了一个人，很早的时候就认定了。她说那你为什么要一直帮我，一直对我这么好？我只好说，这一切，也都是为那个人做的，因为我知道她肯定希望我这么做，她希望我能帮你渡过难关。黎晓很聪明，一下子就想到了你。她当时情绪好像有点受打击，说自己完蛋了什么的，我想尽办法安慰她，她没听完就挂了。

你到底想坦白什么？你觉得你刺激了她？

还有，我向她供出了你，我说我一直、一直认定你是我的女朋友。

你这算什么？表白？你都不会看时候看场合说话的吗？你觉得现在提这个合适吗？

我们公司最近上一个项目，忙得很，我怕我没时间跑到柒零捌去找你嘛。

对了，你不用跑了，我要从柒零捌搬走了。真没想到，柒零捌居然是丛老师租来的，早知如此，我们肯定不忍心白住她的房子啊。

咦？这倒是个机会，干脆我们俩一起租房吧。

瞎说八道！想得美！

你急什么！是合租，又不是结婚。我说真的，我来找个人帮我处理这个事。

等等，黎晓就在我们身后，你觉得当着黎晓的面说这个合适吗？

这就是生活，有的人放弃了，有的人还要继续前行。老实讲，我尽我所能帮助过她，遗憾的是，我能力有限，无法从根本上改变她的生活。

从发生到现在，我一直恍恍惚惚的，一会儿觉得是黎晓躺在那里，一会儿觉得是我躺在那里，原来我觉得死是很遥远的事情，现在才知道，它竟然离我这么近，就像我每天都走在死亡的边缘。

所以我要跟你一起住，我保证会驱散你那些阴暗的想法。

一只青色的蚂蚱突然落在何枫的鞋面上，何枫正要去捏它，衣泓喝道：别动！

蚂蚱一动不动地趴在那里，两个人也不错眼珠地望着它。

小时候我经常听我妈说，刚刚去世的人会变成一只小蚂蚱，跟自己的亲人挨个告别，这时你不要惊动她，更不要伤害她，越是她舍不得的人，她越是会跟你告别得更长久。

何枫专注地盯着那只小蚂蚱，片刻，一滴眼泪砸下来，差点砸到小蚂蚱身上。它飞走了。

你知道吗？她真的不是太聪明，一个Java都学了好久。

我当然知道，她一直都是个特别特别用功的学生，稍有放松，马上成绩下滑，所以她应该一直都挺累的。

幸好警察那里有遗书，否则她妈妈不会放过我们的。

就算她放过我，这辈子我也无法放过我自己。就好比我们去市区，一路要经过多少十字路口，每一个路口，我们都可以调整方向，把她从某条路上拉回来，但我们谁都没有出手拉住她，任她自说自话地往前走。

我们以为那是在尊重她，支持她。

但有时候，冒犯也是尊重，强烈反对也是支持。

要跟柒零捌告别了。

衣泓像来时那样背上双肩包,一个人在柒零捌这里转转那里摸摸,住进来的时间虽然并不太长,却像经历了一场由盛到衰的漫长人生。此刻,除了满心的酸楚,她什么话都说不出来。到底是从什么时候开始的,柒零捌从兴致勃勃、热火朝天的状态慢慢冷却下来,直到现在,曲终人散,一片荒凉,这个分界点在哪里?她想来想去,没有答案。

她拿出手机,明知丛老师不会接她的电话,还是拨了出去。警察打通丛老师电话的那一刻,深深地刺伤了她,她不明白丛老师为什么突然间不想理她了,她就想问一问,她到底做错了什么,丛老师要这样惩罚她。

意想不到的是,这次丛老师竟然接了。

你干的好事,看你把柒零捌搞成什么样子了?

她本能地说对不起,然后急切切地说:丛老师你现在在哪里,找不到你我急死了,我一直都在等你下达任务,接下来我们要做什么,怎么做?

没有以后了,什么都没有了,连柒零捌都没有了,还能做什么?那个片子也没卖出去,知道我为什么不想接你电话吗?你的声音会让我想起,我们刚刚完成了一个失败之作,我们这个组合是失败的,我们的工作是无意义的。在我有生之年,我绝对不想再来一个失败之作,所以你不要再找我了,你想做什么,你自己去做,我们的联系到此为止。我不欠你们,相反,是你们欠我,我自掏腰包租工作室,为了减轻你们的内疚，宣称房子是我自己的，我付出这么多，得到了什么？得到了一个废品！

丛老师，我以为我只是来帮忙的，我以为只要听你指挥，表达你想表达的就可以。

最后几个字根本没有传送过去，丛老师把电话挂了。

衣泓顺着墙壁往下滑，不可控制地往下滑，直到她已经坐在地板上，感觉还在继续往下滑，滑向无底的深渊。她两腿发软，似乎再也没办法站起来，走出去。

衣泓终于得到李总的谅解，重新开始了全日制的上班。但她仍然在利用下班后和周末的时间偷偷拍她的《共享客厅》。拍到第十个人时，衣泓不得不和长尾夹分开了。长尾夹果然不想听她妈妈的安排，她想去北京读博士后，理由是，北京的冬天有暖气，她讨厌南方冬天的空调。

衣泓很伤心，她担心在这个城市里，再也找不到一个像长尾夹这样的拍档了。没有朋友的独行，会因为寂寞，更显艰难。

走之前，长尾夹很正式地对她说：我想求你一件事，把你的《共享客厅》发一集到网上去，看看效果如何。我已经帮你打听过了，如果一周内点击达到三十万，是可以跟网站谈版权的。试一下吧好吗？否则你辛辛苦苦拍它干什么呢？现在情况不同了，观众的需求越来越个性化，很多人不一定非要去看大片，他们反而更喜欢看一个篇幅不长的视频。关于我的小动物那一集，直到现在还有人在看呢，还在问下一集什么时候出来。

衣泓有点犹豫，长尾夹步步紧逼：你知道丛老师的片子为什么没有卖出去吗？虽然我没有看过，但听你的描述，我大概知道是怎么回事。大多数人本来就活得不如意，偏偏她所挑选的嘉宾都是特别善于投机取巧的人，都是不再为生活发愁的人，老百姓看到这种人，很容易被提醒自己的贫穷和弱势，由羡转恨，甚至留下差评。你可不要向她看齐，你的作品本来也跟她不一样，她的作品有点像电视台的节目，你跟她完全两样。总之，你从我那个视频的弹幕就可以看出一些端倪，你跟丛老师的观众群是不一样的。

最终，衣泓依了长尾夹。

我知道你不想费时间守在网上，你尽管去忙你的，我来帮你照看它。

只过了两天，长尾夹就发来消息：点击率已达二十万，还有人问《共享客厅》招不招嘉宾。衣泓大为振奋：你去谈版权吧，我授权给你去谈。

等过了三十万我再去谈。

长尾夹赴北京的前一天，她们决定出去玩一玩，像她们第一次见面那样，看看展，吹吹风，拍拍小动物。

下午三点多，所有计划中的项目都已完成，她们却不甘心回家，决定像以前那样，随便上一列地铁，随便找个站点下来。也许是习惯使然，她们踏上的正是当年在柒零捌经常乘坐的那条线。

我有个提议。衣泓突然灵机一动，我们再去一趟柒零捌，看看以前自己住的地方如何？

长尾夹也同意．我喜欢那个房子，喜欢那个小院儿。

我们肯定进不去，那个杨文意肯定把它租出去了。不过，站在外面看看陌生人在自己生活过的地方活动，应该也挺有意思的。

两人兴冲冲出了地铁站，直奔柒零捌。

果然有人住在里面，一扇窗户半开着，一楼入口处有盆不错的绿植，种种迹象表明，此时此刻，屋里正好有人。

衣泓说：进去吧，遇上有人就直接说，我们以前住在这里，今天路过，特地来看一眼。人家要是不同意我们就走，也没什么。

院门居然没锁，两人推开院门。还在外面，衣泓就看到客厅里的桌椅还像以前那样摆放着，一个跟衣泓年龄相仿的女孩匆匆走来，在桌边坐下，毛玻璃挡去一半，衣泓只能看到她的头肩部分，似乎在操作电脑，因为她头颅挺直，一动不动。

看了一会儿，衣泓决定敲门。女孩闻声扭过头来，一看就是刚出校门没多久的女孩，脸上身上，无一不在对外释放着学生气。看见衣泓和长尾夹，一点都不意外地问她们：你们是接到电话通知才过来的对吗？

衣泓支吾着应付过去，女孩叫她稍等。

过了一会儿，女孩从旁边的房间出来，那里以前是丛老师的房间。

你们俩谁先来？

衣泓急中生智，指着长尾夹说：是这样的，我朋友是陪我来的，她对你们这个活动还不是太了解，你能不能先给她简单地解释一下？

好的。女孩非常爽快，是这样的，我们这个项目的名字叫《一天中的24小时》，面向全国各地征集一批有兴趣的人士，拍下自己身边每个时辰的情景。比如早上六点，妈妈开始起床，做早餐，收拾屋子，挨个催家里人起床。比如上午十点，大楼的保安站在商厦的玻璃门里，等着大钟整点敲响，同时拉开大门，迎进排队已久的顾客。比如下午六点，一个白领走出写字楼，他来到楼底抽烟，因为太疲倦，他被自己吐出的烟呛住了。总之，要尽量拍得与众不同。我们现在已经收集了来自全国各地上十万条视频。

女孩问长尾夹：请问你是哪个行业的？

长尾夹故意说：我没有工作，我是全职家庭妇女。

好啊，你可以拍自己的日常，也可以拍你的家人，你的宠物，你的邻居，随便什么都可以，唯一需要注意的是，在你的文件名上要注明拍摄的时刻。

你们这项目做了多久了？是你负责的吗？

我们已经做了两个多星期了，我当然不是负责的，我只是个志愿者。

你们这里还招人吗？我可以报名吗？

原则上不再招了，不过我提醒你，我们这里的工作是没有工资的。

衣泓心中一动，继续问她：你住在这里吗？

对，你怎么猜到的？这里就是我们的工作室。

住在这里，不付房租？

请问你是……

我只是觉得这种模式很熟悉。你们负责人是丛老师吗？

女孩做出一个惊诧的表情：你好像对我们很熟悉？

衣泓拔腿就往丛老师房间冲，房门虚掩着，她轻轻一推，房门开了，丛老师在里面坐着，还是那头灰白色的短发，就像她们在柒零捌最后一次见面时那样。

我听到你的声音了。丛老师示意她把门关上。该说的我跟你说了，片子没卖出去，我也没想到会是这种结局，太伤自尊了，我不想再提这事了，幸好我不欠你们，不欠任何人，我只欠我自己，因为我发过誓，今生今世，一定要拍一个作品出来，否则我死不瞑目。

丛老师，我有个想法，那个没卖出的片子，我们可以把它发布到网上去，我看了一下，网上很多视频拍得远远不如我们的好，却火得很。

那不是自甘堕落吗？

为什么？不一样收获观众吗？

不好意思，那样的观众，不能让我产生成就感。我做的是艺术品，不是消费品。

丛老师，我还想跟着你，希望你不要扔下我。衣泓说着竟哭了起来。

不可能了，你应该知道，我不是一个优柔寡断的人，再说，你在我这里也没什么好学的了，你完全可以自己放手去干。

衣泓的眼泪慢慢干了，她打量一下丛老师的房间，又看看客厅那边正在忙碌的小姑娘，小心翼翼地问：丛老师，你怎么认识的这个女孩？

跟认识你的过程差不多。

2022.8.11

图书在版编目 (CIP) 数据

我们的朝与夕 / 姚鄂梅著. — 北京：北京十月文艺出版社，2024.1
ISBN 978-7-5302-2340-6

Ⅰ. ①我… Ⅱ. ①姚… Ⅲ. ①长篇小说—中国—当代 Ⅳ. ① I247.5

中国国家版本馆 CIP 数据核字 (2023) 第 222105 号

我们的朝与夕
WOMEN DE ZHAO YU XI
姚鄂梅　著

出　　版	北 京 出 版 集 团
	北京十月文艺出版社
地　　址	北京北三环中路 6 号
邮　　编	100120
网　　址	www.bph.com.cn
发　　行	新经典发行有限公司
	电话 010-68423599
经　　销	新华书店
印　　刷	北京盛通印刷股份有限公司
版　　次	2024 年 1 月第 1 版
印　　次	2024 年 1 月第 1 次印刷
开　　本	880 毫米 ×1230 毫米 1/32
印　　张	13.25
字　　数	264 千字
书　　号	ISBN 978-7-5302-2340-6
定　　价	49.80 元

如有印装质量问题，由本社负责调换
质量监督电话　010-58572393

版权所有，未经书面许可，不得转载、复制、翻印，违者必究。